enquanto minha irmã dorme

Também publicado pela autora:

Para minhas filhas
Juntos na solidão
O lugar de uma mulher
A estrada do mar
Uma mulher traída
O lago da paixão
Mais que amigos
De repente
Uma mulher misteriosa
Pelo amor de Pete
O vinhedo
Ousadia de verão
A vizinha
A felicidade mora ao lado
Impressões digitais
Família
Fuga

BARBARA DELINSKY

enquanto minha irmã dorme

Tradução
Elisabeth da Rocha Dias

1ª edição

Rio de Janeiro | 2022

CIP-BRASIL. CATALOGAÇÃO NA PUBLICAÇÃO
SINDICATO NACIONAL DOS EDITORES DE LIVROS, RJ

D395e Delinsky, Barbara
Enquanto minha irmã dorme / Barbara Delinsky ; tradução Elizabeth da Rocha Dias. - 1. ed. - Rio de Janeiro : Bertrand Brasil, 2022.

Tradução de: While my sister sleeps
ISBN 978-85-2861-924-9

1. Romance americano. I. Dias, Elizabeth da Rocha. II. Título.

22-79107 CDD: 813
CDU: 82-31(73)

Meri Gleice Rodrigues de Souza - Bibliotecária - CRB-7/6439

Título original: While my sister sleeps

Texto revisado segundo o novo Acordo Ortográfico da Língua Portuguesa.

EDITORA BERTRAND BRASIL LTDA.
Rua Argentina, 171 — 3º andar — São Cristóvão
20921-380 — Rio de Janeiro — RJ
Tel.: (21) 2585-2000,
que se reserva a propriedade literária desta tradução.

Para Andrew e Julie, para sempre.

Capítulo 1

Havia dias em que Molly Snow amava a irmã, mas este não era um deles. Ela levantara de manhã cedinho para servir de equipe de apoio de Robin, mas então descobriu que a irmã tinha mudado de ideia e decidido correr no fim da tarde, certa de que Molly se ajustaria à mudança de planos.

E por que não? Robin era uma corredora de elite — uma maratonista com muitas vitórias na carreira, estatísticas incríveis e uma grande chance de participar das Olimpíadas. Ela estava acostumada com que as pessoas mudassem seus planos para se ajustarem aos dela. Ela era a estrela.

Ressentindo-se disso pela milionésima vez, Molly disse à irmã que não iria com ela no fim da tarde e, embora Robin tivesse tentado convencê-la, seguindo-a do quarto para o banheiro e depois de volta para o quarto, ela não cedeu. Robin poderia muito bem ter corrido de manhã; mas queria tomar café da manhã com uma amiga. Molly também gostaria de tomar café com uma amiga! Mas não podia, já que seu dia estava abarrotado de trabalho. Ela precisava chegar a Snow Hill às sete para cuidar da estufa antes que os clientes começassem a chegar, fazer a aquisição de novos produtos, conferir o estoque e as vendas, fazer os pedidos antecipados para as festas de fim de ano, e, além de seu próprio trabalho, ela tinha de fazer o dos pais, que estavam viajando. Ou seja, teria de lidar com todas as questões que surgissem, e, o que era pior, dirigir uma reunião de gerência — o que não parecia nada divertido para Molly.

Sua mãe não ficaria feliz em saber que ela havia deixado Robin na mão, mas Molly estava se sentindo explorada demais para se importar com isso.

A boa notícia era que, se Robin fosse correr no final do dia, ela não estaria em casa quando Molly chegasse. Então, com a janela aberta e o sol em seu rosto, Molly pôde relaxar no carro no trajeto de volta de Snow Hill. Ela pegou a correspondência da caixa de correio sem se questionar por que a irmã nunca o fazia e seguiu pela estradinha de terra que levava à casa. As rosas eram cor de pêssego, sua fragrância ainda mais preciosa por causa do curto tempo de vida que lhes restava. Mais acima estavam as hortênsias que ela havia plantado, num lindo tom de azul produzido por um toque de alumínio, um punhado de grãos de café e muita atenção e carinho.

Estacionando debaixo do carvalho-vermelho que fazia sombra na casa estilo chalé que ela e Robin alugavam havia dois anos, mas que estavam prestes a perder, Molly abriu o porta-malas do jipe e começou a descarregar. Estava quase chegando à casa, equilibrando nos braços um imbé quase murcho, uma cesta cheia de cabaças e uma caixa de transporte para gatos, quando o celular tocou.

Já podia até escutar a mensagem: *Me desculpa por ter gritado hoje de manhã, Molly, mas onde você está agora? Meu carro não quer pegar, eu estou no meio do nada e eu estou morta de cansaço.*

Molly estava remanejando sua carga para poder pegar a chave de casa quando o celular tocou de novo. Tocou uma terceira vez enquanto ela se ajoelhava para colocar as coisas no chão depois de ter aberto a porta. Foi então que ela se sentiu culpada. Segundos antes que a ligação fosse para a caixa de mensagem, Molly pegou o aparelho no bolso dos jeans e o atendeu.

— Onde você está? — perguntou ela, mas a voz que respondeu não era a de Robin.

— É Molly quem está falando?

— É, sim.

— Eu sou a supervisora de enfermagem do hospital Dickenson-May Memorial. Aconteceu um acidente. Sua irmã está na emergência. Nós gostaríamos que você viesse até aqui.

— Um acidente de carro? — perguntou Molly, preocupada.

— Um acidente de corrida.

Molly baixou a cabeça. De novo. *Ai, ai, Robin*, pensou ela, e examinou a caixa de transporte, mais preocupada com a gatinha amarela espremida lá dentro do que com a irmã. Robin gostava de desafiar os limites. Dizia que a recompensa valia a pena, mas a que preço? Um braço quebrado, um ombro deslocado, torções no tornozelo, fascite plantar, neuroma — o que puder imaginar, ela já teve. Esse animalzinho, em contrapartida, era uma vítima inocente.

— O que houve? — perguntou Molly, distraída, estalando a língua para convencer a gata a sair da caixa.

— O médico vai explicar. Você mora longe?

Não, não morava longe. Mas a experiência lhe ensinara que ela teria de esperar pelos raios X, e mais tempo ainda se eles pedissem uma ressonância magnética. Com cuidado, ela enfiou as mãos na caixa e tirou a gata.

— Eu moro a dez minutos daí. É sério?

— Não posso dizer por telefone. Mas nós precisamos de você aqui.

A gatinha tremia muito. Ela havia sido encontrada junto a outros dez gatos num galpão trancado. O veterinário achava que ela tinha menos de dois anos.

— A minha irmã está com o celular dela — tentou Molly, já que, se pudesse falar diretamente com Robin, ela conseguiria obter mais detalhes. — O sinal é bom onde ela está?

— Não, desculpe. Encontramos o número dos seus pais junto ao seu na etiqueta de identificação do calçado dela. Você liga para eles, ou quer que eu ligue?

Se a enfermeira estava com o tênis de Robin na mão, então este não estava no pé dela. Uma ruptura no tendão de Aquiles? Isso seria ruim. Preocupada apesar da amolação, Molly disse:

— Eles estão fora da cidade. — Ela tentou ser engraçada. — Eu já sou grandinha. Consigo resolver isso. Você pode me dar uma dica?

Mas a enfermeira permaneceu imune ao seu charme.

— O médico vai explicar. Você vem?

Ela tinha escolha?

Resignada, Molly pegou a gata no colo e a levou até seu quarto, na parte de trás da casa. Depois de aninhá-la no edredom, colocou uma caixa de areia e comida por perto e se sentou na beirada da cama. Molly sabia que era uma burrice trazer um animal para casa, já que elas teriam de se mudar em uma semana, mas sua mãe se recusara a acolher outro gato no viveiro de plantas, e aquele bichinho precisava de um lar. O veterinário havia cuidado dela por alguns dias, mas a gatinha não tinha se dado bem com os outros animais. E não estava apenas malnutrida, mas também parecia ter apanhado muito. Seu corpinho estava retesado, como se esperasse outra pancada.

— Eu não vou machucar você — sussurrou Molly para tranquilizar a gata e, procurando lhe dar espaço, voltou para o corredor. Ela pingou água no imbé — regá-lo rápido demais faria a água escoar — e então o levou até o sótão, posicionando-o fora do alcance da luz direta. Ele também precisava de atenção e carinho. Mas isso poderia ficar para depois.

Primeiro, um banho. Teria de ser um banho rápido — Molly não podia adiar muito sua ida ao hospital. Mas a estufa era quente em setembro, e, depois de um grande descarregamento de plantas de outono, ela havia passado a maior parte da tarde desmontando caixotes, movendo vasos, reorganizando mostruários e suando.

O banho lhe deu uma espairecida. Ao voltar ao quarto para se vestir, no entanto, Molly não conseguiu encontrar a gata. Chamando-a delicadamente, olhou debaixo da cama, dentro do armário aberto, atrás de uma pilha de caixas. E checou o quarto de Robin, a saleta, até mesmo a cesta de cabaças — outro item que precisaria ser empacotado, mas que servia um propósito estético e podia muito bem esconder um gatinho.

Molly teria continuado procurando se sua consciência não tivesse começado a incomodá-la. Robin estava em boas mãos no hospital, mas, como seus pais estavam em algum lugar entre Atlanta e Manchester, e como seu nome aparecia primeiro na etiqueta de identificação, ela precisava ir logo.

Deixando os cachos de sua longa cabeleira secarem naturalmente, ela colocou um jeans limpo e uma camiseta. Então Molly saiu com o carro, o celular no colo, na certeza de que Robin iria ligar. Ela soaria ao mesmo tempo firme e encabulada — a menos que de fato se tratasse de uma ruptura no tendão de Aquiles, o que significaria que a irmã teria de passar por uma cirurgia e ficar várias semanas sem correr. Se esse fosse o caso, seria difícil para todos eles. Uma Robin infeliz era uma desgraça, e esse acidente não poderia ter acontecido em pior hora. A corrida de vinte e quatro quilômetros de hoje teria sido uma preparação para a maratona de Nova York. Se a irmã se classificasse entre as dez melhores corredoras estadunidenses ali, teria um lugar garantido nas eliminatórias das Olimpíadas na primavera.

O telefone não tocou. Molly não tinha certeza se isso era bom ou ruim, mas achava inútil deixar uma mensagem para a mãe antes de saber mais detalhes. Kathryn e Robin eram carne e unha. Se Robin tivesse uma unha encravada, Kathryn sentia a dor.

Era maravilhoso ser amada dessa forma, Molly se lamentou, sentindo remorso no fôlego seguinte. Robin havia dado duro para chegar onde estava, e, nos dias de corrida, Molly se orgulhava tanto dela quanto nos demais.

Só que parecia que as corridas monopolizavam a vida de toda a família. A alternância entre o ressentimento e o remorso era um ciclo tão entediante que Molly se sentiu aliviada ao chegar ao hospital. O Dickenson-May ficava num terreno íngreme com vista para o rio Connecticut, ao norte da cidade. A paisagem seria charmosa não fossem os motivos que traziam as pessoas ali.

Entrando, apressada, Molly deu o nome à atendente da recepção da emergência e acrescentou:

— Minha irmã está aqui.

Uma enfermeira se aproximou e fez um gesto, indicando-a para um cubículo no fim do corredor, onde Molly esperava ver Robin sorrindo de uma maca. O que viu, porém, foram médicos e aparelhos, e o que ouviu não foi a voz envergonhada da irmã, dizendo: *Ai, Molly, eu me machuquei de novo*, e sim o murmúrio de vozes soturnas e o *bip* ritmado de máquinas. Molly viu pés descalços — calejados, sem dúvida de Robin —, mas nenhuma outra parte da irmã. Pela primeira vez, ficou apreensiva.

Um dos médicos se aproximou. Era alto e usava óculos grandes de armação preta.

— Você é a irmã dela?

— Isso.

Pelo espaço de onde o médico havia saído, ela conseguiu vislumbrar a cabeça de Robin — o cabelo preto e curto estava desgrenhado como sempre, mas seus olhos estavam fechados e havia um tubo em sua boca. Alarmada, Molly sussurrou:

— O que aconteceu?

— Sua irmã sofreu um infarto.

Ela teve um sobressalto.

— Um *o quê*?

— Um corredor a encontrou inconsciente na estrada. Ele deu início à reanimação cardiopulmonar.

— *Inconsciente?* Mas ela já acordou, né?

Ela não estava necessariamente inconsciente. Seus olhos podiam estar fechados porque estava exausta. Correr vinte e quatro quilômetros podia fazer isso com alguém.

— Não, ela ainda não acordou — respondeu o médico. — Nós examinamos o prontuário dela, mas não há nada que indique um problema cardíaco.

— Porque ela não tem nenhum problema no coração — disse Molly e, afastando-se dele, dirigiu-se até a cama. — Robin?

Como a irmã não respondeu, ela olhou para o tubo. Ele não era a única coisa preocupante.

— O tubo está conectado a um respirador — explicou o médico. — Esses fios estão ligados a eletrodos que medem os batimentos cardíacos da sua irmã. A braçadeira mede a pressão. A terapia intravenosa é para a administração de fluidos e medicamentos.

Tudo isso em tão pouco tempo? De leve, Molly sacudiu o ombro de Robin.

— Robin? Você está me ouvindo?

As pálpebras de Robin não se mexeram. Sua pele estava lívida.

Molly ficou mais temerosa.

— Talvez ela tenha sido atropelada? — perguntou ao médico, já que isso fazia mais sentido do que Robin ter um infarto aos trinta e dois anos de idade.

— Não vimos nenhum outro ferimento. Quando fizemos raios X do tórax para checar o tubo de respiração, vimos uma lesão cardíaca. No momento, os batimentos estão normais.

— Mas por que ela ainda está inconsciente? Ela está sedada?

— Não. Ela ainda não recobrou a consciência.

— Então vocês não estão tentando o suficiente. — Molly decidiu chacoalhar freneticamente o braço da irmã. — Robin? Acorda!

Uma grande mão aquietou a dela. Em voz baixa, o médico disse:

— Nós suspeitamos que haja uma lesão cerebral. Ela não reage. As pupilas não reagem à luz. Ela não reage a comandos verbais. Nós fazemos cócegas nos dedos do pé, beliscamos sua perna; não há reação.

— Ela não pode ter uma lesão cerebral — afirmou Molly, talvez num tom absurdo, mas a cena inteira era absurda. — Ela está *treinando.*

Como o médico não respondeu, ela se virou novamente para a irmã. Os aparelhos piscavam e bipavam com a regularidade de, bem, de máquinas, mas pareciam falsos.

— Foi o coração ou o cérebro? Qual dos dois?

— Os dois. O coração dela parou de bombear. Nós não sabemos por quanto tempo ela ficou desacordada antes de ser encontrada. Uma pessoa saudável de trinta e poucos anos talvez tivesse dez minutos antes que a falta de oxigenação causasse uma lesão cerebral. Você sabe a que horas ela começou a correr?

— Ela estava planejando começar em torno das cinco, mas eu não sei se ela conseguiu sair nesse horário. — *Você deveria saber, Molly. Você saberia se a tivesse levado.* — Onde ela foi encontrada?

O médico checou os papéis.

— Um pouco depois de Norwich. Isso é a pouco mais de oito quilômetros daqui.

Mas indo ou vindo? Isso fazia diferença se eles estivessem tentando calcular quanto tempo ela havia ficado inconsciente. A localização de seu carro revelaria isso, mas Molly não sabia onde ele estava.

— Quem a encontrou?

— Eu não posso lhe informar o nome dele, mas é provável que ele seja a razão de sua irmã estar viva agora.

Entrando em pânico, Molly colocou a mão na testa.

— Ela pode acordar e ficar bem, né?

O médico hesitou por alguns segundos, tempo demais.

— Pode ser que sim. Os próximos dois dias são cruciais. Você já ligou para os seus pais?

Os pais. Que pesadelo. Ela olhou para o relógio. Eles ainda não teriam aterrissado.

— A minha mãe vai ficar arrasada. Vocês não podem fazer alguma coisa antes que eu ligue para eles?

— Nós queremos que ela se estabilize antes de deslocá-la.

— Deslocá-la para *onde*? — perguntou Molly. E viu um flash do necrotério. Era isso que dava assistir demais à *CSI*.

— Para a UTI. Lá, ela vai ser monitorada de perto.

A imaginação de Molly estava presa à outra cena.

— Ela não vai *morrer*, vai?

Se Robin morresse, seria culpa de Molly. Se estivesse com a irmã, isso não teria acontecido. Se não fosse uma irmã tão ruim, Robin poderia estar em casa, bebendo grandes goles de água e registrando seus tempos.

— Vamos dar um passo de cada vez — disse o médico. — Primeiro, a estabilização. Depois disso, realmente, vamos ter de esperar. Não há nenhum cônjuge listado na etiqueta de identificação. Ela tem filhos?

— Não.

— Bem, menos mal.

— *Não.* — Molly estava desesperada. — Você não *está entendendo*. Eu não posso dizer à minha mãe que a Robin está aqui desse jeito.

Kathryn colocaria a culpa nela. No mesmo instante. Mesmo antes de saber se era mesmo culpa de Molly. Isso sempre acontecia. Aos olhos da mãe, Molly era cinco anos mais nova e dez vezes mais problemática do que Robin.

Molly havia tentado mudar isso. Crescera ajudando a mãe na estufa, assumindo mais responsabilidades à medida que Snow Hill crescia. Ela trabalhara ali todos os anos no verão enquanto Robin treinava, e havia se formado em horticultura, o que a mãe jurara que seria muito proveitoso.

Trabalhar em Snow Hill não era penoso para Molly. Ela adorava plantas. Mas também adorava agradar à mãe, o que não era sempre fácil, já que Molly era impulsiva. Ela falava sem pensar, muitas vezes dizia coisas que a mãe não gostaria de ouvir. E ela odiava bajular Robin. Esse era seu maior defeito.

Agora o médico queria que ela ligasse para Kathryn e dissesse que Robin talvez tivesse uma *lesão cerebral* porque *ela*, Molly, não tinha ido ajudar a irmã?

Era pedir demais, decidiu Molly. Afinal, não era a única pessoa da família.

Enquanto o médico esperava esperançosamente, ela tirou o telefone do bolso.

— Eu preciso do meu irmão aqui. Ele tem que me ajudar.

CAPÍTULO 2

Christopher Snow estava à mesa da cozinha, comendo o bife de fraldinha que a esposa havia grelhado. Erin estava sentada à sua direita e, à sua esquerda, na cadeira de alimentação, estava a filha deles, Chloe.

— O que você achou do bife? — perguntou Erin quando ele já estava na metade.

— Está uma delícia — respondeu ele com tranquilidade. Erin era uma boa cozinheira. Ele não tinha do que reclamar.

Colocando mais comida no prato, ele pegou um grão de milho da salada e o colocou na bandeja do bebê.

—Ei — chamou ele, carinhoso —, como está a minha menina linda?

Quando a criança sorriu, ele se derreteu todo.

— E então o seu dia foi bom? — perguntou Erin.

Assentindo com a cabeça, ele atacou a salada. O molho também estava ótimo. Caseiro.

O bebê estava tendo dificuldade de pegar o milho. Christopher estava intrigado com sua concentração. Depois de algum tempo, ele virou a mão dela e colocou o grão escorregadio na palma da mão da filha.

— Como foi a reunião com o pessoal do Samuel? — perguntou Erin.

Ele indicou que foi *bem* com a cabeça e continuou comendo a salada.

— Eles concordaram com as suas condições? — perguntou ela, soando impaciente. Como ele não respondeu, ela disse: — Você se importa?

— É claro que eu me importo. Mas eles vão levar algum tempo para analisar os valores, então por enquanto não tem nada que eu possa fazer. Por que você está irritada?

— Chris, esse é um projeto de construção importantíssimo para a Snow Hill. Você levou a noite toda preparando a sua apresentação. Eu quero saber como foi.

— Foi tudo bem.

— Isso não é muito específico — observou ela. — Você poderia entrar em detalhes? Ou talvez você só não queira que eu saiba.

— Erin. — Ele pousou o garfo. — A gente já conversou sobre isso. Eu trabalhei o dia todo. Não quero pensar nisso agora.

— Eu também — disse a esposa. — Só que o meu dia gira em torno de uma criança de oito meses. Eu preciso conversar com um adulto. Se você não quer falar do trabalho, de que você quer falar?

— A gente não pode só curtir o silêncio? — perguntou Christopher.

Ele amava a esposa. Uma das melhores partes do relacionamento deles era que não precisavam conversar o tempo todo. Pelo menos era isso que Chris achava.

Mas ela não arredou o pé.

— Eu preciso de estímulo.

— Você não ama a Chloe?

— É *claro* que eu amo. Você *sabe* que eu amo. Por que você sempre me pergunta isso?

Ele levantou as mãos, frustrado.

— Você acabou de dizer que ela não era o suficiente. Foi você que quis ter um bebê logo de cara, Erin. Foi você que quis parar de trabalhar.

— Eu estava grávida. Eu *tive* que parar de trabalhar.

Ele não sabia o que dizer. Eles eram o casal vinte da cidade, os dois eram loiros de olhos verdes (Chris teria dito que os seus olhos eram cor de âmbar, mas ninguém ligava para a distinção). Eles eram um casal lindo.

Mas o que estava acontecendo entre eles agora não era nada bonito.

— Então volta a trabalhar — disse ele, tentando agradá-la.

— Você quer que eu volte a trabalhar?

— Se é isso que você quer.

Ela o encarou, os olhos verdes vibrantes.

— E o que vamos fazer com a Chloe? Eu não quero uma creche.

— Ok. — Ele detestava discussões, mas aquela era a pior de todas. — O que você *quer*?

— Eu quero que o meu marido converse comigo durante o jantar. Eu quero que ele converse comigo depois do jantar. Eu quero que ele discuta as coisas comigo. Eu não quero que ele venha para casa e fique vidrado no jogo dos Red Sox. Eu quero que ele compartilhe o dia dele comigo.

Em voz baixa, Chris disse:

— Eu sou um contador. Eu trabalho para o negócio da família. Não tem nada de emocionante no que eu faço.

— Eu acharia um novo projeto de construção empolgante. Mas, então, se você odeia o seu emprego, peça demissão.

— Eu não odeio. Eu amo o que eu faço. Eu só estou dizendo que o meu trabalho não é um tema muito bom para conversas. E estou bem cansado hoje. — E Chris realmente queria ver o jogo dos Red Sox. Ele adorava o time.

— Cansado de mim? Cansado da Chloe? Cansado do *casamento*? Antigamente você conversava comigo, Chris. Mas agora que estamos casados e temos um bebê é como se você não quisesse se esforçar. A gente tem vinte e nove anos, mas estamos sentados aqui como se fôssemos um casal de oitenta anos. Isso não está funcionando para mim.

Inquieto, ele se levantou e levou o prato para a pia. *Isso não está funcionando para mim* soava como se ela quisesse o divórcio. Ele não conseguia processar isso.

Sem saber o que fazer, ele pegou a bebê no colo. Quando ela encostou a cabeça no peito dele, Chris a segurou ali.

— Eu estou tentando te dar uma boa vida, Erin. Estou trabalhando para que você não precise. Se estou cansado à noite, é porque minha mente esteve ocupada o dia todo. Se fico quieto, talvez eu só seja assim.

Ela não cedeu.

— Você não era essa pessoa antes. O que mudou?

— Nada — disse ele com cuidado. — Mas a vida é assim. Os relacionamentos evoluem.

— A vida não é simplesmente assim — discordou ela. — O problema somos *nós*. Eu não *aguento* o que estamos nos tornando.

— Você está chateada. Por favor, calma.

— Como se *isso* fosse resolver as coisas! — exclamou ela, parecendo mais irritada do que nunca. — Eu conversei com a minha mãe hoje. Chloe e eu vamos fazer uma visita.

O telefone tocou. Ignorando-o, ele perguntou:

— Por quanto tempo?

— Umas duas semanas. Eu preciso pensar nas coisas. Nós temos um problema, Chris. Você não é calmo, você é *passivo*. — O telefone tocou de novo. — Eu pergunto o que você acha de a gente colocar a Chloe num grupo de brincadeiras, e você joga a pergunta de volta para mim. Eu pergunto se você quer convidar os Baker para jantar no sábado à noite, e você diz que podemos fazer isso se eu quiser. Isso não são respostas — disse ela, enquanto o telefone voltou a tocar. — São evasões. Você *sente* alguma coisa, Chris?

Incapaz de responder, ele pegou o telefone.

— Sim?

— Sou eu — disse sua irmã quase gritando. — Estamos com um problemão.

Afastando-se da esposa, ele baixou a cabeça.

— Agora não, Molly.

— A Robin teve um infarto.

— Hum, eu posso te ligar depois?

— Chris, eu preciso de você aqui agora! A mamãe e o papai ainda não sabem.

— Eles não sabem o quê?

— Que a Robin *infartou* — gritou Molly. — Ela tombou no meio de uma corrida e está inconsciente até agora. A mãe e o pai ainda não aterrissaram. Eu não posso fazer isso sozinha.

Ele se aprumou.

— Um infarto?

Erin apareceu ao seu lado.

— Foi o seu pai? — sussurrou ela, pegando Chloe.

Fazendo que não com a cabeça, ele lhe entregou a criança.

— Robin. Minha nossa. Ela se esforçou demais.

— Você pode vir? — perguntou Molly.

— Onde você está? — Ele ficou escutando por um minuto e então desligou o telefone.

— Um infarto? — perguntou Erin. — *Robin*?

— Foi isso que a Molly disse. Talvez ela esteja exagerando. Às vezes ela é meio precipitada.

— Por que ela demonstra emoções? — rebateu Erin, mas então amansou a voz. — Onde os seus pais estão?

— Voltando de Atlanta. É melhor eu ir logo.

Ele afagou a cabeça de Chloe e, num gesto conciliatório, tocou a de Erin. Era nela que estava pensando quando saiu. Eles estavam casados há apenas dois anos, o último terço deles com um bebê, e Chris procurava entender como a vida dela havia mudado de forma tão dramática. Mas e ele? Ela perguntou se ele sentia alguma coisa. Chris sentia responsabilidade. Naquele momento, sentia medo. Ficar quieto era parte de sua natureza. Seu pai também era assim, e isso funcionou para ele.

Molly, por sua vez, costumava ser extremamente criativa. Talvez Robin tivesse sofrido algo, mas um infarto era um exagero. Ele poderia ter tentado tranquilizá-la no telefone, se não estivesse tão ansioso para sair de casa. Erin precisava de um tempo para se acalmar.

Ele sentia as coisas? É claro que sim. Só não ficava histérico.

Ligando o pisca-alerta, entrou no hospital. Ele mal havia estacionado diante da emergência quando Molly veio correndo em sua direção, o cabelo louro voando e os olhos apavorados.

— O que está acontecendo? — perguntou ele, saindo do carro.

— Nada. *Nada*. Ela ainda não acordou!

Ele parou de andar.

— Sério?

— Ela teve um *infarto*, Chris. Eles acham que ela teve uma lesão cerebral.

Ela o levou para dentro, atravessando a sala de espera e chegando até um cubículo mais afastado — e ali estava Robin, inerte como nunca a havia visto. Ele ficou parado na porta por um bom tempo, olhando para o corpo dela, depois para os aparelhos e, por fim, para o médico que estava ao lado da irmã.

Finalmente, Chris se aproximou.

— Eu sou o irmão dela — disse ele, e se calou. Não sabia por onde começar.

O médico começou por ele, repetindo algumas das coisas que Molly já havia dito e dando continuidade ao relato. Chris ouvia, tentando digerir tudo aquilo. Encorajado pelo clínico, ele falou com Robin, mas ela não reagiu. Chris acompanhou a explicação do médico sobre os diversos aparelhos e permaneceu atento ao seu lado junto à tela de raios X. Sim, ele podia ver o que o clínico estava lhe mostrando, mas era tudo bizarro demais.

Ele devia estar parecendo suspeito, já que o clínico disse:

— Ela é uma atleta. A miocardiopatia hipertrófica, uma inflamação do músculo do coração, é a principal causa de morte súbita nos atletas. Isso não costuma acontecer, e a frequência é ainda menor nas mulheres do que nos homens. Mas acontece.

— Sem nenhum aviso?

— Geralmente, não. Em casos em que há um histórico familiar conhecido, um ecocardiograma pode diagnosticar o problema, mas muitas vítimas são assintomáticas. Quando ela estiver na UTI, terá um intensivista cuidando do caso. Ele vai trabalhar junto a um cardiologista e um neurologista.

Chris sabia que seus pais iam querer os melhores médicos, mas como é que ele ia saber quem eram os melhores? Sentindo-se inadequado, olhou para o relógio.

— A que horas eles chegam? — perguntou a Molly.

— A qualquer momento.

— Você vai ligar para eles?

— Você vai. Eu estou nervosa demais.

E Chris não estava? Ele precisava estar tremendo *visivelmente*? Olhando para o médico, perguntou:

— Isso é... ela está o quê, em coma?

— Sim, mas existem diferentes níveis de coma. — Ele ajeitou os óculos pretos com as costas da mão. — Na maioria deles, os pacientes fazem movimentos espontâneos. A Robin ainda não ter feito isso sugere o grau mais elevado de coma.

— Como vocês medem isso? — indagou Chris. Ele não sabia que informação estava buscando, sabia apenas que Molly estava ao seu lado absorvendo cada palavra, e que seus pais fariam as mesmas perguntas. Números tinham significado. Eles eram um ponto de partida.

— Uma tomografia ou uma ressonância magnética mostrará se houve necrose, mas esses exames terão de esperar até que ela esteja mais estável.

Chris olhou para Molly.

— Tente ligar para a mãe e o pai.

— Eu não consigo — sussurrou ela, parecendo aterrorizada. — Era para eu estar com ela. Isso foi minha culpa.

— Como se isso não fosse acontecer se você estivesse esperando por ela oito quilômetros mais à frente. Fala sério, Molly. Liga para a mãe e o pai.

— Eles não vão acreditar em mim. *Você* não acreditou.

Ela tinha razão. Mas *ele* não queria ligar.

— Você é melhor com a mãe do que eu. Você vai saber o que dizer.

— Você é mais velho, Chris. Você é o *homem.*

Ele tirou o telefone do bolso.

— Os homens são péssimos com essas coisas. Já vai ser o suficiente ela ver meu número.

Com um olhar severo, ele passou o telefone para Molly.

Kathryn Snow ligou seu celular assim que o avião aterrissou. Ela odiava ficar incomunicável. Sim, o viveiro era um negócio de família, mas ele era o seu xodó. Se houvesse algum problema, ela queria ficar sabendo.

Enquanto o avião taxiava no escuro em direção ao terminal, ela baixou as novas mensagens e viu a lista.

— Alguma coisa interessante? — perguntou o marido.

— Uma mensagem do Chris. A reunião dele foi boa. Outra dos Collins agradecendo o chá de panela. E um lembrete do jornal de que o artigo sobre o repolho decorativo precisa ser entregue até o final da semana.

— Ele já está pronto.

Grata, ela sorriu. Charlie era seu diretor de marketing, um cara que ficava por trás dos bastidores e que tinha talento para escrever peças publicitárias, releases e artigos. Com seu jeito quieto, ele inspirava confiança. Quando sugeriu aos produtores de TV que Kathryn era a pessoa certa para falar sobre guirlandas de outono, eles acreditaram. Sozinho, ele havia conseguido que ela tivesse um quadro permanente no noticiário local e uma coluna numa revista de decoração.

E falando nisso...

— O artigo para a revista *Aprenda a plantar* precisa ser entregue até o final da semana — disse ela para si mesma. — É para a edição de janeiro, que é sempre a mais complicada. Molly conhece a estufa melhor do que eu. Vou pedir para ela escrever. — Ela voltou para o celular. — Robin não me mandou nenhum e-mail. Queria saber como foi a corrida. Ela estava preocupada com o joelho.

Acessando a caixa de mensagem logo em seguida, ela sorriu, franziu a testa, sorriu de novo. Ela terminou de escutar exatamente no momento em que o avião chegou à ponte de embarque. Soltando o cinto de segurança, colocou o aparelho no bolso e seguiu Charlie até o corredor.

— Mensagem de voz de Robin. Ela teve que ir de carro porque a Molly se recusou a ajudar. Qual é o problema da Molly, hein?

— Simplesmente se recusou? Sem dar nenhuma desculpa?

— Vai saber — murmurou Kathryn, sorrindo logo depois. — Mas também temos boas notícias. A Robin recebeu outro telefonema dos poderosos querendo se certificar de que ela está pronta para correr em Nova York. Eles estão contando com ela para as eliminatórias na próxima primavera. As Olimpíadas, Charlie — disse ela apenas movimentando os lábios, com medo de atrair azar se falasse em voz alta. — Dá para imaginar?

Ele tirou a mala do compartimento de bagagem. Kathryn estava levantando a alça da mala quando o celular vibrou. O número de Christopher estava na tela, mas foi a voz de Molly que disse:

— Mãe, sou eu. Onde vocês estão?

— Acabamos de aterrissar. Molly, por que você não foi com a Robin? Era uma corrida importante. E você perdeu o seu telefone de novo?

— Não. Eu estou com Chris no Dickenson-May. Robin teve um acidente.

O sorriso de Kathryn morreu.

— Que tipo de acidente?

— Ah, você sabe, na corrida. Como vocês não estavam disponíveis, eles nos ligaram, mas ela provavelmente quer que vocês venham até aqui. Vocês podem vir quando estiverem voltando para casa?

— Que tipo de acidente? — repetiu Kathryn. Ela percebeu uma indiferença forçada. Não gostava daquilo, nem do fato de que Chris estava no hospital. Chris normalmente deixava as crises para os outros.

— Ela caiu. Eu não posso ficar conversando, mãe. Vem direto para cá. Nós estamos no setor de emergência.

— Onde ela se machucou?

— Não posso falar agora. Até mais.

A linha ficou muda. Kathryn olhou preocupada para Charlie.

— Robin sofreu um acidente. Molly não quis me dizer o que foi. — Tomada de medo, ela passou o celular para ele. — Tente você.

Ele lhe deu o telefone de volta.

— Você vai conseguir extrair mais coisa dela do que eu.

— Então liga para o Chris — implorou ela.

Mas a fila de passageiros começou a se mexer e Charlie indicou que eles deveriam andar. Ela esperou até que eles estivessem lado a lado na ponte de embarque antes de dizer:

— Por que Chris estava lá? A Robin nunca liga para ele quando tem algum problema. Tente falar com ele, Charlie. Por favor.

Charlie levantou uma das mãos, tentando ganhar tempo até que eles chegassem ao carro. O celular não tocou mais, e Kathryn disse a si mesma que isso era um bom sinal, mas não conseguia relaxar. Ficou inquieta a viagem toda, imaginando coisas terríveis. No instante em que estacionaram no hospital, ela saiu do carro. Molly estava esperando do lado de dentro da porta da emergência.

— Sua ligação foi maldosa — repreendeu Kathryn. — O que aconteceu?

— Ela colapsou na estrada — disse Molly, pegando a mão da mãe.

— *Como assim*? Por causa do calor? Desidratação?

Molly não respondeu, apenas guiou a mãe com pressa pelo corredor. O medo de Kathryn crescia a cada passo. Outros corredores colapsavam, mas não Robin. A resistência física estava nos seus genes.

Ela perdeu a respiração ao chegar à porta do cubículo. Chris estava lá também. Mas aquela não podia ser Robin, estirada sem sentidos e flácida, conectada a aparelhos — máquinas que a estavam mantendo viva, o médico disse depois de explicar o que havia acontecido.

Kathryn estava fora de si. As explicações não faziam sentido. Nem os raios X. A mão da filha, que ela havia apertado, estava inerte como só a de uma pessoa adormecida poderia estar.

Mas ela não acordou quando o médico chamou seu nome ou beliscou sua orelha, e até Kathryn podia ver que as pupilas de Robin não dilatavam em resposta à luz. Kathryn concluiu que a pessoa que estava fazendo os testes de reação não estava fazendo um bom trabalho, mas ela não teve mais sorte quando tentou, por conta própria, fazer o mesmo — nem quando insistiu que Robin abrisse os olhos, nem quando implorou à filha que apertasse sua mão.

O médico continuou falando. Kathryn já não absorvia mais as palavras, mas o sentido geral teve um efeito devastador. Ela não percebeu que estava chorando até que Charlie lhe deu um lenço de papel.

Quando o rosto de Robin ficou borrado, ela viu o próprio rosto — o mesmo cabelo escuro, os mesmos olhos castanhos, a mesma intensidade. Elas eram como farinha do mesmo saco, não tinham nem a pele nem o cabelo claro nem o jeito descontraído de encarar a vida que os outros membros da família tinham.

Kathryn redirecionou o foco. Charlie parecia desolado, Chris, estupefato, e Molly estava colada à parede. Silêncio de todos os três? Eles iam ficar assim? Se ninguém mais questionava o *status quo*, ela teria que o fazer — mas sempre era assim quando se tratava de Robin mesmo.

Com um jeito desafiador, ela se virou para o médico:

— Lesão cerebral não é uma opção. O senhor não conhece a minha filha. Ela é resiliente. Ela se recupera de lesões. Se isso for um coma, ela vai despertar. Ela é uma guerreira desde que nasceu... desde que foi *concebida*. — Ela segurou firmemente as mãos de Robin. Elas estavam juntas nisso. — Qual é o próximo passo?

— Uma vez estabilizada, nós vamos levá-la para o andar de cima.

— Qual é o estado dela agora? O senhor não o classificaria como estável?

— Eu o classificaria como crítico.

Kathryn não conseguia encarar aquela palavra.

— O que tem no soro?

— Fluidos, além de medicamentos para estabilizar a pressão dela e regular o ritmo cardíaco. Ele estava errático quando ela chegou.

— Talvez ela precise de um marca-passo.

— Por enquanto, os remédios estão agindo, e, além disso, ela não aguentaria a cirurgia.

— Se a escolha é entre a cirurgia e a morte...

— Não é. Ninguém está deixando-a morrer, sra. Snow. Nós podemos mantê-la viva.

— Mas por que o senhor diz que ela tem uma lesão cerebral? — desafiou Kathryn. — Só porque ela não está reagindo? Se ela sofreu um trauma por causa de um infarto, isso não explicaria a falta de reação dela? Que testes vocês fazem para constatar se há lesão cerebral?

— Nós faremos uma ressonância magnética amanhã de manhã. No momento nós não queremos movê-la.

— Se houve lesão, ela pode ser curada?

— Não. Nós podemos apenas prevenir perdas adicionais.

Sentindo-se frustrada, Kathryn descontou no marido.

— É só isso que eles podem fazer? Nós podemos aceitar um problema cardíaco, mas não uma lesão cerebral. Eu quero uma segunda opinião. E onde estão os especialistas? A gente está na emergência, pelo amor de Deus. Talvez esses médicos sejam treinados para lidar com trauma, mas, se Robin já está aqui há três horas e ainda não foi examinada por um cardiologista, nós precisamos levá-la para outro lugar.

Ela viu Molly lançar um olhar preocupado para Charlie, mas Charlie não disse nada, e Deus sabia que Chris não ia abrir a boca. Assustada e sozinha, Kathryn se virou novamente para o médico.

— Eu não posso ficar sentada esperando. Eu quero ajudar.

— Às vezes isso não é possível — respondeu ele. — O que é essencial agora é que ela vá para a UTI. De lá o médico vai chamar os especialistas. Esses são os procedimentos padrões.

— Os procedimentos padrões não são *bons* o suficiente — insistiu Kathryn, desesperada para que ele entendesse. — Não há nada de padrão sobre Robin. O senhor *sabe* o que ela faz da vida?

Os olhos por trás dos óculos não piscaram.

— Sim, eu sei. É difícil não saber quando se mora aqui. O nome dela aparece nos jornais locais com muita frequência.

— Não apenas nos jornais *locais*. É por isso que ela precisa se recuperar dessa situação. Ela trabalha no país todo com estrelas emergentes do atletismo. Estamos falando de adolescentes. Elas não podem ver isso. Para início de conversa, elas não podem *nem* pensar que a recompensa para aqueles que treinam para valer e almejam muito é... seja *essa*. Ok, talvez vocês não tenham tido um caso como esse antes, mas, se esse for o caso, basta nos dizer e nós arranjamos uma transferência para ela.

Kathryn buscou rostos familiares que concordassem com ela, mas Charlie parecia estar em estado de choque, Chris estava imóvel e Molly apenas encarava, suplicante, o pai e o irmão intercaladamente.

Inúteis. Todos os três.

Então Kathryn disse ao médico:

— Isso não é nada pessoal. Eu só estou me perguntando se os médicos em Boston ou Nova York não teriam mais experiência com lesões como essas.

Então Molly tocou o cotovelo da mãe. Kathryn olhou para a filha mais nova a tempo de ouvi-la murmurar:

— Ela precisa ir para a UTI.

— Certo. Eu só não sei onde.

— Aqui. Deixe-a ficar aqui. Ela está viva, mãe. Eles conseguiram fazer o coração dela voltar a bater, e ele continua batendo. Eles estão fazendo tudo o que podem.

Kathryn franziu uma sobrancelha.

— Você pode afirmar isso com toda certeza? Onde você *estava*, Molly? Se você estivesse com ela, isso não teria acontecido.

Molly empalideceu, mas não recuou.

— Eu não poderia ter prevenido um infarto.

— Você poderia ter conseguido ajuda para ela mais rápido. Você tem problemas, Molly. Você sempre teve problemas com a Robin.

— Mas, *olha*... — pediu Molly, olhando para o pessoal da equipe médica que estava à porta. — Eles estão esperando para levar a Robin para o andar de cima e a gente está atrasando o trabalho deles. Quando ela estiver lá, podemos falar sobre especialistas, até mesmo sobre levá-la para outro lugar, mas neste exato instante, será que não deveríamos dar a ela todas as chances possíveis?

Molly seguiu os outros até a UTI e observou enquanto a equipe médica acomodava Robin. Houve um momento em que ela contou cinco médicos e três enfermeiras no quarto, o que era ao mesmo tempo assustador e tranquilizador. Monitores foram ajustados e sinais vitais, checados, enquanto o respirador inspirava e expirava. A cada um ou dois minutos alguém falava em tom alto Robin, mas ela não respondia.

Kathryn só deixava o lado da cama quando um médico ou enfermeira precisava ter acesso à filha. No restante do tempo, ela segurava a mão de Robin, acariciava seu rosto, encorajava-a a piscar ou gemer.

Enquanto Molly olhava da parede, era assombrada pela certeza de que sua mãe tinha razão. Se Robin tivesse começado a respirar mais cedo, não haveria lesão cerebral. Se Molly estivesse com ela, Robin teria começado a respirar mais cedo.

Mas ela não era a única que havia prejudicado Robin. Não podia culpar a mãe por sua atitude desvairada no setor de emergência, mas onde estava seu pai? Ele supostamente era o calmo dos dois. O que dera nele para deixar Kathryn agir daquela forma? Até Chris poderia ter falado alguma coisa.

Eles não tiveram coragem, decidiu Molly, e então mudou de ideia. Eles sabiam que era inútil contrariar Kathryn.

Você tem problemas. Você sempre teve problema com a Robin. Ela sabia que a mãe estava nervosa, mas Molly estava se sentindo culpada o suficiente para se deixar abalar pelas palavras. Enquanto os minutos se passavam e os aparelhos bipavam, ela se lembrou de às vezes ter apagado uma mensagem no celular, comprado a barra de proteína errada, extraviado um dos bonés favoritos de Robin. Cada ofensa podia ser contrabalançada por algo bom que Molly havia feito, mas suas boas ações ficaram perdidas na culpa.

Chris foi embora à meia-noite; o pai, à uma da manhã. Charlie tentou, mas sem sucesso, convencer Kathryn a ir embora com ele. Molly suspeitava que a mãe tivesse medo de que algo terrível pudesse acontecer se ela não estivesse lá para vigiar. Kathryn sempre fora superprotetora com relação a Robin.

Na esperança de que sua presença pudesse compensar Kathryn pelo que ela não havia feito mais cedo, Molly ficou mais um pouco. Às duas, contudo, estava caindo de sono na cadeira.

— Tem certeza de que não quer que eu te leve para casa? — perguntou ela à mãe.

Kathryn nem olhou para a filha direito.

— Eu não posso sair daqui — disse ela. Então, com uma velocidade que sugeria que estivera remoendo exatamente sobre aquilo, acrescentou: — Por que você não estava com ela, Molly?

— Eu estava em Snow Hill — tentou explicar Molly. — A reunião de gerência, lembra? Eu não sabia quanto tempo a reunião ia durar. Como podia me comprometer com Robin?

Havia também a questão da gata. Mas priorizar uma gata à irmã era patético.

Kathryn não perguntou quanto tempo a reunião havia durado. Nem perguntou *como* Molly tinha se saído. Se ela estava remoendo algo, era sobre a negligência de Molly em relação a Robin, e não a respeito da Snow Hill.

E Molly era culpada. Aquele pensamento martelou sua cabeça antes que finalmente quebrasse o silêncio, perguntando:

— Posso trazer algo para a senhora, mãe? Café, talvez?

— Não. Mas você pode segurar as pontas pra mim no trabalho.

Surpresa, Molly sussurrou:

— Eu não posso ir trabalhar com a Robin nesse estado.

— Você precisa ir. Eu preciso de você lá.

— Eu não posso fazer alguma coisa aqui?

— Não tem nada para fazer aqui. E muita coisa para fazer em Snow Hill.

— E o papai? Ou o Chris?

— Não. Você.

Ela não me quer aqui, entendeu Molly, o sentimento de devastação se agravando. Mas estava cansada demais para implorar por misericórdia, cansada demais para lágrimas. Depois de pedir que Kathryn lhe telefonasse caso houvesse alguma mudança, ela saiu de fininho.

Capítulo 3

A casa de Molly ficava voltada para o sul, e, com isso, o sol batia no sótão o ano todo, enquanto a floresta atrás do quintal fazia sombra nos quartos e impregnava o ar com uma fragrância de pinha. Molly havia encontrado a casa por acidente quando o dono, que estava se mudando de New Hampshire para a Flórida, foi ao viveiro à procura de um lar para muitas plantas. Agora ele queria reformar e vender o imóvel e, por isso, Molly e Robin estavam sendo colocadas para fora de lá.

Molly gostava da cozinha antiquada. Amava o aspecto desgastado do piso de tábuas corridas largas e das janelas oscilobatentes. Embora Robin se queixasse de que o lugar era ventoso e os cômodos escuros, a verdade é que ela não se importava muito com onde morava. Ela ficava fora metade do tempo — viagens para Denver, Atlanta, Londres e Los Angeles. Se não estivesse competindo numa maratona, meia-maratona, corrida de dez quilômetros, ela estava liderando um seminário ou participando de um evento de caridade. A maior parte das caixas na sala era de Molly. Sua irmã não tinha muita coisa para encaixotar.

Robin estava feliz com a mudança. Molly, não, mas ela aceitaria, para que Robin pudesse voltar a ser a mesma de sempre.

Esperando pela ligação da mãe, Molly dormiu com o celular na mão, mas seu sono não foi tranquilo. Despertou assustada diversas vezes com a sensação vazia de saber que tinha algo errado e não se lembrar do que era. Mas ela logo se lembrava, e então ficava acordada na cama, assustada. Sem

Robin se levantando para colocar gelo em uma ou outra parte do corpo, a casa estava assustadoramente silenciosa.

Às seis da manhã, precisando de companhia, Molly procurou pela gata. Ela havia comido e usado a caixa de areia. Mas Molly não achava o bichinho em lugar nenhum, embora tivesse procurado mais do que na noite anterior. Ela estivera perdendo tempo então, querendo que Robin esperasse por *ela*, para variar. Como *aquilo* havia sido mesquinho. Uma lesão cerebral era anos-luz pior do que uma canela ou um joelho machucado.

É claro, Robin talvez já tivesse acordado a essa altura. Mas para quem ela ligaria? Molly não podia correr o risco de ligar para a mãe, não queria acordar o pai e nem adiantava tentar o Chris. O posto de enfermagem da UTI lhe daria apenas um relatório de status oficial. Condição crítica? Ela não queria ouvir isso.

Então ela regou e podou o imbé no sótão, cortou as folhas mortas de uma figueira adoentada, pulverizou uma samambaia em recuperação — dizendo coisas gentis e sem nexo às plantas o tempo todo, até que não lhe restou mais nada fofo e sem sentido para dizer, momento em que colocou uma calça jeans e dirigiu até o hospital. Preocupada, foi direto para a UTI, esperançosa, mesmo sabendo da situação crítica da irmã, que os olhos de Robin estivessem abertos. Quando viu que não estavam, ficou muito triste. O respirador sibilava, os aparelhos piscavam. Pouco havia mudado desde que ela partira na noite anterior.

Kathryn dormia numa cadeira ao lado da cama, a cabeça encostada à mão de Robin. Ela se agitou quando Molly se aproximou e, ainda grogue, olhou para o relógio. Com a voz cansada, disse:

— Achei que você estaria no viveiro a essa hora.

Os olhos de Molly estavam na irmã.

— Como ela está?

— Na mesma.

— Ela chegou a acordar?

— Não, mas eu tenho conversado com ela — disse Kathryn. — Eu sei que ela consegue me ouvir. Ela ainda não reagiu porque está traumatizada. Mas nós estamos trabalhando nisso, não estamos, Robin? — Ela acariciou o rosto de Robin com as costas da mão. — Nós só precisamos de um pouco mais de tempo.

Molly se lembrou do que o médico havia dito sobre a falta de reação. Isso não era um bom sinal

— Eles já fizeram a ressonância?

— Não, o neurologista só vai chegar daqui a uma hora.

Grata pela mãe não estar berrando por causa da espera, Molly segurou na grade da cama. *Acorda, Robin*, torceu ela, buscando algum movimento nas pálpebras de Robin. Se ela estivesse sonhando, isso seria um bom sinal. Mas as pálpebras da irmã ficaram imóveis. Ou estava dormindo profundamente ou estava, de fato, em coma. *Vamos, Robin*, mentalizou ela com mais força.

— A corrida dela estava indo bem antes de ela cair — observou Kathryn, levando a mão de Robin até o próprio queixo. — Você vai voltar àquele estágio, querida. — Ela emitiu um som de espanto.

Pensando que a mãe havia visto alguma coisa, Molly olhou mais de perto.

Mas Kathryn continuou falando em tom casual.

— Ih, Robin, eu já ia me esquecendo. Você tem um encontro com as meninas da Concord hoje à tarde. Vamos ter que adiar. — Ao olhar para cima, ela ajeitou o cabelo para trás da orelha. — Molly, você pode ligar para elas? Robin também teria que dar uma palestra para um grupo de crianças do sétimo ano amanhã em Hanover. Fala que ela está doente.

"Doente" era um eufemismo sério, Molly sabia disso. E como é que alguém poderia não ficar doente nesse lugar — com luzes piscando, aparelhos bipando, o sibilar ritmado do respirador como um lembrete constante de que o paciente não podia respirar sozinho? Entre telefones e alarmes, era pior ainda no corredor.

Molly havia tido um respiro daquilo tudo, mas Kathryn, não.

— A senhora está com uma cara péssima, mãe. Precisa dormir.

— Eu vou dormir.

— Quando? — perguntou ela, mas Kathryn não respondeu. — E o café da manhã?

— Uma das enfermeiras me trouxe um suco. Ela disse que a coisa mais importante agora é conversar.

— Eu posso conversar — ofereceu Molly, desesperada para ajudar. — Por que você não pega o meu carro e vai para casa e toma um banho? Robin e eu temos muito que conversar. Eu preciso saber o que devo fazer com as caixas de tênis no armário dela.

Kathryn lançou um olhar severo para a filha.

— Não toque neles.

— Você sabe que tem uns ali mais velhos que eu, né?

— Molly...

Molly ignorou o aviso. Havia uma normalidade na discussão.

— A gente tem que se mudar daqui a uma semana, mãe. Os tênis não podem ficar onde estão.

— Então pode colocar eles numa caixa e levar para a minha casa com o resto das suas coisas. Quando vocês encontrarem outro lugar, nós levamos para lá. Mas também, é claro, precisamos pensar na questão do carro dela, que está no acostamento da estrada em algum lugar entre aqui e Norwich. Eu vou mandar o Chris ver isso. Eu ainda não estou acreditando que você não foi com ela.

Molly também não, mas isso não passava de uma percepção tardia do que devia ter sido feito. No momento, Robin não dava absolutamente nenhum sinal de estar ouvindo a conversa. E, de repente, fingir que qualquer parte disso era normal não funcionou mais para Molly. Falar de tênis velhos quando a corredora estava *sendo mantida viva por máquinas*?

Com o coração na boca, ela examinou o rosto de Robin. Quando criança, Molly muitas vezes esperava até que a irmã acordasse, os olhos grudados no rosto de Robin, sua esperança subindo e descendo com cada respiração. Molly ficaria grata por *qualquer* movimento naquele momento.

— Se você precisar de ajuda para encaixotar as coisas pode pedir para o Joaquin — ofereceu Kathryn. — Veja o horário dele quando você chegar a Snow Hill.

— Eu realmente quero ficar aqui.

— Não se trata do que você quer, Molly. Trata-se do que será melhor. Alguém tem que ficar em Snow Hill.

— O Chris vai estar lá.

— O Chris não sabe lidar com pessoas. Você sabe.

Molly sentiu os olhos marejarem de lágrimas.

— Eu sou uma pessoa que se dá bem com *plantas*, mãe. Eu me comunico com *plantas*. E esta deitada aqui é a minha irmã. Como é que eu posso trabalhar?

— Robin iria querer que você trabalhasse.

Robin? Molly lutou contra a histeria. Robin nunca trabalhou quarenta horas por semana na vida. Ela corria, treinava outras pessoas, acenava, sorria — ela fazia o próprio horário. Ela tinha um escritório no viveiro e, oficialmente, estava encarregada dos eventos especiais, mas seu envolvimento ativo era o menor possível. Na maioria das vezes, estava fora quando os eventos aconteciam. Ela era uma atleta, e não uma confeccionadora de guirlandas ou uma especialista em bonsais, como havia dito a Molly mais de uma vez.

Mas repetir isso a Kathryn naquele momento seria maldade, assim como perguntar em voz alta o que iria acontecer se Robin nunca mais acordasse.

Desde seu início, há mais de trinta anos, Snow Hill sempre foi um negócio de família. Ocupando um terreno de mais de cento e sessenta metros quadrados numa área nobre na fronteira de New Hampshire com Vermont, o viveiro era conhecido por suas árvores, arbustos e suprimentos de jardinagem. Mas seu carro forte — com painéis solares que armazenavam o calor do verão para ser usado no inverno, um mecanismo para a reciclagem de água da chuva e controle de umidade regulado por computador — era uma estufa de última geração. Esse era o domínio de Molly.

Mesmo depois de passar no hospital para ver Robin, ela foi a primeira a chegar a Snow Hill. Desde criança, a estufa sempre foi um refúgio para Molly em momentos de estresse, e, embora não se encolhesse mais nos cantos nem se escondesse debaixo das bancadas, ela achava o ambiente terapêutico quando estava para baixo. Mesmo com todo o avanço tecnológico, aquele lugar ainda era uma estufa.

Os gatos a saudaram com miados e esfregadas. Contando seis deles, Molly fez carinho na cabeça e barriga deles, e então desenrolou uma mangueira e começou a regar as plantas. Enquanto os gatos dispersavam, ela foi passando de uma seção para a outra, regando muito em uns lugares, pouco em outros. Algumas plantas precisavam de água todos os dias, outras preferiam ficar um tempo sem água. Molly atendia às necessidades particulares de cada uma delas.

Uma bancada com vasos tombados sugeria que os coelhos haviam visitado a estufa durante a noite; provavelmente foram expulsos pelos gatos, que eram vigias eficientes, embora não muito famosos pela organização. Colocando a mangueira de lado, Molly endireitou as plantas, compactou mais uma vez a terra, removeu folhas machucadas e então varreu o chão. Depois de lavar com a mangueira os últimos resquícios de terra, voltou a regar.

O sol ainda não estava alto, mas a estufa estava iluminada. De manhã cedo, antes que o calor aumentasse, era definitivamente a melhor hora para regar. E Molly tinha tanto prazer naquilo quanto as plantas. Quando o borrifo de água brilhava nos raios oblíquos do sol e a terra ficava úmida e fragrante, a estufa era um lugar sereno. Previsível.

Naquele dia, estava precisando disso. Ela só conseguia tirar Robin da cabeça por, no máximo, um minuto ou dois. Afastá-la dos pensamentos requeria um esforço constante.

Enrolando novamente a mangueira e colocando-a onde nenhum cliente pudesse tropeçar nela, Molly perambulou pelos corredores. Examinou um novo carregamento de crisântemos para se certificar de que estavam livres de pulgões e, com bastante cuidado, aparou as pontas marrons de diversas samambaias. Vagueando entre as bancadas que ficavam mais à sombra, ela falou cheia de delicadeza com peperômias, syngoniums e lírios-da-paz. Essas não eram plantas vistosas, certamente não como as bromélias, mas eram constantes e fáceis de cuidar. Atenciosamente, viu o teor de umidade delas. Uma manta de sombreamento, regulado por um programa de computador, seria içado mais tarde para protegê-las da luz forte que tanto odiavam, embora a fase mais intensa do verão já tivesse passado.

Suas violetas africanas adoravam esse tratamento. Com frequência elas se recusavam a florescer em protesto contra o calor, razão pela qual Molly comprava um número menor delas em julho e agosto. Sendo assim, havia acabado de repor o estoque e agora as reposicionava para exibir suas flores.

Molly apanhou diversas etiquetas do chão, fez uma anotação mental sobre uma bancada que precisava ser consertada e, por um momento prolongado, ficou parada no meio daquilo que via como seu reinado. O ar aquecido e úmido e o cheiro intenso de terra eram reconfortantes.

Então ela viu Chris, que nunca chegava tão cedo. Estava parado sob o arco que separava a estufa do balcão caixa, e ele não parecia feliz.

Com o coração palpitando, Molly se aproximou.

— Aconteceu alguma coisa?

Ele fez que não com a cabeça.

— Você já foi ao hospital?

— Não. O pai está lá. Acabei de falar com ele.

— Eles sabem de mais alguma coisa?

— Não.

— A mãe está bem?

Chris deu de ombros.

O gesto não satisfez Molly. Ela precisava de respostas. Precisava ser tranquilizada.

— Como é que isso foi acontecer? — perguntou ela numa explosão de medo acumulado. — Robin é completamente saudável. Ela já deveria ter acordado, não? Quer dizer, ela podia até ficar inconsciente por algum tempo, mas tanto tempo assim? E se ela não acordar, Chris? E se houver uma lesão cerebral *de verdade*? E se ela não acordar *nunca mais*?

O irmão parecia nervoso, mas não disse nada, e, justo quando Molly estava prestes a gritar de frustração, Tami Fitzgerald veio andando na direção deles. Tami era a gerente da loja de acessórios de jardinagem. Ela raramente chegava tão cedo assim, mas seus passos pareciam determinados.

Molly não estava com disposição para enfrentar um problema de entrega. Não naquele momento.

Aparentemente, Tami também não.

— Ouvi dizer que Robin está no hospital — disse ela, preocupada. — Como ela está?

Se bem que, Molly teria preferido um problema de entrega. O pessoal da Snow Hill é como se fosse da família. O que ela deveria dizer a eles? Não tendo consultado Kathryn ou Charlie sobre isso, recorreu a Chris, mas o rosto dele permaneceu inexpressivo. Curiosa, ela perguntou a Tami:

— Como foi que você ficou sabendo?

— Meu cunhado trabalha com o pessoal da emergência. Ele disse alguma coisa sobre o coração dela.

Agora não ia dar mais para dizer que Robin só estava *doente.*

Molly esperou mais uma vez por Chris, mas ele não falou nada. E alguém precisava dizer alguma coisa.

— Não sabemos muito mais do que isso — disse Molly finalmente. — Houve algum tipo de problema no coração. Eles estão fazendo exames.

— Caramba. Vocês sabem se é sério?

Como responder a uma pergunta dessas? Se ela falasse demais, Kathryn ficaria chateada.

— Eu realmente não sei. Estamos aguardando notícias.

— Você me avisa quando ficar sabendo? Robin é a última pessoa que eu imaginava ver sequer com um resfriado.

— Pois é — concordou Molly. E acrescentou: — Não deve ser nada.

— Que bom. A Robin é a melhor. Se eu puder fazer alguma coisa para ajudar, podem pedir.

Molly esperou apenas até que Tami sumisse de vista antes de encarar Chris.

— *Eu* não sabia o que dizer. Você não podia ter ajudado?

— Você foi ótima.

— Mas e se não for verdade? E se ela não ficar bem? — Ele colocou as mãos nos bolsos. — Na noite passada — apressou-se Molly, precisando confessar —, quando o hospital me ligou... Eu achei que fosse exagero. A enfermeira pediu que eu fosse correndo para lá, mas eu não queria ter que esperar por Robin e, por isso, passei um tempo fazendo coisas pela casa. Ela estava em coma, e eu estava tomando banho para que pudesse me *sentir* melhor. — Ele pareceu aflito, mas permaneceu calado. — Ela tem que acordar — implorou Molly. — Ela é o pilar dessa família. O que a mamãe *vai fazer* se ela não acordar? — Quando Chris deu de ombros, ela gritou: — Você e nada é a mesma coisa!

— O que você quer que eu *diga*? — perguntou ele. — Eu não *tenho as respostas*!

Molly olhou para o relógio. Mais de uma hora havia passado desde que ela saíra do hospital.

— Talvez a mãe tenha. Eu vou voltar para o hospital.

Kathryn estava parada entre o marido e o neurologista, estudando imagens de um cérebro feitas por ressonância magnética. O médico tinha dito que eram de Robin, e, de fato, Robin tinha saído da UTI e havia ficado fora tempo suficiente para fazer o exame. Mas com base no que o médico estava dizendo acerca da tonalidade e da delineação do tecido morto, esse filme não podia ser de Robin. A lesão ali era profunda.

Kathryn estava mais amedrontada do que jamais estivera na vida, e o braço de Charlie em seus ombros não lhe proporcionava muito consolo. Ela olhou para o intensivista na expectativa de ouvir maiores esclarecimentos, mas a atenção dele estava voltada para o neurologista.

Nós vamos ver outro especialista, pensou ela. *Dois especialistas, duas opiniões.*

Mas lá estava o nome de Robin, bem nítido no filme. E lá estava toda aquela área escura mostrando a ausência de circulação sanguínea. Não havia nada de ambíguo ali.

O neurologista continuou a falar. Kathryn tentava ouvir, mas era difícil escutar com todo aquele zumbido em sua cabeça. Então, ele parou de falar. Um minuto se passou antes que ela percebesse que era sua vez.

— Bem — disse ela, esforçando-se para pensar. — Como é que vocês tratam isso?

— Não tratamos — respondeu o neurologista com compaixão na voz. — Uma vez que o tecido cerebral morre, não tem mais jeito.

Lançando um rápido olhar para Robin, ela fez sinal de silêncio. A última coisa que Robin precisava ouvir era que algo não tinha mais jeito. Com voz suave, Kathryn disse:

— Deve ter algum modo de reverter isso.

— Eu sinto dizer que não, sra. Snow. Sua filha ficou sem oxigênio por tempo demais.

— Isso foi porque o rapaz que a encontrou esperou passar muito tempo antes de começar a reanimação cardiopulmonar.

— Não foi culpa dele — disse Charlie, sutil.

O intensivista deu um passo à frente.

— Ele é considerado um Bom Samaritano, o que significa que está protegido por lei. Sua filha teve um infarto. Foi isso que causou a lesão cerebral. De acordo com este filme...

— Nenhum filme conta a história toda — interrompeu Kathryn. — Eu sei que a Robin está com a gente. Talvez a ressonância magnética não seja o exame certo. Ou talvez haja algo errado com a máquina. — Ela se voltou com ar suplicante para Charlie. — Nós precisamos de outra máquina, outro hospital, qualquer outra coisa.

Kathryn havia se apaixonado por Charlie por causa de seu jeitão calado. O apoio silencioso dele era o complemento perfeito para a sua vida barulhenta. Ele não precisava falar para expressar o que sentia. Seus olhos eram expressivos. Agora, transmitiam uma tristeza rara.

— Uma lesão cerebral significa morte cerebral? — perguntou ela num sussurro amedrontado, mas ele não respondeu. — Morte cerebral significa *morto*, Charlie! — Quando ele tentou puxá-la mais para perto de si, ela resistiu. — Robin *não* teve morte cerebral.

CAPÍTULO 4

Molly estava aturdida.

— Morte cerebral? — perguntou ela da porta.

Kathryn olhou para ela.

— Fala para eles, Molly. Fala como a sua irmã é cheia de vida. Fala o que ela está planejando fazer no ano que vem. As *Olimpíadas*.

Molly encarava a irmã. Morte cerebral significava que ela nunca mais acordaria, nunca mais respiraria sozinha, nunca mais falaria de novo. *Nunca*.

Com os olhos lacrimejando, ela foi para perto do pai, que segurou sua mão.

— Diz para eles, Molly — implorou Kathryn.

— Eles têm certeza? — perguntou Molly a Charlie.

— A ressonância magnética mostra uma grave lesão cerebral.

Compartilhando o desespero da mãe, Molly se virou para o neurologista.

— Vocês não podem dar um choque nela, ou algo assim?

— Não. O tecido cerebral não responde.

— Mas e se não estiver totalmente morto? Não existem outros exames?

— Um exame EEG — respondeu ele. — Isso mostrará se existe alguma atividade elétrica no cérebro.

Molly não precisou perguntar o que significaria se não houvesse nenhuma. Sabia que a mãe estava pensando a mesma coisa quando, no mesmo instante, Kathryn disse:

— Ainda é cedo demais para esse teste.

Mas Molly precisava de algo que pudesse lhe trazer esperança.

— A senhora não quer saber, mãe? Se houver atividade elétrica, aí está a resposta.

— Robin não teve morte cerebral — insistiu Kathryn.

— Esse não é um termo que usamos com leviandade, sra. Snow — comentou o médico. — Nós usamos os critérios de Harvard, que recomenda um par de EEGs tirados com o intervalo de um dia. Não consideramos que o paciente tenha tido morte cerebral a menos que os dois resultados mostrem uma total ausência de atividade elétrica.

— Nós temos que fazer isso, mãe — persistiu Molly. — Precisamos saber.

— Por quê? — perguntou Kathryn com dureza. — Para que eles possam desligar os aparelhos? — Afastando-se de Charlie, ela segurou a mão de Robin e se inclinou para junto da filha. — A maratona de Nova York vai ser incrível. Nós vamos ficar no Península, não é, querida? — Voltando os olhos novamente para os médicos, ela explicou: — Os maratonistas diminuem a intensidade dos treinos na semana que antecede a corrida. Nós estávamos pensando em fazer umas comprinhas.

O intensivista sorriu, empático.

— Nós não precisamos fazer o EEG imediatamente. Nós ainda temos tempo. Pensem um pouco sobre o assunto.

— Nada de EEG — ordenou Kathryn, e ninguém discutiu.

Instantes depois, Molly estava a sós com os pais. Kathryn continuou a conversar com Robin como se a filha pudesse ouvir. Era compreensível. Robin sempre fora o foco das atividades familiares. Mesmo tendo se ressentido disso tantas vezes, Molly achava difícil imaginar as coisas de outra forma.

Era como cortar uma orquídea que um dia fora linda, sem saber se ela jamais cresceria novamente. Algo que um dia foi belo... podendo agora estar morto.

Kathryn interrompeu seus pensamentos.

— Eu preciso mesmo de você em Snow Hill, Molly. Por favor, não crie caso.

Tudo bem. Molly não ia discutir. Mas tinha más notícias.

— Eu acabei de vir de lá. O cunhado da Tami Fitzgerald trabalha na emergência. Ele contou a ela sobre Robin. — Vendo o olhar alarmado de Kathryn, Molly acrescentou: — Ele não disse muita coisa. Mas a Tami estava lá perguntando. Eu só disse que a Robin ficaria bem.

— Você fez bem.

— Mas não vai durar muito tempo, mãe. A notícia vai se espalhar. Hanover não é um lugar grande, e a comunidade de corrida é muito unida. Além disso, a Robin tem amigos no país inteiro... no *mundo* inteiro. Eles vão começar a ligar. — Olhando ao redor, ela viu uma bolsa de plástico no chão próxima à parede. Ela continha as roupas e a pochete de Robin. — O celular dela está ali?

— Está comigo — disse Kathryn. — Eu desliguei.

Como se isso fosse resolver o problema.

— Os amigos dela vão deixar mensagens. Quando ela não responder, eles vão ligar para a nossa casa. O que você quer que eu diga?

— Diga que ela vai ligar de volta.

— Mãe, estamos falando de amigos de verdade. Eu não posso mentir. Além disso, eles poderiam nos apoiar. Poderiam vir aqui conversar com a Robin.

— Nós mesmos podemos fazer isso.

— Nós não podemos dizer a eles que não é nada. Se a Robin teve um infarto agudo...

— Isso não é problema de ninguém, só nosso — declarou Kathryn. — Eu não quero as pessoas olhando de um modo estranho para Robin quando ela voltar à ativa.

Molly estava chocada. Quem ouvisse a mãe dela falando podia pensar que Robin ia acordar em um ou dois dias e ficar bem, que ela ficaria *perfeita*. Mas mesmo uma lesão cerebral leve tem sequelas. Na melhor das hipóteses, ela teria que fazer um tratamento de reabilitação.

Molly se voltou para o pai.

— Dá uma ajuda aqui, pai.

— Com o quê? — perguntou Kathryn, cortando de imediato o marido.

Molly olhou em volta do quarto. Seus olhos foram parar em Robin, que não havia se mexido nem um centímetro.

— Isso está sendo tão difícil para mim quanto para você.

— Você não é a mãe dela.

— Ela é a minha irmã. Meu *ídolo*.

— Quando você era *pequena* — repreendeu Kathryn. — Já se passou muito tempo desde então.

Minha culpa. *Minha culpa*, lamentava-se Molly em silêncio, sentindo--se ainda pior. Mas como ela podia fazer algo positivo agora? Apelou de novo para o pai:

— Eu não sei o que fazer, pai. Se vocês querem que eu fique em Snow Hill, tudo bem; mas a gente não pode fingir que isso não é sério. Robin só está viva por causa dos aparelhos.

— Por enquanto — rebateu Kathryn com tanta convicção que Molly desejou ficar apenas para absorver a confiança da mãe.

Todo delicado, Charlie disse:

— Se alguém perguntar, querida, diga apenas que estamos aguardando os resultados de alguns exames, mas que nós agradecemos as orações de todos.

— Orações? — explodiu Kathryn. — Como se fosse caso de vida ou morte?

— Orações servem para vários tipos de coisa — respondeu Charlie e olhou para cima enquanto uma enfermeira entrava.

— Precisamos dar uma olhada na Robin; dar banho, checar os tubos — disse a mulher. — Não deve demorar.

Molly saiu para o corredor. Seus pais mal haviam se juntado a ela quando a mãe disse:

— Viu? Eles não estariam se preocupando com coisas mundanas como banho se não houvesse nenhuma esperança. Preciso ir ao banheiro. Já volto.

No entanto, ela mal havia dado dois passos quando parou. Um homem havia se aproximado e a encarava. Tinha aproximadamente a idade de Robin. Estava de jeans, camisa e gravata, e parecia respeitável o suficiente para ser um dos funcionários do hospital, mas, com os olhos assustados e uma sombra escura sobre a mandíbula, ele estava visivelmente perturbado.

— Fui eu quem a encontrou — anunciou ele com a voz angustiada.

O coração de Molly deu um salto. Como Kathryn não respondeu, ela logo tomou a iniciativa:

— Que encontrou a Robin na estrada? — perguntou, ansiosa. Eles conheciam tão poucos fatos. A vinda dele era uma dádiva.

— Eu estava correndo e de repente eu a vi, caída.

Ele parecia estar um pouco desnorteado; Molly se identificava.

— Ela estava consciente enquanto você ficou com ela? Ela se mexeu? Disse alguma coisa?

— Não. Ela já recobrou a consciência?

Molly estava prestes a responder — a verdade, já que os olhos deles imploravam por isso — quando Kathryn voltou à vida. Estridente, ela atacou:

— Você tem que ter *muita coragem* de perguntar isso depois de ter ficado lá parado *tanto* tempo antes de buscar ajuda?

— Mãe — advertiu Molly.

Kathryn, porém, continuou a atacar o rapaz:

— Minha filha está em *coma* porque ela foi privada de oxigênio por tempo *demais*! Você sabia que *cada segundo* contava?

— *Mãe.*

— Eu comecei a reanimação cardiopulmonar assim que eu me dei conta que ela não tinha pulso — disse ele em voz baixa —, e continuei fazendo isso enquanto ligava para a ambulância.

— Você começou a reanimação cardiopulmonar — zombou Kathryn. — Você sequer sabe como *fazer* a reanimação cardiopulmonar? Se você tivesse feito isso direito, ela talvez estivesse *bem.*

Estarrecida, Molly agarrou o braço da mãe.

— Isso não é justo — protestou, já que, colocando a lealdade familiar de lado, ela sentia que tinha uma ligação com aquele homem.

Kathryn o estava culpando por algo que ele não havia feito, e Molly sabia muito bem como ele devia estar se sentindo! O fato de ele ter reanimado Robin era razão suficiente para ela sentir essa conexão.

— A minha irmã fez algum som? — perguntou ela. — Um gemido, um choramingo? Qualquer desses sinais seria um argumento contra uma lesão cerebral.

Os olhos dele expressaram lamento.

— Não, nada. Enquanto eu comprimia o peito dela, eu fiquei chamando o nome dela várias vezes, mas ela não respondeu. Sinto muito — disse ele, voltando-se para Kathryn. — Eu queria ter podido fazer mais.

— Eu também — contrapôs Kathryn, voltando ao ataque —, mas agora é tarde demais, então por que está aqui? Estamos tentando lidar com algo tão terrível que você não tem nem noção. Você não deveria ter vindo. — Ela olhou ao redor. — Enfermeira!

— *Mãe* — disse Molly, horrorizada, procurando silenciar a mãe. Ela colocou o braço em volta de Kathryn, mas se sentiu muito pior pelo Bom Samaritano. — Minha mãe está nervosa — disse ao rapaz. — Tenho certeza de que você fez tudo o que podia. — Mas ele já estava recuando. Mal havia se virado e começado a se afastar pelo corredor quando Kathryn voltou sua ira contra Molly.

— Você tem *certeza* de que ele fez tudo o que podia? E como é que você saberia disso? E como foi que ele chegou até aqui?

— Ele pegou o elevador — disse Charlie de trás de Molly. Sua voz era branda, mas impunha autoridade.

Kathryn se aquietou no mesmo instante. Com um único suspiro, ela se recompôs e seguiu em direção ao banheiro.

Assim que estava fora do campo de audição, Molly se voltou para o pai, pronta para condenar a explosão de Kathryn, mas a tristeza no rosto dele a deteve. Com Kathryn tão envolvida, era fácil esquecer que Robin também era filha de Charlie.

Os pensamentos acerca do Bom Samaritano se afastaram, sendo substituídos pela realidade de Robin.

— O que a gente vai fazer? — perguntou Molly, a voz falhada.

— Segurar o tranco.

— Sobre a mamãe. Ela está fora de controle. Aquele homem não merecia aquilo. Ele só estava tentando ajudar, que nem eu, mas eu tenho medo até de falar. Tudo o que eu falo está errado.

— Sua mãe está nervosa. É só isso.

Ainda assim, havia um peso no peito de Molly.

— Não é só isso. Ela me culpa.

— Ela acabou de culpar aquele rapaz. É mais forte que ela.

— Mas eu *me* culpo, também. Eu não paro de pensar que eu é quem deveria estar naquela cama, não a Robin.

Ele a puxou para perto de si.

— Não, não, você está errada.

— A Robin que é a filha boa.

— Não mais do que você. Isso não foi sua culpa, Molly. Ela teria infartado com ou sem você lá, e ninguém, *muito menos* a Robin, teria esperado que você a seguisse em seu carro, com ela à vista o tempo todo. A qualquer momento você poderia estar a quinze minutos de distância.

— Ou cinco — disse Molly —, e nesse caso os danos teriam sido menores. Mas se fosse eu que estivesse em coma, Robin conseguiria ajudar a mamãe. Ela não *me* deixa ajudar. O que eu falo? O que eu faço?

— Só seja você mesma.

— Esse é o problema. Eu sou eu, não a Robin. E se eles estiverem certos quanto ao cérebro dela? — continuou Molly, já que seu pai era uma pessoa tão mais razoável do que a mãe, e já que se sentia tão incomodada pelo fato de a vida da irmã estar sendo mantida artificialmente. — Isso não é uma questão de vida ou morte. É só uma questão de morte. — Ela começou a chorar. — De quando isso vai acontecer.

— Nós não temos certeza disso — advertiu ele, calmo. — Milagres às vezes acontecem.

Charlie era um homem muitíssimo religioso que frequentava regularmente a igreja, embora em geral fosse sozinho e nunca reclamasse disso. Havia aceitado o fato de que o que funcionava para ele não necessariamente funcionava para a mulher e os filhos. Pela primeira vez na vida, Molly queria que não fosse assim. Charlie acreditava em milagres. Ela também queria acreditar neles.

Ele apertou a filha contra o próprio peito. O calor dele, tão familiar, quebrou a compostura de Molly. Enterrando o rosto na camisa do pai, chorou pela irmã que ela amava e odiava, mas que agora não conseguia respirar sozinha.

Murmurando com suavidade, ele a abraçou. Molly estava tentando se recompor quando ouviu os passos da mãe. Com um suspiro rápido, ela enxugou o rosto com as mãos.

Naturalmente, Kathryn viu as lágrimas.

— Por favor, não chore, Molly. Se você chorar, eu vou chorar; mas não quero que a Robin veja a gente triste. — Ela pegou o celular que tinha começado a tocar e o desligou sem dar atenção. Fez o mesmo com o próprio aparelho logo em seguida. — Eu não posso falar agora — disse com um gesto de repúdio. — Não consigo pensar em nada agora que não seja fazer com que Robin melhore. Mas eu gostaria de tomar um banho enquanto a enfermeira está com ela. Se estiver tudo bem por você, Molly, seu pai me leva em casa rapidinho e você fica aqui. A gente volta logo. E depois você vai para Snow Hill.

Molly queria protestar, mas sabia que era inútil. Então olhou para o pai.

— Alguém precisa ligar para o Chris.

Os olhos de Charlie se desviaram para além dela.

— Não precisa. Olha ele aí.

Chris havia tentado trabalhar, mas sua cabeça não estava lá. Ficou pensando na bagunça em que estava sua vida, e, como ele não sabia o que dizer a Erin, o hospital parecia o lugar certo para estar. Mas assim que ele olhou para os pais, se arrependeu. Eles estavam com uma aparência terrível.

— Nenhuma mudança? — perguntou ele ao se aproximar.

O silêncio respondeu à pergunta.

— A ressonância mostrou lesão cerebral — informou Molly.

Kathryn lançou um olhar irritado para a filha.

— As ressonâncias magnéticas não mostram tudo.

— Eles precisam fazer um EEG — afirmou Chris.

— A mamãe quer esperar.

— Molly, por favor — disse Kathryn. — Você não está ajudando.

Quando Molly abriu a boca para protestar, Charlie interveio.

— Ela não estava sendo crítica, Kathryn.

— Ela está apressando as coisas.

— Não. Os médicos sugeriram um exame EEG. Ela estava apenas atualizando o Chris. — Segurando a mão da mulher, ele se voltou para Chris: — Vou levar a sua mãe para casa. Nós voltamos logo.

Observando enquanto eles saíam, Chris não viu nenhuma evidência de que Kathryn estivesse discutindo, o que provava sua teoria. Seu pai não precisava dizer muito para ser eficaz. Erin tinha de entender isso.

— Que pesadelo — murmurou Molly.

— A mamãe ou a Robin?

— As duas. Eu também acho que a gente precisa fazer o EEG, mas a mamãe está com medo. Chris, a enfermeira está com Robin. Se ela sair, você pode ir para o quarto? Vou descer e tomar um café. Você quer alguma coisa?

Ele fez que não com a cabeça. Sozinho, encostou-se à parede. E como não pensar em Robin? Suas memórias mais remotas eram vagas lembranças da irmã colocando-o numa sala e construindo fortes ao seu redor, ou vestindo-o em fantasias antigas. Ele não devia ter mais do que três anos. Lembrava-se mais de quando saiu com ela em um Halloween. Ele devia ter uns cinco ou seis anos. Aos dez anos, ela já o levava para esquiar em pistas diamante negro. Ele não esquiava bem o suficiente para isso, claro, mas para Robin a única coisa que importava era o desafio.

— Oi — chamou uma voz familiar.

Ele olhou para cima e viu Erin, sentindo um alívio instantâneo. Queria a mulher com ele naquele momento; precisava dela.

— Cadê a Chloe? — perguntou ele.

— Ela ficou com a sra. Johnson. Como a Robin está?

Nada bem, respondeu ele com um olhar.

— A ressonância mostrou lesão cerebral.

— Por causa de um *infarto*? Como ela teve um infarto?

Chris já havia ultrapassado o estágio da incredulidade e sentiu uma onda de raiva.

— Ela forçou a barra. Ela sempre forçava a barra. Se tinha um desafio e alguém podia vencê-lo, esse alguém tinha que ser ela. Robin já fez todos os recordes locais e meia dúzia de recordes nacionais. Eu sei que ela queria vencer a corrida de Nova York, mas ela foi longe demais. Para que um recorde mundial? Vencer já não está bom?

Erin colocou uma das mãos no braço dele e, com carinho, disse:

— Isso não importa agora.

Ele respirou fundo para se acalmar.

— Como a sua mãe está lidando com tudo? — perguntou a esposa.

Ele fez uma careta. *Mal.*

— Seu pai está ajudando?

Aquilo reavivou Chris.

— Está. Ele não precisa dizer muito para controlar a situação. Eu acabei de ver isso. Ele diz duas palavras e ela se acalma.

— Eles estão casados há mais de trinta anos.

Ele fez que não com a cabeça.

— Não é o tempo; é a natureza do relacionamento deles.

— Chris, eu não sou a sua mãe. Eu e ela somos completamente diferentes. Sem falar que ela fica fora de casa o tempo todo. Já era assim mesmo quando vocês eram pequenos, e eu não estou criticando, nem nada. Eu tenho inveja dela. Ela começou a Snow Hill naquela época, e olha o que o viveiro é hoje. Ela é uma mulher extraordinária. Se eu tivesse feito algo assim, eu poderia conviver com o silêncio à noite.

— Ela é uma pessoa muito motivada.

— Pelo quê?

Ele deu de ombros. Não conseguia entender a *esposa*, e ela era menos complexa do que Kathryn.

— E então, você ainda vai visitar sua mãe? — perguntou ele.

— Meu Deus, não! — respondeu Erin de imediato. — Não com a Robin no hospital. — Ela abaixou a voz para um sussurro. — Mas o que está acontecendo entre nós não vai embora, Chris. Vamos ter que lidar com isso em alguma hora.

Quando Molly voltou para a Snow Hill, o estacionamento estava cheio de carros de clientes. Ela entrou, subiu as escadas dos fundos até sua sala e fechou a porta. Ela enxotou um gato da cadeira e outro do teclado, e então se sentou e juntou as mãos.

Não queria estar ali, mas seu pai havia pedido. E, além de aliviar sua culpa, Molly queria ajudar. Ela podia lutar contra isso o quanto quisesse, mas agradar a Kathryn sempre foi uma de suas prioridades.

No momento, Kathryn queria que ela trabalhasse. Então, obedientemente, ela entrou no sistema e abriu sua agenda para aquela semana. Naquele e no dia seguinte, ela teria que fazer pedidos, mas na quinta, acompanharia a mãe numa palestra sobre como plantar mini jardins no clube de mulheres em Lebanon. Estava óbvio que as duas não teriam como ir. Que desculpa deveria dar? O mesmo valia para uma demonstração de poda em Plymouth. E a gravação na WMUR, em Manchester, na sexta? Molly odiava aparecer na TV, mesmo quando Kathryn era a única a falar. A televisão fazia seus olhos parecerem muito juntos; seu nariz, pequeno demais; e sua boca, larga demais. Ela havia experimentado prender o cabelo em vez de deixá-lo solto, vestir calça social em vez de jeans, azul em vez de roxo ou verde. Não fazia diferença; ao lado de Kathryn, ela sumia.

Nenhuma das duas teria disposição de aparecer na TV na sexta, então seu pai teria que cancelar aquele compromisso.

O telefone tocou.

— Alguma novidade? — perguntou Tami.

— Ainda não — respondeu Molly, sentindo-se falsa. — Estamos esperando mais exames.

— O Joaquin estava perguntando. Ele ficou preocupado quando não viu nenhum dos carros dos seus pais. Eles costumam chegar cedo aqui depois de viagens.

Joaquin Peña era o encarregado da manutenção em Snow Hill. Ele não só fazia a manutenção dos prédios e do terreno, ele também morava no local e cuidava das emergências que ocorriam fora do expediente.

Joaquin adorava Robin.

Pode falar para ele que ela vai ficar bem, Molly queria dizer, mas a ressonância magnética zombava de sua alegação. Então apenas disse:

— Meu pai vem mais tarde. — O que suscitava a questão sobre o que dizer a Joaquin ou a qualquer outra pessoa que perguntasse a respeito de Robin. Mas Charlie era bom nisso. Não era ele o diretor de relações públicas?

Terminando a ligação, ela examinou os formulários de requerimentos que havia reunido durante a reunião do dia anterior. Com a estação de plantio de outono chegando, o gerente de plantas e arbustos da Snow Hill havia feito uma lista de pedidos. O gerente de eventos havia agendado três novos casamentos e dois chás de panela, e a loja estava se preparando para a abertura da sala de guirlandas em outubro, e tudo isso requeria pedidos especiais. E então havia Liz Tocci, a paisagista interna que era uma verdadeira dor de cabeça, e que estava argumentando — mais uma vez — a favor de um fornecedor de plantas raras como a protea-rei, mas que, Molly sabia por experiência, era careiro e não confiável.

Molly também adorava proteas. Em matéria de flores exóticas, elas eram lindíssimas. Mas a Snow Hill dependia de seus fornecedores, e esse em especial havia mandado flores murchas na primeira vez que a Snow Hill fizera um pedido, as flores erradas na segunda e nenhuma flor na terceira. Em cada uma dessas situações, clientes ficaram decepcionados. Não, Liz Tocci teria que usar outras flores exóticas.

Mas que idiotice se preocupar com Liz quando Robin estava em coma!

Sem conseguir pensar nem mais um segundo, Molly resolveu fazer os pedidos para os eventos. Mas não estava em clima de casamento. Então se concentrou no Natal. Estava na hora de fazer os pedidos antecipados. No ano anterior, eles haviam vendido todas as poinsétias e tiveram que correr para reabastecer a um preço muito maior. Naquele ano, Molly queria comprar uma quantidade suficiente no atacado.

Quantas centenas pedir — três, quatro? Vasos de vinte, vinte e cinco ou trinta centímetros? E quantos vasos de cerâmica de cada tamanho?

Ela se esforçou para decidir, mas não conseguiu. Estava tão interessada em poinsétias como em se mudar. Procurando o telefone do seu senhorio Terrance Field, ela o digitou.

— Ei, sr. Field — disse ela quando o velho atendeu. — Aqui é Molly Snow. Tudo bem?

— Não estou mal — respondeu ele com cautela. — O que foi dessa vez, Molly?

— Minha irmã sofreu um acidente. É muito sério. Dessa vez eu realmente preciso de um prazo maior.

— Você disse isso da última vez também. Quando foi mesmo, semana passada?

— Daquela vez tivemos um problema com a empresa de mudanças, sr. Field, isso já foi resolvido. Agora é diferente. — Molly então percebeu que seu argumento era pouco convincente sem a verdade. — Robin sofreu um infarto.

Houve uma pausa, e depois uma admoestação suave.

— É para eu acreditar nisso, mesmo?

— Ela desmaiou enquanto estava correndo. Eles dizem que ela teve uma lesão cerebral. Ela está em estado crítico. Pode ligar para o Dickenson-May. Eles vão confirmar.

Depois de mais uma pausa, veio um suspiro.

— Vou acreditar em você, Molly, mas estou numa sinuca de bico aqui. Você me prometeu sair na segunda, e a construtora vai começar na terça. Eu já dei a eles um bom depósito para que trabalhem rápido, já que, se a casa não estiver pronta para ser mostrada pela corretora no dia primeiro de novembro, vai ficar difícil vendê-la. Eu preciso desse dinheiro.

Molly conhecia a corretora, era uma velha amiga da família.

— A Dorie McKay vai entender — implorou ela —, e ela é muito persuasiva. Ela pode resolver as coisas com a construtora. Tudo o que eu preciso é de mais uma ou duas semanas.

Mas Terrance não cedeu.

— O problema não é a construtora, Molly. Sou eu. No dia primeiro de dezembro, o meu aluguel vai triplicar. Eles vão colocar o apartamento à venda. Se eu não vender aí em Hanover, não vou ter como comprar aqui em Jupiter, e não tenho como pagar o aluguel triplicado.

Molly podia ter implorado — só mais *um* dia? *Dois* dias? —, mas um ou dois dias não fariam diferença, não com Robin respirando com ajuda daquela droga de respirador.

E não era como se ela mesma não pudesse encaixotar as coisas também. Afinal, Robin não teria ajudado muito mesmo, e elas tinham um lugar para ir. Molly só não queria se mudar. Apesar de todos os encantos naturais na região, Snow Hill sendo o menor deles, a casa tinha um charme especial. Ela adorava subir a estradinha de carro e estacionar embaixo do carvalho, abrir a porta e sentir o cheiro de madeira antiga. A casa a fazia se sentir bem. Seria ótimo poder ficar mais um pouco, principalmente com o futuro de Robin na balança.

Uma coisa era certa: Robin não ia liderar uma clínica naquela tarde nem daria uma palestra para alunos do sétimo ano na sexta. Molly começou pelo compromisso de sexta, sabendo que a professora de educação física, que estava menos envolvida pessoalmente, aceitaria um cancelamento melhor do que um grupo de corrida. E estava certa. Quando ela explicou que Robin estava doente, a professora ficou chateada, mas compreendeu. Com a líder do grupo de corrida foi outra história. Jenny Fiske conhecia Robin pessoalmente e ficou preocupada.

Quando ela perguntou o porquê do cancelamento, Molly não conseguiu culpar a gripe.

— Ela teve um probleminha numa corrida longa ontem. Eles estão fazendo exames agora.

— É o tornozelo dela de novo?

Ela estava se referindo ao incidente recente de esporão. Mas um esporão no calcanhar não impediria Robin de se encontrar com um grupo de corrida. Robin *adorava* se encontrar com grupos de corrida. Ela teria ido de muletas se fosse necessário. Não, para ela cancelar seu compromisso com um grupo de corridas teria de ter sido algo sério. Molly tentou pensar em alguma resposta. Pneumonia? Cólicas abdominais? Enxaqueca? Durando *semanas*?

Por fim, ela disse apenas:

— É uma coisa no coração.

— Ai, Deus, o problema do coração aumentado. Ela estava torcendo para isso passar.

Molly fez uma pausa.

— Como assim?

— Eu não acho que ela queria me contar, mas a gente estava junta no ano passado quando o noticiário anunciou os resultados da autópsia de um sujeito que tinha morrido durante as eliminatórias da maratona para as Olimpíadas. Ele tinha cardiomiopatia dilatada. Foi uma tragédia. E ele só tinha vinte e oito anos. A Robin falou como ela tinha medo disso, já que ela tinha a mesma coisa.

Aquilo era novidade para Molly. E seria novidade para seus pais. Mas Robin contava tudo a Kathryn. Se ela soubesse de uma coisa dessas e a tivesse escondido da mãe por causa da glória seria terrível!

— É esse o problema? — perguntou Jenny.

— Hum... hum...

— Ela está *bem*?

Está, sim, era o que a mãe queria que ela dissesse. Mas isso era uma mentira, possivelmente agravada agora pela mentira de Robin. Com raiva da irmã, e da mãe, que derivava uma imensa satisfação da glória de ter como filha uma corredora de prestígio internacional, Molly deixou escapar:

— Na verdade, não. Ela ainda não recobrou a consciência.

— Meu Deus! Ela está no Dickenson-May?

— Isso.

— Na UTI?

Começando a se preocupar, Molly deu para trás.

— É, mas você pode... pode deixar isso entre a gente? Está tudo muito incerto.

CAPÍTULO 5

Molly ficou de olho para ver quando Chris chegasse. Assim que ele pisou em Snow Hill, ela foi até a sala do irmão.

— Você ficou sabendo alguma coisa no ano passado sobre a Robin ter um coração aumentado?

Ele balançou a cabeça.

— Quem disse que ela tem isso?

— Jenny Fiske. Ela insinuou que a Robin sabia que tinha um problema e ignorou.

— Você falou com ela que a Robin teve um problema de coração? — perguntou ele.

Molly se colocou na defensiva.

— Eu tive que falar. E, de qualquer forma, é ridículo a gente guardar segredo quando a Robin tem amigos que se importam de verdade.

— A mãe vai ficar uma fera.

Ela jogou uma das mãos para o alto.

— Ah, não me diga! Eu nunca consigo dizer a coisa certa quando se trata da mamãe. Ultimamente o problema parece ser com Nick.

Ela tinha conhecido Nick Dukette dois anos antes fora da pista em uma das corridas de Robin. Nick estava lá como repórter de um jornal e Molly, como torcedora, mas eles começaram a conversar e nunca mais pararam. Desde então, ele havia namorado Robin por um breve período, e, embora não tivesse dado certo, Molly e ele continuaram amigos. Kathryn não tinha nada de bom a dizer sobre ele.

— Eu não posso nem me encontrar com ele para um café que ela já começa a torrar a minha paciência. Mas eu conheci o Nick primeiro. Daí só porque a Robin terminou com ele, *eu* sou obrigada a cortar a amizade? Ele *não* é um cara mau.

— Ele é do jornal.

— Ele era da mídia quando estava namorando Robin, e a mamãe não tinha o pé atrás com ele na época. Por acaso, Robin não teria revelado mais informações pessoais do que eu, ou será que a mamãe acha que eu sou burra e ingênua? O que foi que eu fiz para ela desconfiar tanto de mim? A propósito, o papai concorda com a gente sobre o EEG. Se alguém pode convencer a mãe quanto a isso, é ele.

— Você acha?

— Com certeza. Ela talvez seja a líder, mas ele é inteligente. Ele não precisa levantar a voz e ela escuta o que ele diz.

— *Exatamente* — disse Chris numa rara expressão de entusiasmo. — Ele é uma força *silenciosa*.

Molly estava fragilizada o suficiente com relação à mãe para perceber aquela demonstração repentina de emoção como uma afronta pessoal.

— E eu não sou? É isso que você está tentando dizer? Desculpa, mas eu não consigo *não* expressar os meus sentimentos.

— Talvez o problema esteja em como você faz isso. Talvez você devesse maneirar no volume.

— Mas eu não sou assim. Você herdou esse jeito quieto do papai. Eu, não.

— Você conseguiria se casar com um cara como ele?

Molly não estava pensando em casamento naquele momento, mas já que ele havia perguntado, respondeu:

— Sem nem pensar duas vezes. Eu sou igual à mamãe. Eu preciso de alguém que me acalme.

— Você não acharia isso entediante? O pai chega em casa do trabalho e não fala quase nada.

— Mas ele está sempre presente. — Ela teve um pensamento repentino. — Você acha que eles sabiam sobre o coração aumentado de Robin e guardaram segredo?

Chris bufou.

— Pergunte a eles.

Molly pensou por dois segundos antes de responder:

— Vou fazer isso. — Ela queria ficar no hospital mesmo.

— Então Molly vai encaixotar tudo e cuidar da mudança — contou Kathryn a Robin. — Vocês morarem juntas é perfeito. Molly é ótima para cuidar das coisas quando você está ausente. Mesmo agora, ela vai manter os seus amigos atualizados sobre o que está acontecendo até que você se livre desse tubo... — Emitindo um som de espanto, ela se levantou da cadeira.

Charlie se aproximou rapidamente dela.

— Você viu isso? — perguntou Kathryn, empolgada. — A outra mão dela. Mexeu.

— Tem certeza? Aquela mão está com muito esparadrapo.

O coração de Kathryn disparou.

— Você fez aquilo, Robin? Se sim, eu quero que faça de novo. — Ela ficou olhando para a mão. — Vamos, querida — ordenou ela. — Eu sei que é difícil. Mas você está acostumada a fazer coisas difíceis. Pensa que você está no trigésimo quarto quilômetro quando se encosta à parede e se sente tonta e fraca, e tem certeza de que não vai conseguir terminar. Mas você sempre continua. Você sempre consegue arranjar um pouco mais de força. — O respirador inspirou, expirou, mas nenhum dedo se moveu. — Mexe a mão agora, Robin — implorou ela. — Mostra que você consegue me escutar. — Ela esperou um pouco e depois tentou de novo: — Pense nos jogos que você gosta. Quando você corre, você imagina um caminho longo e plano. Imagine-o agora, querida. Imagine o prazer que você sente quando se *mexe*.

Nada aconteceu.

Arrasada, ela sussurrou:

— Será que eu não estou conseguindo ver, Charlie?

— Se você não está, eu também não estou.

Desanimada, ela afundou de novo na cadeira e levou a mão da filha até a boca. Os dedos estavam flácidos e frios.

— Eu sei que eu vi alguma coisa — disse ela, assoprando a mão de Robin para aquecê-la.

— Você está exausta — disse Charlie.

Ela lançou um olhar duro para ele.

— Você está dizendo que eu *imaginei* ter visto algo? Talvez o seu problema seja que você *não queira* ver tanto quanto eu.

Depois de uma pausa, ele disse com a voz amuada:

— Golpe baixo.

Kathryn se deu conta disso no instante em que as palavras saíram de sua boca. Com seus olhos cor de âmbar, ombros que pareciam mais largos do que na verdade eram e uma lealdade como ela jamais havia visto em qualquer outra pessoa, Charlie sempre estivera ao seu lado. O fato de que ela pudesse acusá-lo de qualquer outra coisa mostrava o quanto estava estressada.

Estressada? Ela não estava estressada. Estava *arrasada*. Ver Robin daquele jeito a estava *matando*, e isso antes de ela começar a pensar no que aquilo tudo significava a longo prazo. Não era apenas um revés. Era uma *catástrofe*.

Charlie compreendia. Ela via isso no rosto dele, mas essa não era uma desculpa para o que ela havia dito. Abraçando a cintura do marido, ela enterrou o rosto no peito dele.

— Desculpa. Você não precisava escutar isso.

Ele acariciou a cabeça dela.

— Eu posso aguentar. Mas a Molly, não. Ela está tentando, Kath. Nenhum de nós esperava isso.

Charlie abaixou a mão para massagear o pescoço dela exatamente onde sabia que ela mais precisava.

Kathryn olhou para cima, assustada.

— Eu pressionei a Robin além da conta?

Ele deu um sorriso triste.

— Você não precisava pressioná-la. Ela mesma fazia isso.

— Mas eu a instigava.

— Instigava, não. Encorajava.

— Se eu não a tivesse encorajado, talvez ela não tivesse se forçado a ultrapassar os próprios limites.

— E nunca teria terminado uma maratona em tempo recorde? Nunca teria viajado por todo o país inspirando outras pessoas? Não iria querer chegar às Olimpíadas?

Ele estava certo. Robin vivia a vida ao máximo. Mas naquele momento, aquilo não aliviava o medo de Kathryn.

— O que vamos fazer?

— Pedir que façam o EEG.

Seu pânico foi ao máximo.

— E se o exame mostrar que não tem nenhuma atividade?

— E se ele mostrar que tem?

Charlie era o retrato da confiança e da tranquilidade. Sempre. E ela o amava por isso. Mas ainda era cedo demais para aquele exame.

— Eu não posso correr esse risco. Ainda não.

— Tudo bem — disse ele, gentil. — E quanto aos amigos? Eles não conseguem falar com você, por isso estão ligando para mim. Precisamos dizer a verdade para eles.

— Nós não sabemos a verdade.

Charlie a repreendeu com um sorriso triste.

— Você não está pedindo que ela seja transferida, o que me diz que você aceitou os resultados da ressonância magnética.

E como não aceitar, quando as imagens eram tão claras?

— Está bem — concordou ela. — Podemos dizer que há irregularidades. Essa é a verdade. Nós não precisamos contar tudo, não é? Não vou aguentar com todos imaginando o pior.

— Eles são amigos dela, Kath. Eles querem falar com você. Eles querem ajudar.

Mas Kathryn não queria empatia. Não era do tipo que conversava só por conversar; ela não *suportava* a ideia de ter que dar relatórios do progresso da filha para um número infindável de amigos, ainda mais quando não havia nenhum progresso a relatar. E o que esses amigos poderiam *fazer*?

Não. Nada de ligações. Kathryn não queria ouvir as pessoas dizerem coisas que ela não estava preparada para ouvir.

— Não consigo falar com eles ainda. Só não consigo. Você pode cuidar disso para mim, Charlie?

* * *

A experiência de Molly no hospital não foi nada boa. Sem demonstrar nenhum progresso, Robin continuava pálida e imóvel, uma paródia cruel da pessoa ativa que havia sido, e Kathryn ficou chocada ao ouvir sobre o coração aumentado.

— Isso não tem pé nem cabeça — declarou ela. — Robin teria me contado se ela tivesse algum problema sério.

Molly procurava falar em voz baixa. Nunca havia considerado o irmão como alguém que entendesse particularmente bem a natureza humana, mas ela tampouco estava se saindo muito bem. Que melhor momento poderia haver para testar a teoria dele do que numa situação tão difícil assim?

— Talvez você fosse falar para ela parar de correr. E se ela não quisesse isso?

— A Robin pode ser destemida, mas ela não é burra, e, com certeza, não é autodestrutiva. Por que você acreditaria mais numa estranha do que na sua irmã?

— Porque eu não posso perguntar à minha irmã — respondeu Molly, ainda em voz branda. — Eu só estou tentando entender isso, mãe. Os médicos mencionaram um coração aumentado?

Confusa, Kathryn olhou para Charlie, que disse:

— Sim. Nós supomos que fosse algo novo.

— Alguém na família de vocês tinha o coração dilatado?

Charlie fez que não com a cabeça e olhou para Kathryn, que disse:

— Eu não faço ideia. Eu nunca ouvi nada a respeito, mas os médicos não sabiam tanto na época dos meus pais ou dos meus avós. Além do mais, isso é o tipo de coisa que a pessoa não fica sabendo a não ser que tenha sintomas.

— Robin tinha sintomas?

— Molly, você está presumindo que isso seja verdade. *Por favor.* E de que isso importa agora? São águas passadas. Robin teve um infarto. É um *fato consumado.*

— Talvez para ela, mas e quanto a Chris e eu? A gente não deveria procurar saber se estamos correndo esse risco? — Vendo como aquilo soava egoísta, acrescentou: — Se a Robin sabia que estava se colocando em risco, ela não deveria ter corrido tanto. Ela não deveria nem ter corrido *sozinha.*

— Ela sempre corria sozinha.

— A maioria dos corredores treina em grupos. Se a Robin tinha um problema cardíaco, ela não deveria estar sempre com outras pessoas, só por precaução?

— Sim, era para você ter ido junto com ela.

Molly pensou em rebater, mas sua mãe estava certa. Com uma expressão sombria, ela disse:

— É, era, e eu vou ter que conviver com isso. Para sempre. — Kathryn pareceu ter ficado desconcertada com a confissão da filha, mas não por muito tempo. — Além disso, *tinha* mais alguém lá. — O Bom Samaritano. — Ele não precisava ter vindo falar com a gente, mãe — disse Molly, ainda envergonhada pela explosão da mãe. — Aquilo demandou coragem.

— Ele só está com culpa. Ele quer ser absolvido.

— Ele estava *preocupado* — argumentou Molly, decidindo que a teoria de Chris não valia nada. Falando baixo, gritando, ela simplesmente não conseguia se comunicar com a mãe. — Não foi ele que colocou a Robin em coma. Se nós estamos falando de causa e consequência, que médico teria permitido a Robin que corresse em maratonas se soubesse que ela tinha esse problema?

— Até parece que um médico seria capaz de controlar o que ela fazia! Fala sério, Molly. Você foi a primeira a defender os médicos ontem à noite. Por que mudou de ideia agora?

— Eu não quero que a minha irmã morra! — explodiu Molly, os olhos se enchendo de lágrimas porque Robin estava deitada ali, sem *nenhuma* reação. — Quando a gente era criança — disse com a voz embargada, voltando a atenção na irmã —, eu me deitava na cama dela, chegava cada vez mais perto, imaginando que eu poderia acordá-la só com o poder dos meus olhos, e ela ficava deitada ali, paradinha, esperando eu chegar bem perto. Então ela dava um pulo e eu quase morria de susto. — Ela deu um suspiro e olhou para a mãe. — Desculpa. Eu sinto que não posso fazer nada. Eu quero saber por que isso aconteceu.

— A raiva não ajuda — disse Kathryn em voz baixa.

A negação também não, pensou Molly.

— Podemos fazer o EEG? — perguntou ela. — Só para a gente saber.

Mas Kathryn ainda estava pensando sobre a questão do coração dilatado.

— Robin não teria mentido para mim sobre algo tão importante quanto um problema cardíaco. Ela contava tudo para mim.

Deixa para lá, disse Molly a si mesma, mas a afirmação era absurda demais.

— Ela te contou que ficou bêbada com os amigos depois da corrida em Duluth?

Kathryn olhou diretamente para a filha.

— A Robin não bebe.

— Bebe, sim. Eu já levei a Robin para casa de carro depois de ela beber.

— E você *deixava* uma coisa dessas? — perguntou Kathryn, transferindo a culpa para Molly. — E por que ela não *me* contou sobre Duluth?

— Porque você é a *mãe* dela, e você *odeia* álcool. — Molly ficou com pena da mãe, já que Kathryn parecia realmente afetada. — Ah, mãe, eu não teria dito nada se você não tivesse sido tão taxativa ao afirmar que Robin não mentiria. Duluth não foi nada demais. Não fez mal a ninguém. Eu tenho certeza de que, se você tivesse perguntado diretamente a Robin se ela já tinha ficado bêbada alguma vez, ela teria te contado. Mas ela não queria te decepcionar. Ela me fez jurar segredo.

— Você deveria ter honrado isso.

Molly baixou a cabeça. Ela não agradava a mãe nunca. Desanimada, olhou novamente para Kathryn.

— Eu só estou dizendo que a Robin não te contava tudo. Ela era humana, como todos nós.

— *Era* humana? No passado?

Charlie levantou uma das mãos. Ao mesmo tempo, ouviu-se um suave *com licença* vindo da porta. Era a enfermeira.

— Tem algumas pessoas na sala de espera no final do corredor. Elas falaram que são amigos de Robin.

Kathryn arregalou os olhos.

— Como é que as pessoas sabem que ela está aqui?

— Eu contei a Jenny Fiske — confessou Molly. Sua mãe já estava zangada; um pouco mais não ia piorar as coisas.

Kathryn ficou com a fisionomia abatida.

— Ah, Molly.

— Está tudo bem — disse Charlie. — Jenny é uma amiga. A Molly fez o que achou melhor.

— Robin ia querer que a Jenny soubesse — tentou Molly. Na verdade, ela tinha certeza disso. — Ela estava sempre com os amigos. Eu acho que ia gostar de ter a Jenny aqui. Robin ia querer fazer o EEG também. Ela gostava de saber as probabilidades... Ela *gosta* de saber as probabilidades, ela *gosta* de saber contra o que está lutando. Lembra como ela estuda os outros competidores antes de toda corrida importante. Ela gosta de analisar tudo... Quem vai correr de que forma numa determinada pista, se eles vão avançar para as primeiras colocações logo cedo, como se sairão nas ladeiras, quando começarão a ficar cansados. Ela é uma estrategista. Mas não pode planejar uma estratégia para *essa* corrida a menos que saiba o que está acontecendo.

Como Kathryn continuou a encará-la, Molly percebeu que havia chegado ao limite com a mãe. E Jenny estava na sala de espera. A última coisa que Molly queria era ter que ser a pessoa encarregada de falar com ela. Além disso, estava preocupada com a referência que a enfermeira havia feito quanto a amigos, no plural.

Sentindo-se responsável, ela foi tentar controlar os danos.

Kathryn ficou se perguntando se Molly estava certa. Talvez Robin quisesse saber o que estava encarando. O problema era que Kathryn não queria. Ela queria ver uma melhora primeiro, razão pela qual Molly ter espalhado a notícia não era bom.

— Por que ela contou para Jenny?

Charlie puxou uma cadeira.

— Porque nós a colocamos numa posição horrível. Como é que ela pode conversar com uma amiga de Robin e não lhe contar que a irmã está doente? Kath, na verdade não tem nada de errado no que ela fez. O que aconteceu a Robin não é uma desgraça. É uma crise médica. As orações das pessoas não fariam mal algum, pelo contrário.

Dessa vez, Kathryn não argumentou contra as orações. Ela mesma tinha começado a fazer algumas. Os médicos passaram a manhã toda entrando e saindo do quarto examinando Robin e nunca lhe disseram que não havia esperança. Eles apenas não lhe deram razões para se animar. O mesmo com o terapeuta respiratório, que vinha de hora em hora e se recusava a dizer se havia sentido alguma mudança na respiração dela. E as enfermeiras? Por mais carinhosas que fossem, testando repetidamente as reações de Robin, eram cautelosas ao responderem às perguntas de Kathryn. Elas disseram mais de uma vez que os pacientes não costumavam voltar do tipo de lesão cerebral que Robin havia sofrido.

Charlie pegou na mão dela.

— A Molly tem razão, sabia? Não saber é pior.

Kathryn sabia aonde ele queria chegar.

— Você quer fazer o EEG.

— Eu não quero *nada* disso — disse ele, numa explosão tão rara que a fez ter mais peso. — Mas não podemos voltar no tempo — acrescentou com tristeza na voz. — A Robin que a gente conhecia não existe mais.

Os olhos de Kathryn ficaram marejados de lágrimas enquanto ela olhava novamente para a filha. Robin havia sido um bebê ativo, uma criança energética, irreprimível.

— Eu não aceito isso — sussurrou ela.

— Talvez você tenha que aceitar. Pense na Robin. Como vamos saber o que fazer por ela se não sabemos a gravidade da lesão? — O argumento tinha algum mérito. — Você ama a Robin de paixão — continuou Charlie. — Você sempre amou. Ninguém questionaria isso.

— Eu queria tanta coisa para ela.

— Ela *teve* muita coisa — apontou ele. — Ela viveu mais em trinta e dois anos do que muitas pessoas chegam a viver, e você estava por trás disso.

— Eu sou tudo o que ela tem.

— Não, ela tem a mim. Ela tem a Molly e o Chris. Ela tem mais amigos do que qualquer um de nós. E nós amamos muito ela. E a Molly também. Ela foi obrigada a viver na sombra de Robin, o que não é um lugar divertido para se estar, mas ela adora a irmã. Ela faz muito pela Robin.

— Você acredita na história que ela contou sobre Duluth? — perguntou Kathryn num momento de dúvida.

— Como é que eu posso não acreditar? Você é muito iludida, meu amor. Nenhuma filha conta tudo à mãe, ainda mais quando sabe que vai decepcionar a mãe.

— Eu não teria ficado decepcionada se a Robin tivesse me contado que tinha um coração aumentado. Preocupada, sim.

— Você teria parado de incentivar ela a correr.

— Provavelmente.

— E se ela não quisesse isso? E se ela quisesse correr o risco? Ela é adulta, Kathryn. É a vida dela.

É?, pensou Kathryn. *Ou era?* Ela havia repreendido Molly por usar o verbo no passado, mas se Charlie estivesse certo e a Robin que eles conheciam tivesse partido, isso mudaria tudo.

Ela sempre achou que conhecia Robin como ninguém, e que o que *ela* quisesse, Robin também iria querer. Se isso não era verdade, e se Robin não podia expressar sua vontade naquele momento, como é que Kathryn ia saber o que fazer?

Aquele não era o momento para ter uma crise de autoconfiança, mas, mesmo assim, Kathryn teve uma. Fazia muito tempo que não tinha uma dessas. Já estava enferrujada naquilo.

Crises de autoconfiança eram muito comuns durante sua infância, como se fossem uma tradição de família. Seu pai, George Webber, havia sido lenhador. Depois carpinteiro. Depois pedreiro. Depois jardineiro. Ao primeiro sinal de desânimo em uma ocupação, ele partia para outra. O mesmo com sua mãe, Marjorie, que tinha um pequeno negócio de artesanato — inicialmente fazendo suéteres de tricô, depois bolsas de pano, depois uma versão caseira de cestas de Nantucket. Tudo que ela produzia era lindo — pelo menos aos olhos de Kathryn. Quando os negócios estavam indo bem, Marjorie ficava animada; mas, ao primeiro sinal de calmaria, ela partia para outra.

Kathryn aprendeu com os pais. Ela fez parte do time de natação da cidade até perceber que seria sempre uma nadadora mediana, e então mudou para o violino. Quando viu que não conseguiria ser violinista da primeira fileira do colégio, ela entrou para o teatro. Quando não foi selecionada para desempenhar nenhum dos papéis principais na peça do ensino médio, ela abraçou a arte.

Foi quando conheceu Natalie Boyce. Líder do departamento de arte do colégio, Natalie era um espírito livre que gostava de usar roupas extravagantes e falar o que pensava. A confiança e a determinação dela fascinavam Kathryn, que raramente via essas qualidades em casa. Mediante uma sugestão de Natalie, ela começou a pintar com aquarela. Mergulhou fundo no estudo das técnicas básicas de controle de pincel, paleta, textura e técnica aguada, e progrediu rapidamente com o encorajamento de Natalie. A amiga adorava a forma como Kathryn usava linhas e formas em seus trabalhos, e via nela uma sensibilidade natural ao espaço, mas também certa timidez no uso das cores. Kathryn tentou ser mais ousada, mas as matizes de sua vida eram mais pálidas do que vibrantes. E então passou da aquarela à argila.

Natalie não aceitou a atitude da amiga. Elas conversaram. Discutiram. As discussões delas iam além da arte e passavam para a vida.

Kathryn voltou à aquarela. Dedicou-se obstinadamente à pintura nos últimos dois anos do ensino médio. Quando ela prestou vestibular para a faculdade de arte, a base de seu portfólio estava em seu uso das cores. Mas só depois de sair da casa dos pais foi que ela conseguiu botar em prática o que havia aprendido.

Seus pais eram pessoas amorosas que queriam sustentar a família — queriam isso com tanto afinco que foram passando de uma atividade à outra numa busca infindável por um tremendo sucesso. O que eles não entendiam é que o sucesso não acontece automaticamente, era preciso talento, foco e muito trabalho.

CAPÍTULO 6

As amigas na sala de espera eram corredoras, amontoadas ao redor de uma pequena mesa num emaranhado de jeans, elastano e mochilas. Molly as reconheceu; eram as alunas da faculdade de Dartmouth com quem Robin costumava correr. Elas não tinham nenhuma relação com Jenny Fiske.

Se soubesse disso, ela não teria corrido para lá. Mas agora era tarde demais. Elas a cercaram antes que Molly pudesse recuar.

— A minha prima esteve na emergência ontem à noite com o filhinho dela — explicou uma delas. — Como a Robin está?

— Hum, a gente não sabe muito bem — despistou Molly.

— Eu corri com ela há três dias e ela estava bem — disse outra.

E uma terceira:

— A gente se esbarrou na livraria ontem, batemos um papo.

— Eu soube por Nick Dukette — observou uma quarta.

— Nick?

— É, o Nick do jornal. Ele viu a notícia no registro policial hoje de manhã, e ele sabe que eu conheço a Robin. Ele disse que ela está em estado crítico.

Molly foi pega de surpresa. Nick dizia que eles eram bons amigos, mas, se isso fosse verdade, ele deveria ter ligado para ela primeiro. Se bem que ela havia colocado o telefone para vibrar e andava distraída demais para se preocupar em checar as chamadas.

Pegando o telefone, ela checou as ligações. Ok. Ali estava. Uma chamada perdida de Nick. Ele não tinha deixado nenhuma mensagem.

Nick trabalhava para o maior jornal do estado. Apenas um repórter quando Molly o conheceu, ele havia sido nomeado chefe da redação local; mas com o talento que tinha para farejar histórias, ele era um forte candidato ao cargo de editor investigativo na próxima vez que houvesse um remanejamento interno. Assim como Robin, ele tinha tudo para ser uma estrela. E estava ansioso por isso. Nick tinha olhos azuis penetrantes que podiam perfurar ou encantar, e sabia usá-los muito bem. Se ele tivesse sido advogado, viveria correndo atrás de ambulâncias; ele era esse tipo de viciado em furos jornalísticos.

Molly admirava a obstinação dele, mas havia um aspecto negativo. O que Nick sabia todo mundo ficava sabendo no dia seguinte.

Kathryn ficaria furiosa e sem dúvida culparia Molly. Ela precisava falar com ele.

Mas, primeiro, as corredoras. Negar o estado oficial de Robin seria absurdo. A questão era quanto revelar, e o segredo era fazê-lo da forma mais discreta possível. A sala de espera não estava vazia. Uma mulher cochilava num sofá com a filha, uma família estava apinhada no outro.

Molly se aproximou do grupo.

— O estado oficial dela ainda é crítico — informou, já que qualquer pessoa que ligasse para o hospital receberia essa notícia. — Estamos esperando exames adicionais.

— Ela foi atropelada?

— Não. É interno.

— Quando você diz interno, está falando de *órgãos*?

Molly assentiu.

— Ela vai ficar bem?

— Esperamos que sim.

Houve um momento de silêncio, e então uma efusão de palavras de apoio.

— Tem algo que a gente possa fazer?

— Podemos ligar para as pessoas?

— Ela precisa de alguma coisa?

— De pensamentos positivos — disse Molly, surpreendendo-se por um instante quando uma das mulheres que ela não conhecia a abraçou. E ficou ainda mais surpresa ao perceber que sentiu falta do calor quando a moça se afastou. Sem palavras, agradeceu com um gesto da mão e, com o celular na mão, foi para a porta.

Esperando do lado de fora, no corredor, estava o Bom Samaritano. Meio palmo mais alto do que Molly, ele estava com a gravata desfeita e o colarinho aberto. Ele ficou visivelmente aliviado quando ela parou. Inundada por lembranças de minutos antes, como poderia não parar? A primeira coisa que lhe passou pela cabeça foi se desculpar pelo comportamento abominável da mãe, mas ele falou primeiro:

— Como ela está?

Molly torceu o nariz e balançou a cabeça.

Ele fez um som de derrota.

— Eu sabia que era grave. Ela estava fria e pegajosa. Foi desesperador. Assim que os paramédicos chegaram, eu fui embora. — Ele parecia atormentado. — Eu fiquei em pânico. O nome dela estava escrito na etiqueta do tênis, e, depois de lê-lo, eu reconheci o rosto dela. Ela é o ídolo de todo corredor, e lá estava eu, tentando fazê-la respirar. Não ajudou muito, né?

Molly hesitou, e então fez que não com a cabeça.

— Morte cerebral? — sussurrou ele.

Ela deu de ombros. Não podia negar a verdade a esse homem, que obviamente havia ligado os fatos.

Ele pareceu murchar.

— Não paro de pensar que, se eu estivesse correndo mais rápido, teria chegado lá antes.

Molly se abraçou.

— Se você tivesse ido correr em outro lugar, nunca teria encontrado a Robin.

— Eu deveria ter ficado, talvez ido com ela na ambulância; mas ela não me conhecia, então não era como se eu fosse um amigo indo com uma amiga.

— Eu sou *irmã* dela — desabafou Molly —, e era para eu estar com ela, só que eu tinha outras coisas para fazer. Tem ideia de como eu me sinto culpada?

Ele não pestanejou.

— É. Eu sei. Assim que os paramédicos assumiram o controle da situação, eu dei meia-volta e corri para casa para tomar um banho e voltar pra escola e tentar convencer os pais dos alunos de que eu sou uma pessoa boa e atenciosa, qualificada para dar aula pros seus filhos. Como se eu realmente conseguisse prestar atenção no trabalho.

Ah, e como Molly entendia isso! Ter passado o dia no escritório tinha sido uma piada. Ela não conseguia trabalhar enquanto a irmã estava sendo mantida viva por máquinas.

Nick, porém, estava trabalhando, e ela precisava mesmo falar com ele. Fazendo um gesto na direção do quarto de Robin, ela disse:

— Preciso fazer uma ligação. — Molly começou a andar, parou e se virou. Ela estava muito feliz por ele ter voltado. — Obrigada.

— Eu não fiz o suficiente.

— Robin não estava respirando. Você fez o possível. Minha irmã está viva por sua causa. — Ao perceber que ele ainda parecia perturbado, ela sorriu. — Esquece o que a minha mãe disse. Ela precisa colocar a culpa em alguém. Um dia, ela mesma vai te agradecer.

Molly continuou andando dessa vez, passou direto pelo quarto de Robin e foi até a janela, onde o sinal de celular tinha quatro barras.

— Sou eu — disse ela quando Nick atendeu.

Ela ouviu alguns segundos do burburinho da sala de redação, e então uma voz intensa:

— Meu Deus, Molly, fiquei o dia todo tentando falar com você. Por que demorou tanto para me ligar?

— Hoje o dia está meio agitado, Nick.

— Como ela está?

— Está segurando firme.

— O que isso quer dizer? Ela está acordada? Falando? Consegue andar? Está respirando sozinha? Ela está estável?

Molly podia sentir aqueles olhos azuis incitantes. Não estava gostando de ser interrogada.

— Eles vão fazer outros exames mais tarde.

— *Foi um* infarto mesmo?

— Eles estão tentando descobrir exatamente o que está acontecendo.

— Mas o problema começou onde? No coração mesmo? Ela já tinha tido problemas cardíacos antes? É um problema estrutural, como uma válvula ou um buraco? Tem como consertar?

Molly começou a se sentir desconfortável.

— Isso é para um artigo?

— Molly — protestou ele, parecendo ofendido. — É para *mim*. Eu já fui namorado dela. Além disso, a irmã dela é minha *amiga*.

Molly se sentiu devidamente repreendida.

— Desculpa. É que você está soando como um repórter.

Além disso, havia a questão do teste de antidoping de Andrea Welker que não tinha ido nada bem, algo que Robin havia confidenciado a ele, mas que, pouco depois, foi notícia no jornal. Nick jurou ter obtido a informação de outra fonte, mas nem Robin nem Kathryn acreditavam nele de verdade. *Não acredite no que ele diz*, Robin havia dito a Molly mais de uma vez, e, para que ela não se esquecesse, Kathryn repetia a advertência com frequência. Mas Molly gostava de Nick. Era um cara interessante e tinha futuro. O fato de que ele gostava de Molly a ponto de *querer* ser seu amigo mesmo depois de sua irmã ter lhe dado um fora era um elogio por si só.

— Não, *eu* é que peço desculpas — respondeu ele agora, em tom conciliatório. — Se você tivesse me ligado ontem à noite, nós não estaríamos tendo essa conversa. Quando você não me ligou de volta hoje de manhã, eu comecei a ligar para outras pessoas. São ossos do ofício.

— É disso que eu tenho medo. Nick, por favor, me ajuda. Você pode deixar isso de fora do jornal?

Depois de uma breve pausa, ele disse com ar de surpresa:

— Como é que eu posso fazer isso? É uma notícia.

— Você é influente lá. Você pode pedir a eles para esperarem. Quanto mais as pessoas ficarem sabendo, mais elas vão nos ligar, e a gente não pode falar nada até termos mais informações.

— O que vocês sabem até agora?

Molly esperava que ele fizesse uma promessa. Decepcionada, não respondeu.

— Nós não somos amigos? — perguntou ele em voz baixa. — Amigos confiam um no outro.

Amigos também ligam mais de uma vez antes de ligar para outras pessoas, pensou Molly. É claro que ela estava hipersensível. Mas ela também não era burra.

— A questão é que a minha família precisa de privacidade — explicou ela. — E para ser sincera, não tenho muito o que dizer. Robin teve um episódio cardíaco, mas todos os sinais vitais estão bons.

Não era exatamente uma mentira.

— Um *episódio* cardíaco é a mesma coisa que um *infarto*?

— No momento, essas são apenas palavras para mim. Eu estou muito abalada. Todo mundo está. Eu te contei tudo o que sabemos com certeza.

O que também não era exatamente uma mentira.

— Ok. Tudo bem. Você me liga quando souber de mais alguma coisa?

Ela disse que sim, mas terminou a ligação se sentindo desconfortável. Levou um minuto para detectar o motivo exato. Com todo aquele interrogatório, ele não havia perguntado como *ela* estava se sentindo com tudo. Amigos que alegavam ser amigos de verdade faziam isso.

Convencendo-se de que foi apenas um descuido — que ele sabia que ela estava abalada, e por isso não precisava perguntar —, Molly desligou o telefone e começou a voltar pelo corredor. Já estava chegando à porta de Robin quando o pai surgiu. Ele estava tirando o próprio telefone do bolso.

— Sua mãe concordou em fazer o EEG. Você fica com ela enquanto eu ligo para o Chris?

O EEG só foi feito no fim da tarde para casar com a disponibilidade do neurologista, que queria estar presente para interpretar os resultados. A máquina foi trazida até o quarto de Robin. Como era preciso silêncio para que a leitura fosse o mais exata possível, Kathryn foi a única pessoa da família que teve permissão de ficar.

Ficou aliviada que as enfermeiras perceberam sua necessidade de estar lá, mas a expectativa que tinha de que sua presença traria sorte a Robin não foi bem-sucedida. Ela torceu em silêncio. Repetiu todos os pensamentos positivos que haviam motivado Robin no passado. Ela estava contando com o fato de que suas ondas cerebrais estariam conectadas às de Robin.

Mas as notícias não foram boas. Depois de uma hora com a caneta da máquina rabiscando o papel, a própria Kathryn podia ver uma linha reta após a outra em doze leituras diferentes.

O que o neurologista podia dizer? Chorando em silêncio, Kathryn não conseguia pensar em nenhuma pergunta nova a fazer, e, depois que ele saiu e a enfermeira ficou, focando sua atenção não em Robin, mas sim nela, ela se sentiu ainda pior. *Ela queria conversar com a assistente social?* Não. *Talvez com um pastor?* Não.

Eu quero aquele segundo teste, por fim Kathryn conseguiu dizer. A enfermeira concordou com a cabeça e respondeu *É um processo*, o que não ajudou nem um pouco. Kathryn não queria um processo. Ela queria a filha.

Depois que a enfermeira saiu, Kathryn ficou segurando a mão de Robin por um bom tempo, estudando seu rosto, tentando conectar o resultado do teste com a filha que havia feito estrelas aos três anos de idade. Charlie estava atrás dela, com Chris e Erin bem próximos. Molly estava mais atrás, encostada à parede. Ninguém disse nada, e aquilo também não ajudou. Não era justo, *nada* daquilo era justo: o silêncio deles, a dor dela, o destino de Robin.

Furiosa, ela se voltou contra a família.

— Vocês todos queriam esse exame. Acham que podemos ajudar mais a Robin agora?

Charlie estava devastado. Chris apertava a mão de Erin. Molly estava aos prantos.

— Eu *disse* que era cedo demais — argumentou Kathryn, começando a chorar também. Charlie lhe deu um lenço de papel e a abraçou até ela se acalmar. — Alguns pacientes precisam de mais tempo. Os médicos falaram isso. Eu vou continuar falando com ela. Ela me ouve. Eu sei que ela me ouve. — Determinada, voltou-se para Robin. — E eu sei fazer palestras motivacionais, não sei? Então aqui está uma muito, muito importante. — Ela se abaixou e continuou falando baixinho: — Você está ouvindo, Robin? Eu preciso que você *me escute*. Nós já enfrentamos batalhas difíceis antes. Você competiu contra alguns dos melhores corredores do mundo e os venceu. É isso que vamos fazer dessa vez. Nós vamos surpreender a todo mundo. Nós vamos *vencer*.

Molly apareceu ao seu lado.

— Mãe? — perguntou ela com uma voz infantil.

O som amoleceu Kathryn. Molly não costumava ser vulnerável. Era uma regressão, um lembrete do que Charlie havia falado.

— O que foi, querida?

— Talvez a gente devesse contar a Nana.

Kathryn devia estar sofrendo o suficiente para se tornar imune a mais sofrimento, mas não foi bem assim. Apertando os olhos fechados, lutou contra a histeria. Ela não sabia ao certo quanto se esperava que uma pessoa aguentasse de uma só vez, mas estava chegando ao seu limite.

Abrindo os olhos, ela disse:

— A Nana não é mais a Nana.

— Ela tem momentos de lucidez.

— Ela não se lembra dos nossos nomes, e nem entende o que a gente fala. Ela não é a Nana que a gente conhecia, Molly. E também — disse ela, virando-se para Robin com um último lampejo de esperança —, seria maldade contar a uma mulher da idade dela uma coisa que ainda nem sabemos ao certo. Esse foi só o primeiro EEG. Eles pedem dois por uma razão. Não me importa o que os médicos digam; eu não vou acreditar em nada até o segundo exame.

Entre todos os desentendimentos que Molly havia tido com a mãe — um sendo o menor grau de seriedade e dez, o maior —, a discussão que as duas tiveram sobre a avó tinha sido de grau oito. Esse foi um dos motivos por que ela foi do hospital diretamente para a casa de repouso. O horário de visitação já havia terminado quando ela chegou, mas os funcionários estavam acostumados a vê-la ali. Ela sorriu para a mulher na recepção, que a deixou entrar com um aceno de mão. Depois de subir correndo as escadas para o terceiro andar, contudo, ela hesitou.

— Ela está sozinha? — perguntou para um grupo de enfermeiros. Ela não ligava que a avó tivesse um namorado. As funcionárias haviam dito que eles, na verdade, não tinham relações sexuais, mas Molly não quis arriscar.

A enfermeira sorriu.

— O Thomas está sozinho no quarto dele. Ele está gripado.

Agradecida, Molly entrou num dos quartos no meio do corredor, fechou a porta e se virou para a mulher que estava sentada na poltrona. Marjorie Webber tinha setenta e oito anos. Ela havia sido diagnosticada com Alzheimer cinco anos antes, e, durante os dois primeiros anos, o marido cuidara dela. Então a saúde dele decaiu muito e a dela se degenerou a ponto de precisar de atenção vinte e quatro horas por dia. Colocá-la numa casa de repouso foi a única opção viável.

Para ser justa, Molly sabia que Kathryn havia passado um bom tempo tomando essa decisão. Eles tinham concordado que levar Marjorie para a casa dela e de Charlie seria impraticável, com tantas escadas. Além disso, Marjorie precisava de acompanhante o tempo todo, e eram raras as vezes em que Kathryn ficava em casa. Uma instituição especializada pareceu a melhor forma de maximizar a segurança e a atenção. Eles visitaram diversas casas de repouso antes de escolher aquela. Instalada numa grande casa vitoriana com diversas alas adaptadas àquele propósito, a casa de repouso emanava o calor humano que faltava às outras. Parte do atrativo era a sua proximidade da casa dos Snow.

Kathryn costumava levar o pai para visitar a mãe com frequência, e, depois que George morreu, ela passou a ir sozinha. Então Marjorie conheceu Thomas, e Kathryn surtou. Mesmo que seu pai tivesse morrido, Kathryn via o namoro da mãe como uma afronta pessoal e parou de visitá-la. Kathryn usava da justificativa de que a mãe não sabia se ela ia ou não, e Molly não tinha como saber ao certo. Mas ela sempre amou a avó. Mesmo em seu estado precário, Marjorie era uma fonte de consolo para Molly.

Aquela noite não era exceção. O quarto estava cheio de lembranças do passado — fotos de família emolduradas, uma ecobag que Marjorie havia feito e que agora estava cheia de novelos de lã, uma cesta artesanal na qual Molly havia colocado pequenos vasos de jiboia, folhagem de begônia e hera. Em meio àquelas lembranças reconfortantes, Marjorie parecia uma mulher extremamente fofa e, numa ironia do destino, dez anos mais jovem. Ela tinha o cabelo grisalho, mas ainda grosso, preso num coque semelhante ao de Kathryn. Ela sempre havia preferido tons pastel, por isso, usava um roupão rosa e lia um livro — uma atividade tão familiar para alguém que sempre fora uma leitora ávida que Molly podia fingir que ela estava presente mentalmente.

— Nana — sussurrou ela, agachando-se ao lado da cadeira.

Marjorie tirou os olhos do livro e fitou o rosto de Molly com um olhar questionador. E aqui estava mais uma ironia do destino: embora eles tivessem sido alertados de que ela perderia as expressões faciais, isso ainda não havia acontecido. Ela parecia totalmente consciente, o que, às vezes, fazia seu comportamento parecer ainda pior.

— Sou eu, Molly — disse ela antes que Marjorie pudesse chamá-la por outro nome. Sim, ela entendia como Kathryn se sentia quando aquilo acontecia. Marjorie não fazia de propósito, mas continuava sendo triste. — O que a senhora está lendo?

Marjorie olhou para o livro e seu rosto se iluminou.

— *Mulherzinhas* — disse ela. — As minhas netas amavam esse livro. Você tem filhos?

Molly sentiu um nó na garganta ao não ser reconhecida como uma daquelas netas. Engolindo em seco, fez que não com a cabeça.

— Bem, você vai ter. Uma menina bonita igual a você. — Fechando o livro, Marjorie acariciou a capa. Não era *Mulherzinhas,* e sim, um livro sobre tricô que Molly havia trazido na semana anterior, esperando que as ilustrações pudessem refrescar a memória da avó. No passado, Marjorie fora uma tricoteira exímia. Algumas vezes ela ainda conseguia fazer os pontos. Outras, ficava estudando as agulhas com o olhar vazio.

Ela se virou para Molly.

— Eu conheço você?

Deveria. Havia fotos na mesinha de cabeceira e na cômoda, outras emolduradas e penduradas na parede. Algumas haviam sido tiradas no natal, datas comemorativas; outras, nas férias. Todas tinham como objetivo refrescar a memória.

— Eu sou a Molly e estou com muita saudade, Nana.

Marjorie sorriu.

— Minhas netas costumavam me chamar de Nana; sabe, como aquela grande cabra peluda que cuida das crianças em *Peter Pan*. Na verdade eram três cabras, e elas queriam atravessar a ponte para chegar até o campo. — Ela baixou o tom de voz. — Mas a ponte pertencia a um troll.

— A Robin está doente, Nana. — *Morte cerebral*. Permitindo-se pensar nas palavras aqui com a avó, parecia que era ela quem estava doente.

— Robin? — Ela franziu o rosto. — Eu conheço uma Robin. A mãe dela escolheu esse nome por causa da expressão.

— Que expressão?

— Você sabe — disse Marjorie num tom ligeiramente irritado. — *Aquela* expressão... sobre Deus ajudar aquele chega mais cedo.

Molly não a corrigiu.

— E o que isso tem a ver com a Robin?

— Os *robins** são pássaros. Eles chegam cedo.

Eles partem cedo também, pensou Molly, do nada se sentindo grata porque a avó havia perdido a noção da realidade. Ela não ia precisar pensar em *morte cerebral*, não teria que sentir a dor de saber o que estava acontecendo a Robin. Ela não sentia nem mesmo a dor da própria condição, embora não houvesse sido sempre assim. No começo, Nana sabia o que estava acontecendo. Seu comportamento havia se tornado imprevisível, e quando foi diagnosticada pela primeira vez, ela ainda estava consciente para se sentir perturbada. De certa forma, a velocidade do avanço da doença dela foi uma bênção. Ela havia ido ao enterro do marido sem entender exatamente quem havia morrido.

Setenta e oito anos não é uma idade assim tão avançada para uma mulher que estava em excelente forma física. Se não fosse pela mente dela, poderia ter vivido até os cem anos. Isso poderia acontecer ainda. Seria horrível se Nana tivesse que passar tantos anos alienada, decidiu Molly, embora isso não fosse nem de longe tão cruel quanto o que estava acontecendo a Robin aos trinta e dois anos.

Molly se perguntou se Robin soube o que estava acontecendo com ela lá na estrada. O pensamento de que a irmã talvez tivesse sentido uma dor

---

* N. do T. O *robin* é uma espécie de tordo americano.

no peito, percebido o que era e se dado conta de que estava totalmente sozinha fez Molly ficar assustada. O pior, porém, era o apagão que talvez tenha vindo logo em seguida — as luzes se extinguindo e tudo ficando preto. *Morte cerebral.* Aquilo era demais para ela.

Precisando do coração terno da avó, disse:

— Eu sou uma pessoa tão ruim. Eu abandonei a minha irmã. E agora ela está morrendo.

Marjorie inclinou a cabeça.

— Você me lembra alguém.

—A culpa foi minha, Nana, e não foi só na segunda-feira. Já tiveram outras vezes em que eu deixei de ir às corridas dela de propósito. Às vezes, eu até torcia para ela *perder.* Será que esse é o meu desejo se virando realidade?

Marjorie parecia perdida em pensamentos. Finalmente, ela perguntou com ar curioso:

— A gente se conhece?

— E com o Nick... — continuou Molly. — Eu *gosto* de provocar a Robin continuando a ser amiga dele. Se eu fosse uma irmã fiel, eu deixaria o Nick pra lá. E aí eu não sou fiel, e a mamãe nunca mais vai me perdoar, mesmo que eu trabalhe igual a uma corna no viveiro. Não me entenda mal, eu amo o meu trabalho. Mas eu gosto de saber que isso também é algo que agrada à mamãe.

Marjorie inclinou a cabeça. Ela estava escutando.

— Então, tudo é sobre a mamãe? — perguntou Molly. — Será que eu não sou nada a não ser filha dela? Meus amigos ficaram surpresos quando me viram trabalhando no negócio da família. Eles acham que eu deveria ir para outro lugar, e tem vezes que eu de fato gostaria de estar. Eu já fiz entrevistas em outros lugares, Nana. Eu já tive uma oferta de emprego num viveiro *imenso* perto de Boston, na *semana passada*, mas eu disse não. Eu amo a Snow Hill. A mamãe é tão inteligente. — Como Marjorie começou a franzir a testa, Molly acrescentou: — Não diga nada a ela sobre a oferta de trabalho. Ela me mataria se soubesse. Não foi muito legal eu ter considerado a proposta. Mas aqui estou eu, preocupada com ela de novo. Tudo gira em torno da minha mãe? Quem sou *eu*?

— Bem... bem... eu não tenho certeza — disse Marjorie.

Molly sabia que era ridículo conversar sobre problemas de identidade com uma mulher que havia perdido a própria, mas as palavras não queriam parar.

— Eu sou uma pessoa num minuto, e outra no próximo. Eu amo a minha irmã, eu odeio a minha irmã. Eu amo a minha mãe, eu odeio a minha mãe. Eu amo a Snow Hill, eu odeio a Snow Hill. Quem *sou* eu?

Marjorie parecia irritada.

— A gente se conhece?

— Nana, sou eu, Molly — rogou ela. — E eu não sei como ajudar a mamãe. Eu preciso que a senhora me diga o que fazer.

Marjorie franziu ainda mais o cenho.

— Você não sabe?

— Eu sempre digo a coisa errada.

— Mas você *precisa* falar — explodiu Marjorie, angustiada. — E acrescentou: — Eu deveria conhecer você.

— A senhora conhece — sussurrou Molly, apoiando a bochecha no joelho da avó.

Passou-se um minuto até que a mão de Marjorie tocasse a cabeça de Molly e outro antes que começasse a acariciar o cabelo da neta, mas a familiaridade do gesto era reconfortante. Por alguns instantes, a expressão *morte cerebral* perdeu um pouco da aspereza. Durante aquele breve momento, Molly voltou a um lugar onde as aflições da vida podiam ser resolvidas por um carinho.

Então o afago cessou e Molly olhou para cima. Os olhos da avó estavam na porta, o rosto radiante de alegria.

Thomas estava ali, o nariz vermelho, o cabelo branco desgrenhado, o roupão amarrado por um laço torto.

— Oi, você — disse Marjorie, parecendo um tanto confusa, mas feliz. — Eu te conheço?

Ele não respondeu. Segundo haviam dito a Molly, ele quase nunca falava. Não dava para saber se Thomas havia saído deliberadamente do quarto e vindo até ali ou se a atração havia sido subconsciente. Mas a angústia que Molly havia escutado na voz da avó alguns momentos antes desaparecera. E só por aquela razão, Molly achou que Kathryn deveria ser grata por Thomas.

Marjorie merecia aquilo. Havia sido uma mulher devota e trabalhadora, passado por poucas e boas, e com certeza não pedira para ter essa doença. Contudo, o Alzheimer havia roubado sua identidade, suprimindo quase oitenta anos de existência. Se ela ainda podia ter alguns momentos de prazer, que mal havia nisso? Ela estava presa num mundo estranho, mas pelo menos nele maridos não morriam, filhas não paravam de visitar as mães e netas não acabavam respirando com a ajuda de aparelhos. Uma pequena parte de Molly a invejava por isso.

CAPÍTULO 7

Molly passou horas tentando decidir se contava ou não contava a Nick sobre o exame de EEG. Enquanto voltava de carro da casa de repouso, ficou indecisa, abrindo e fechando o telefone diversas vezes antes de chegar a uma conclusão, enfim. Sim, ela confiava nele... mas não totalmente. *Morte cerebral não* soava nada bem, e Nick era da imprensa.

E também era uma espécie de celebridade local — um sujeito popular, o solteiro mais disputado, o cara com os olhos azuis mais lindos —, e ele valorizava a amizade dela. Robin falava que ele estava usando Molly, mas para quê? Molly e Nick já eram amigos antes que ele e Robin começassem a namorar. Molly foi quem *apresentou* os dois.

Mas ela respeitava a necessidade que sua mãe tinha de privacidade. Por isso, deixou o telefone desligado.

Focando em Robin, retornou ao Dickenson-May. Ela nem tinha chegado à porta quando a meia-luz da placa do hospital mostrou um homem sentado num banco. O Bom Samaritano. Estava sem gravata, a camisa para fora da calça. Ele tinha os cotovelos nos joelhos, mas se aprumou assim que a avistou, olhando para ela com olhos inquisidores.

Ela deu um sorriso triste.

— Nada bom.

Ele murchou.

— Sinto muito.

Lembrando-se com clareza das palavras mordazes da mãe, Molly se perguntou se Kathryn sabia que ele estava ali.

— Você esteve lá em cima?

— Só o suficiente para saber que você não estava lá. Sua mãe não precisa da minha chateação. De todo jeito, eu precisava falar com outra pessoa.

— Aqui no hospital?

— Sim. O amigo de um amigo. Eu preciso de informações sobre anorexia. Uma das minhas alunas tem um problema.

Achando anorexia preferível à morte cerebral, Molly se sentou ao lado dele.

— Você dá aula para que série?

— Nono ano. Os alunos têm 13 e 14 anos.

Como Molly franziu as sobrancelhas, ele disse com a voz arrastada:

— Pois é. É uma idade complicada. Eles são os mais velhos no ensino fundamental. Por isso são arrogantes. Bullying para todos os cantos, e não apenas com crianças mais novas. Eles intimidam uns aos outros. As meninas são precoces e totalmente desenvolvidas. Elas são "pra frente". Usam roupas provocativas. Metade dos meninos já chegou à puberdade, a outra metade, não. Aqueles que ainda não chegaram são vulneráveis.

— Quem é anoréxica?

— Uma das minhas alunas. Ela é uma dançarina muito talentosa e a menina mais fofa que você vai conhecer na vida. Ela não faz parte de nenhuma panelinha porque passa todo o tempo livre na escola de balé. Se ela já chegou à puberdade, não dá para perceber. Ela é um graveto.

— Os pais dela devem ter percebido.

Ele pareceu descrente.

— Seria o normal, né?! Mas eles também são perfeccionistas. A mãe é advogada. O pai é um educador. Duvido que isso seja uma coisa que eles queiram ver.

— Você já falou com eles?

— Não. Aí é que está o problema. O pai dela é o diretor; meu chefe. Ele se orgulha dos filhos. São sempre os que tiram notas altas e ganham todos os prêmios locais. Ele não vai gostar de eu apontar um defeito.

— Anorexia não é um defeito. É uma doença — argumentou Molly.

— Na filha dele, isso seria um defeito, algo que prejudicaria a ele e à esposa, o que torna a questão complicada.

— Mas você está preocupado. — Ela podia ver isso nos olhos dele.

— Estou, mas será que eu não estou me metendo onde não devo? Eles devem saber que tem alguma coisa errada. Outras pessoas já devem ter mencionado o assunto. Eu sou só o professor de história dela.

— Talvez você se importe mais do que os outros.

— Talvez eu só seja precipitado. Uns anos atrás, em outra cidade, outra escola, eu reportei um incidente de um aluno colando. Foi muito na cara. Eu realmente não tive escolha. Mas o aluno era filho de uns amigos dos meus pais. Até hoje tem uma rixa entre as nossas famílias. Meus pais nunca me perdoaram por isso.

— Mas se a saúde da garota estiver em perigo...

— É por isso que eu estou na dúvida— disse ele. — Ser um cara bom pode ser ruim às vezes. Como no caso da sua irmã. Se ela teve morte cerebral, eu não ajudei em nada, na verdade. Só prolonguei a agonia.

— Você não tinha como saber o que ia acontecer. Você não pode se culpar por isso.

— Os seus pais também acham isso? — perguntou ele, continuando antes que Molly pudesse pensar numa resposta diplomática: — Às vezes a pessoa se dá mal de um jeito ou do outro. É melhor errar por ação ou por omissão?

Molly não sabia. Ela também estava dividida. Afinal, poderia ter levado Robin à corrida e ter ficado sentada com a água a cinco minutos de distância, esperando na estrada, ouvindo rádio enquanto o tecido encefálico de Robin morria.

— A diferença é que você tentou — afirmou ela. — Sua intenção foi boa. Você agiu porque se importou.

— Mas aí é que está a ironia. Eu quis ser professor para ficar longe dos holofotes. Meus pais são da área editorial, são pessoas famosas, definitivamente da lista VIP. Eles têm reconhecimento por tudo que fazem, de bom ou de ruim, por isso eu já vi o lado negativo da coisa. O sofrimento não vale a pena. Eu sou o filho mais novo e sempre fui o menos visível. Eu gosto de viver assim.

Molly se identificou inteiramente com ele. Também era a mais jovem e a menos vista.

— É muito confortável.

— Cola, anorexia, problemas cardíacos... eu não saio por aí tentando interferir nessas coisas.

Eles eram muito parecidos nisso, o que fazia Molly gostar ainda mais dele. *Ele* poderia entender sua relutância em ser a porta-voz da família. Mas quem mais poderia exercer a função? As circunstâncias eram terríveis.

— Não se envolver nem sempre é possível.

— O meu pai costuma dizer isso. Ele iguala ser proativo a ser corajoso, e eu concordo até certo ponto. Provavelmente foi por isso que confrontei o meu chefe sobre o filho dele. — Seus olhos vagaram pelo estacionamento, e então voltaram de repente. — Desculpe. Eu estou tagarelando sobre a minha vida, quando é você quem está numa crise.

Ela sorriu.

— É bom pensar em outra coisa. Além disso, existem alguns paralelos. Nós agimos ou não agimos? Será que fizemos nosso melhor, ou morremos de arrependimento?

— Nós morremos e ponto-final — observou ele, sombrio. — Isso me assusta. Olhe só para a sua irmã. Será que algum de nós sabe quando algo assim pode acontecer com a gente? — Ele bufou. — É um pensamento muito egoísta.

— Mas também é real — disse Molly. — A mortalidade, né. — Ela imaginou que ele estivesse na casa dos trinta e poucos anos e que fosse tão inexperiente nisso quanto ela. — Você tem um testamento? — perguntou ela sem rodeios.

Ele pareceu não se abalar com a pergunta.

— Não tenho mulher, nem filhos, não preciso disso.

— A Robin também não precisava.

— É isso o que eu quero dizer. A gente não espera que uma coisa dessas aconteça.

— Mas aconteceu — disse Molly, expressando suas próprias preocupações. — E agora nós precisamos *fazer* certas coisas. Mas como saber o que alguém quer quando essa pessoa não pode falar, não pode *pensar*?

— A sua irmã tinha um testamento vital?

— Como uma ordem de não ressuscitar? Não que eu saiba.

— Nenhuma procuração de cuidados de saúde?

Molly fez que não com a cabeça.

— Eu estaria criticando ela agora, mas eu também não tenho uma. Será arrogância? Complacência?

— Medo. Nós não queremos pensar que isso poderia acontecer com a gente.

Bem, agora ela sabia que podia. Ela compartilhou o conhecimento com esse estranho.

— Você tem nome? — perguntou ela num impulso, mas de imediato começou a se resguardar: — Você não precisa me dizer. Eu não vou falar nada para os meus pais. — Principalmente à mãe. Embora Kathryn não estivesse mais histérica, ainda acreditava que o Bom Samaritano havia feito muito pouco, tarde demais. — Eu só queria saber. Para mim.

— É David — respondeu ele. — David Harris. Eu também tenho um telefone. — Ele tirou um cartão do bolso, escreveu no verso e o deu a Molly. — É o meu celular. Não se sinta obrigada a ligar. Eu vou continuar vindo aqui para saber como a sua irmã está. Mas se eu puder fazer alguma coisa, ou se você simplesmente quiser conversar...

Molly não sabia se isso ia acontecer algum dia, mas ela gostou de ouvir aquelas palavras. Colocando o cartão no bolso, ela se levantou.

— Acho que você também deveria dizer ao pai da sua aluna que você está *preocupado* com ela. A omissão parece pior nesse caso. Se você deixar isso para lá e algo ruim acontecer, você sempre vai ficar imaginando se você poderia ter feito alguma coisa.

Pelo menos era isso que Molly sentia. Ela devia ter ficado esperando Robin naquela estrada em vez de regar plantas em casa.

Com a necessidade de se redimir, ela entrou no quarto de Robin.

— Alguma mudança? — perguntou ela.

Kathryn negou com a cabeça.

— Achei que você não fosse mais voltar hoje.

— Não sei se vou conseguir dormir.

— Vai, sim.

Molly podia ter retrucado. Uma coisa engraçada sobre a expressão *morte cerebral*. Ela abalava os nervos mesmo quando a pessoa não estava pensando nisso.

Mas Molly não havia ido para discutir.

— O que eu posso fazer, mãe? Fala pra mim. Eu realmente gostaria de ajudar.

Kathryn deu um sorriso triste.

— Não tem muito o que fazer agora. Ela está dormindo.

— Eu posso ficar aqui enquanto a senhora dorme um pouco?

— Não, obrigada, querida.

— Tem certeza?

Kathryn assentiu.

— Tenho.

Grata porque Kathryn pelo menos não havia gritado com ela, Molly pegou o elevador para o térreo. O estacionamento estava mais vazio, mas ela estava distraída, e estava escuro. Quando um homem que estava encostado ao carro dela se aprumou, Molly deu um pulo enorme.

— Nick! Eu não vi você aí. Por que você está espreitando por aí?

— Não estou espreitando — respondeu ele, calmo. — Eu estava te esperando. Você não quis me dizer muita coisa pelo telefone. O que está acontecendo, Molly? E quem era aquele cara com quem você estava conversando antes?

— Antes?

— Antes de entrar. Você estava sentada naquele banco próximo à placa do hospital.

Nick já estava ali havia algum tempo. Aquilo dizia algo quanto à amizade. Mas ela sentia uma cumplicidade com David, e achou que devia protegê-lo.

— É só um cara que eu conheci por aqui.

— No hospital?

— Quando você entra e sai algumas vezes, acaba vendo os mesmos rostos.

— Ele me pareceu familiar. Qual é o nome dele?

Ela se sentiu culpada por não confiar em Nick. Só o primeiro nome não causaria problemas.

— David.

— David o quê?

— Sei lá — mentiu ela. — Quando você vê uma pessoa tantas vezes assim, você acena, sorri, pergunta quem ela está visitando. Você não entra em questões pessoais. Não faz sentido perguntar o sobrenome.

— Ele perguntou sobre a Robin?

— Sim. Ele é educado.

— Você contou mais a ele do que a mim?

Ela baixou a cabeça, e então a levantou.

— Ah, Nick, não tem nada para contar.

— Isso é um tremendo eufemismo. Vamos começar com: a Robin vai ficar bem?

— Eu não sei. Estamos esperando mais exames.

— Robin tinha um histórico de problemas cardíacos?

— Não — disse Molly antes de perceber que, ao confirmar um problema cardíaco, havia caído na armadilha dele. Irritada com a cilada, acrescentou: — Você tem?

— Eu não estou na UTI do Dickenson-May. Qual é o prognóstico?

Ela precisava de consolo, não de perguntas — uma palavra de encorajamento, talvez algo que ele tivesse ouvido de uma de suas fontes que pudesse aliviar a sua total sensação de perda. Mas Nick apenas ficou parado, visivelmente irritado por ela não lhe dar os detalhes que queria.

— Eu estou muito cansada — disse ela em voz baixa.

— Isso quer dizer que é grave?

— Isso quer dizer que hoje foi um longo dia.

— As pessoas estão me perguntando, Molly, e eu não sei o que dizer. Elas estão imaginando o pior. E eu não posso negar. Você precisa me ajudar, Moll.

— Para o jornal? — perguntou o diabo dentro dela.

Ele ficou quieto, e então impaciente.

— Você tem o poder de abafar os rumores. Robin ia querer isso.

Ele tocou num ponto delicado.

— Como é que você sabe o que Robin ia querer? — perguntou Molly, ríspida. Sua mãe não sabia. Seu pai não sabia. Chris não sabia. *Ela* não sabia. E Nick achava que *ele* sabia?

Depois de uma pausa, ele disse em voz branda:

— Você não é assim. O que aconteceu com a amiga que sempre me dizia a verdade?

A realidade da vida e da morte está afetando ela, pensou Molly, sem poder se expressar em voz alta.

— Coisa boa não é — decidiu Nick em vista do silêncio dela. — Estamos falando de um infarto agudo?

Ela esfregou a testa e depois baixou a mão.

— É bem grave.

— Isso quer dizer que ela não vai ficar bem? Tem alguma lesão permanente? Ela pode tratar?

A escuridão podia estar atenuando a força dos olhos dele, mas Molly ainda assim se sentiu acuada.

— Não me interrogue, Nick. Você está me colocando contra a parede.

— Porque você está escondendo a gravidade da situação?

— Porque a minha mãe não confia em você. Ela ficaria uma fera se soubesse que estamos conversando.

— Eu só quero saber.

— *Nós* também. Mas nós não sabemos. Ainda não. Nós simplesmente não *sabemos*.

Ela tirou as chaves da bolsa, mas ele não desistiu:

— Ah, Molly, vai, fala — insistiu. — Os médicos devem estar dizendo mais do que isso. Ou eles dão esperança, ou não dão. Ei, eu trabalho com esses caras. Eu tenho uma lista de nomes para quem posso ligar quando quero a declaração de um profissional. Aposto que alguns dos médicos que estão cuidando de Robin estão na minha lista; mas eu não liguei para eles *justamente* por respeito à sua mãe. Mas você não está ajudando. Sim, eu sei que os primeiros dias são cruciais. Mas há lesões leves e lesões não tão leves. De qual delas estamos falando?

— *Eu* não estou ajudando? — gritou Molly, confusa. — Ajudando a quem, Nick? Que tal você *me* apoiar? Que tal você tentar entender o que a minha família está passando nesse momento? Não tem sido fácil. Nós fomos pegos de surpresa e suas perguntas não estão ajudando.

Ele pareceu ignorar o argumento dela.

— Parte do choque é por Robin ser quem é? Ela ficou famosa correndo em maratonas. Ela vai poder correr novamente?

— Eu *não sei.*

— O que ela diz?

— *Nada.*

Por um minuto, o único som que podia ser ouvido era o estrilar dos grilos no bosque distante. Então veio uma rajada de perguntas:

— Ela não está falando? Está sedada? Inconsciente? Em *coma*?

— Ela teve morte cerebral! — gritou Molly numa explosão de desespero. Os olhos se encheram de lágrimas. — Satisfeito? É isso que você queria ouvir?

Nick ficou muito quieto. Não disse nada.

— E agora eu a traí de novo. — Horrorizada, Molly apertou o braço dele. — Não publique isso no jornal, Nick. Eu te *imploro.* Eu estou muito abalada, eu não sou uma fonte confiável no momento. Foi um dia difícil e o fato é que eles estão... fazendo... exames. A gente só vai ter uma resposta definitiva nas próximas vinte e quatro horas.

— Morte cerebral? — repetiu ele, parecendo atordoado e tão alheio a Molly que a mão dela se soltou assim que ele se virou.

Em silêncio, ele se afastou.

— Por favor! Nick?

O grito dela atravessou o estacionamento, mas ele não respondeu. Abraçando a si mesma, viu-o desaparecer em seu carro preto e elegante. Ele ligou o motor. Saiu em direção à rua, dirigindo devagar, e ela se perguntou se ele já estava ao telefone.

Molly considerou a possibilidade de entrar e contar à mãe sobre Nick. Mas, antes ela precisava fazer algo de bom, e para isso precisava ir para casa.

As palavras *morte cerebral* a assombraram durante todo o caminho até em casa. Ela não conseguia entender como Robin podia ter tido *morte cerebral,* o que significava que, quando chegou a casa, além de amedrontada, ela estava desnorteada. Morte cerebral era algo permanente. Algo que influenciaria a vida de todos eles.

A casa estava escura, mas familiar e aconchegante. E aqui estava outra fonte de angústia. O tempo estava passando. Ela só tinha mais cinco dias ali.

Incapaz de lidar com aquilo, ela acendeu a luz e foi direto para o telefone. A mudança ficou esquecida na enxurrada de mensagens da secretária eletrônica dos amigos de Robin. Molly reconheceu um nome após o outro no identificador de chamadas. Quase todos eles eram corredores, alguns ligando da Europa, o que provava como a comunidade de corredores era unida. Como é que Robin havia explicado? *Você cria um vínculo quando corre. É tipo uma sessão de terapia. Não tem contato visual. Confessar se torna seguro.*

Molly se perguntou se, nesse caso, Robin teria contado a mais alguém sobre seu coração dilatado. E o que era ainda mais pertinente, Molly se perguntou se, em algum momento filosófico, Robin teria revelado o que ela gostaria que fosse feito caso algum dia ficasse incapacitada.

Mas perguntar aos amigos de Robin o que sua própria família não sabia era bastante constrangedor.

Nick não sabia de nada sobre o coração. Pelo menos isso.

Molly precisava de informações, como o que Robin sabia e quando ela o descobrira. De que outra maneira ela poderia entender o que havia acontecido?

Ao se encaminhar para o escritório, ouviu um barulho no piso de madeira. Olhando para o final do corredor, ela viu o tufo de uma cauda laranja desaparecer para dentro de seu quarto.

A gata. Ela tinha se esquecido. Com a consciência pesada, ela a seguiu, mas a outra havia se escondido de novo. Chamando em voz mansa, porém audível, ela limpou a caixa de areia e trocou a água. Pensando em lhe fazer companhia por alguns minutos, ela se sentou no chão com a cabeça no assento da poltrona e fechou os olhos.

Quando os abriu novamente, uma hora havia se passado. Alarmada, ela se levantou e viu a gata sentada no final do corredor, olhando do ponto mais longe possível. Sentindo uma ânsia repentina de tocar algo quente e vivo, ela se agachou e esticou uma das mãos.

— Venha aqui, gatinha — disse ela carinhosamente. — Está tudo bem, eu não vou machucar você.

A gata não se mexeu. Nem mesmo fugiu, até que Molly começou a engatinhar na direção dela. Então ela desapareceu como um relâmpago.

Desolada, ela se agachou, pensando primeiro na gata e depois em Robin. Estava tentando decidir se ia atrás da gata ou se voltava para o hospital quando o estômago roncou. Foi até a cozinha. Ao olhar ao redor, contudo, sentiu uma velha irritação. Robin era desleixada demais.

Sentindo-se culpada, afastou o pensamento. Robin não estava lá para se defender. Esse não era, de modo algum, a hora de ter pensamentos maldosos.

Mas Robin *era* desleixada. A cozinha estava exatamente como ela a havia deixado ao sair para a corrida de ontem. Havia saquinhos de chá usados na bancada da pia ao lado de canecas sujas. Uma lata meio vazia de bebida energética estava ao lado de um saco aberto de granola, os farelos da qual estavam do lado de embalagens de três barras energéticas. Duas barras ainda fechadas estavam fora da caixa, a qual Molly havia colocado *tantas vezes* de volta num armário que continha mais dez dessas caixas.

Robin era obcecada pela saúde dela. Molly não deixou a ironia disso passar batido.

Kathryn talvez tivesse preferido que as coisas ficassem como estavam, mas isso seria mórbido. E era Molly quem vivia ali. E ela sempre limpava a sujeira de Robin. Então fez o mesmo agora.

Quando o estômago roncou outra vez, ela abriu a geladeira. Mais bebidas energéticas, além de tofu e iogurte. Havia também um bolo de chocolate, definitivamente a contribuição de Molly para o abastecimento de comida da casa. Ela tirou-o da geladeira, decidida a comer uma fatia, mas logo percebeu que não estava com vontade. Bolos de chocolate — ou cupcakes com glacê e granulado ou biscoitos amanteigados e confeitados — eram mais divertidos de comer enquanto Robin assistia com ar de desaprovação. Se Robin não estava ali, que graça teria aquilo?

Molly jogou o bolo no lixo. Sentindo-se devidamente purificada, aqueceu uma salsicha de peru, enrolou-a num pão árabe, colocou mostarda e engoliu tudo em exatamente dois segundos. Com vontade de beber algo quente, pegou uma caixa de chocolate quente do lado dela do armário. Assim como o bolo, porém, aquilo não lhe apeteceu nem um pouco. Então ela fez uma xícara do chá de ginseng de Robin e levou-a para o escritório.

Era um cômodo pequeno, com espaço suficiente para apenas prateleiras de livros e uma escrivaninha. Molly já havia empacotado os livros que estavam nas prateleiras dela, mas as de Robin continuavam cheias. A mais alta continha uma fileira de tênis alinhados, cada par mais surrado do que o outro. Na prateleira abaixo dessa havia alguns livros numa arrumação aleatória, e a prateleira mais baixa continha uma fileira desalinhada de arquivos expansíveis entupidos de papéis.

Sentando-se no chão, ela abriu um deles. Estava cheio de provas, testes e anotações escolares de uma década antes. Colocando aquele arquivo de volta, ela pegou outro. Esse estava entupido de formulários de inscrição em corridas, palestras que Robin havia dado e recortes de jornal sobre corridas que ela ou seus amigos haviam vencido, além de artigos sobre todos os aspectos possíveis do atletismo. Havia até algumas revistas de corrida enfiadas lá dentro. Nada estava organizado seguindo uma ordem cronológica.

Ela precisou abrir mais arquivos antes de encontrar contas — de luz, gás, aluguel. Robin tinha morado em dois outros apartamentos antes de elas morarem juntas. Molly encontrou dois contratos de locação. Faturas de cartão de crédito, recibos de tratamento dentário e também de consultas médicas referentes aos infindáveis probleminhas mecânicos de Robin, mas nenhum deles mencionava seu coração. Molly estava começando a pensar que Jenny Fiske estava errada, que talvez tivesse confundido algo que Robin havia dito, quando então encontrou um envelope da clínica geral com quem Robin costumava se tratar. Ele estava guardado de forma um tanto organizada demais no fundo do arquivo. Poderia ter passado despercebido se Molly não tivesse colocado a pasta no colo para enfiar as contas de volta lá dentro.

— Prezada Robin — escreveu a médica —, eu gostaria de reiterar o otimismo do seu cardiologista. Embora um diagnóstico de cardiomegalia possa ser assustador, como você tem sido assintomática, o prognóstico é bom. Você é uma das sortudas que são alertadas por um problema hereditário. Se o seu pai não tivesse lhe contado sobre o problema, talvez você tivesse ignorado os sintomas no futuro. Aviso antecipado significa prevenção antecipada. O cardiologista já conversou com você sobre a medicação. A suas corrida não deve ser afetada, mas é essencial que você procure um de nós imediatamente caso apresente qualquer um dos sintomas que mencionamos. Se tudo estiver bem, nos vemos na próxima consulta agendada.

A carta estava datada de dezoito meses antes. Mas ela não fazia sentido para Molly. Charlie havia negado um histórico de problemas cardíacos. Ou ele ou Robin estava mentindo.

Largando a carta, ela correu até o andar de cima e entrou no banheiro. Como sempre havia cedido o armário de remédios a Robin, ela não tinha ideia do que havia lá dentro. Olhando agora, encontrou medicamentos de venda livre e um único vidro de analgésico vendido apenas com receita médica. Como não era de se estranhar, ele mal havia sido usado. Robin detestava tomar qualquer coisa que não fossem vitaminas.

Correndo até a cozinha, Molly revirou a coleção de vitaminas da irmã, achando que ela talvez tivesse guardado um vidro de remédio para o coração ali, na tentativa de fingir que era apenas de mais uma coisa saudável que ela tomava todos os dias, mas nenhum dos vidros que Molly encontrou aparentava ter nada além de vitaminas. Voltando para o final do corredor, vasculhou a mesinha de cabeceira de Robin e então as gavetas da cômoda. Nada de pílulas.

É óbvio que conversar sobre medicamentos com um médico não necessariamente levava a pessoa a tomá-los, ainda mais quando se tratava de Robin.

Temporariamente sem saber o que fazer, Molly voltou ao escritório. Depois de guardar as contas, colocou o arquivo de volta na prateleira. Ela leu a carta da médica de novo antes de guardá-la no envelope. O consultório da mulher era em Concord. Molly poderia contatá-la.

Muito bem, Molly. Se o objetivo era melhorar a situação da mãe, chamar Charlie ou Robin de mentirosos não iria ajudar em nada. Além disso, o estrago no coração já estava feito.

Molly não entendia como ela não sabia de nada. Mesmo que Robin tivesse planejado manter segredo, ela não teria deixado escapar alguma coisa? Ela vasculhou o cérebro, tentando lembrar-se do mais ínfimo detalhe.

Sim, ultimamente Robin parecia preocupada com qualquer possibilidade de contato com pessoas doentes, mas isso era compreensível. As próximas corridas seriam mais decisivas do que nunca.

Frustrada, Molly enfiou a carta no bolso e ligou o computador. Havia algo que ela podia de fato fazer. Havia tantos e-mails preocupados na caixa de entrada de Robin e de Molly, e-mails afetuosos de pessoas que se importavam — todas mereciam uma resposta. Ela enviou respostas simples reconhecendo o carinho dos remetentes, mas deixou de fora detalhes médicos. Ela enviou recados semelhantes àqueles que haviam deixado mensagens telefônicas.

Já passava de uma hora da manhã quando terminou. Totalmente desperta, com aquela carta feito uma pedra quente no bolso, ela foi até o quarto de Robin. Como sempre, estava uma bagunça. Talvez Kathryn também tivesse preferido que ela não mexesse em nada ali. Mas desde que foram morar juntas, Molly sempre arrumou as bagunças da irmã, e Robin nunca pareceu se importar. Ela gostava de ser paparicada. Ter o quarto arrumado era algo que ela iria querer. O mínimo que Molly podia fazer.

Encarando aquilo como uma penitência, arrumou a cama de Robin com todo o cuidado, pendurou uma camisola e colocou as roupas sujas no cesto que ficava atrás da porta. Ela guardou duas pochetes, pegou o livro que estava aberto com a capa para cima na cama e o fechou, usando a orelha como marcador. Era um livro de autoajuda. Abrindo-o de novo na página que Robin estava lendo, Molly de repente ouviu a voz da irmã, mais profunda que a sua e com uma ressonância que emanava da paixão. *Treinar é a parte difícil. Nem todo mundo consegue treinar. Quando você está naquela corrida longa, sem postos de água, sem equipes de TV, sem a torcida do público, é muito difícil. Mas aí é que tá. A corrida longa ajuda a desenvolver a resistência mental que você precisa para correr em uma maratona. É durante a corrida longa que você aprende a lidar com as adversidades.*

Dando-se conta de que Robin talvez estivesse em sua última corrida longa, Molly ficou chorosa; mas junto às lágrimas surgiu um lampejo de esperança. Se alguém tinha resistência mental, esse alguém era Robin. Se alguém fosse capaz de sair dessa, ela sairia.

Acredite em você mesmo, Robin vivia dizendo aos grupos de corredores, *e você vai sair vitorioso.*

Enxugando os olhos, Molly pegou uma ecobag grande e começou a enchê-la, começando por uma foto de Robin com uma coroa de louros em Boston e um artigo emoldurado que havia saído na revista *People*. Depois, um livro de atletismo que a irmã tinha sido coautora e as cartas de admiração escritas à mão por corredores aspirantes, as quais estavam penduradas no quadro de cortiça. Ela pegou também o boné que Robin havia usado na corrida de Londres e a regata e o short que a irmã estreara em Nova York. E ainda a pulseira da sorte. E o par de tênis de corrida favorito. E o diário de Robin.

Molly desenterrou o diário do armário, que estava um desastre completo. Estreito mas profundo, o armário da irmã estava entulhado de tudo o que Robin não desejava ver no dia a dia. Robin dizia que camundongos moravam no fundo. Molly odiava camundongos — um dos motivos por que ela amava os gatos de Snow Hill e o que também podia ser uma boa razão para ela ter um gato em casa —, mas, ainda que não fosse por isso, esse armário seria um inferno para encaixotar. Lá dentro, tinham CDs jogados com um emaranhado de fios de fones de ouvido, aparelhos de MP3 e várias gerações de iPods. Camisetas com nomes de corridas estavam espalhadas, placas, fotos enroladas e outros souvenires também. E havia outros diários, datando até a infância de Robin. *Meu livro*, Robin chamava cada um deles, e Molly já havia lido todos, na esperança de encontrar alguma revelação dramática dos segredos mais obscuros da irmã. Quando Robin chegou ao ensino médio, passou a chamá-los de diários, enchendo-os de relatos das corridas de que ela participava. Quando se formou na faculdade, ela parou de escrever.

Molly pegou o último diário. Só falavam de corridas. Mas correr definia Robin. Se essas coisas ajudassem a personalizar seu quarto no hospital, se alguma vibração oculta pudesse acender uma fagulha em sua consciência, elas deveriam estar lá.

Chris não conseguia dormir. Não entrava na cabeça dele como uma pessoa podia estar viva num minuto e morta no outro. O fato de o coração de

Robin estar batendo era uma tecnicalidade. O estrago estava feito. Robin estava morta.

Ele sabia que essas coisas aconteciam. Lembrava-se do 11 de setembro. Ele se lembrava de Virginia Tech. Só não conhecia pessoalmente ninguém que tivesse morrido assim.

Ele ouviu a voz suave de Erin no escuro.

— Eu queria ter conhecido Robin melhor. Eu achava que chegaria uma hora em que ela não estaria correndo tanto, talvez até mesmo tivesse um bebê e então nós teríamos mais coisas em comum. — A voz dela se voltou para ele. — Você acha que o exame de amanhã vai ser diferente?

— Não.

— O que a sua mãe vai fazer?

Ele não fazia ideia. Eles nunca haviam enfrentado nada catastrófico antes.

— Os aparelhos poderiam manter Robin viva para sempre — disse Erin. — Será que o hospital permitiria isso?

— Se o plano de saúde pagar.

— E eles pagam?

— Eu não quero falar sobre isso ainda, Erin.

— Como não? — perguntou ela. — A sua irmã está prestes a ser declarada morta.

Ele poderia ter perdido a calma se ela mesma não tivesse soado tão perturbada. Além disso, ela estava certa. Naquele dia — ou no próximo — eles precisariam tomar uma decisão. O plano de saúde talvez concordasse em pagar. Mas se o cérebro de Robin estivesse morto, de que adiantaria?

Saindo da cama, ele foi até o quarto de Chloe no fim do corredor. Na penumbra amarela de uma luz noturna de borboleta, olhou para a filha. Ela estava deitada de costas, as mãos para cima, ao lado da cabeça, a boca sugando uma mamadeira imaginária. Mesmo dormindo, ela era um amor.

Ele não conseguia imaginar a vida sem ela, mas não havia sido sempre assim. Chris não estava pronto para ter filhos, mas foi na onda da Erin só porque ela queria muito ser mãe. Ele estava torcendo para que levassem algum tempo para engravidar, mas foram apenas dois meses. E mesmo quando isso aconteceu, ele não deu muita atenção ao fato de que ia ser pai. A ficha só caiu quando o ultrassom mostrou algo semelhante a um ser humano. Um ultrassom posterior intensificou o sentimento, e então, quando a barriga de Erin cresceu e o bebê começou a se mexer sob a mão dele, Chris ficou caidinho. Ele adorou Chloe desde o instante em que ela nasceu.

— Desculpa, eu não quis piorar as coisas — disse Erin da porta. — Você está bem?

Ele assentiu.

Ela se aproximou dele. Depois de um minuto, ela levou a mão até o berço e acariciou o cabelo louro da bebê.

— Eu não consigo imaginar...

— Nem eu.

— Eu não sabia o que dizer à sua mãe.

— O que se diz nessas horas? Não tem solução.

— Talvez a questão mais importante não seja encontrar uma solução. Talvez a questão seja ajudar Kathryn.

Chris sentiu uma ira inexplicável borbulhar em seu interior.

— Talvez a Robin devesse ter pensado nisso. Como é que ela pôde continuar correndo se ela sabia que tinha um problema de coração? Ela deveria ter pensado na gente, em como nossa mãe sofreria se algo acontecesse. Mas a Robin só pensava nela. Tudo girava sempre em torno dela.

— Nós é que a colocamos num pedestal.

— Eu, não — declarou Chris.

— Bem, eu coloquei. Eu sempre a achei incrível. Eu me sentia totalmente intimidada.

— A maioria das pessoas se sente assim.

— Eu me sinto mais próxima da Molly.

— A Molly é mais humana.

— Isso é insensível.

— É verdade.

— Robin teve morte cerebral.

— Eu sei disso, Erin. Ela é minha irmã. Você não acha que eu também estou sofrendo?

Erin olhou para ele no escuro.

— Talvez se a gente conversasse mais a respeito...

— Olha, esse é um momento difícil para mim.

— A enfermeira falou sobre assistência social. Talvez a gente devesse conversar com eles.

— Eu não vou conversar com estranhos.

— Esse é o trabalho deles. Eles sabem pelo que estamos passando.

— Eles não vão curar a Robin.

— Isso não é mais sobre a Robin.

Uma parte de Chris sabia disso. Mas ele não conseguia focar no que Erin queria.

— Vai ser sobre a Robin até que o coração dela pare. Tenha ao menos essa consideração com ela, está bem?

CAPÍTULO 8

Kathryn usou o sofá-cama no quarto de Robin, mas dormiu muito pouco. As enfermeiras iam e vinham e o equipamento bipava e sibilava. Era difícil uma hora se passar sem que um alarme tocasse em algum lugar do andar.

Ela desistiu de dormir no amanhecer. Era o dia da corrida. Não se importava que Robin chegasse por último, contanto que ela chegasse. O tempo estava passando. O segundo EEG seria feito naquela noite. Só um pequeno bip. Era só disso que eles precisavam para redobrar seus esforços. Só um.

Quando Charlie conseguiu convencer Kathryn, ela foi de carro para casa tomar um banho e mudar de roupa. Não escondia o fato de que estava exausta, mas, quando ela voltou para o hospital, pelo menos se sentia renovada. Ela havia colocado seu blazer e calça favoritos, talvez um exagero para um quarto de hospital, mas a aparência era importante. Robin se beneficiaria se Kathryn parecesse importante aos olhos dos funcionários do hospital.

Charlie, por sua vez, não precisava se vestir bem. Com o cabelo tão-louro-quase-branco, a postura e olhos castanhos e confiantes, ele era elegante mesmo quando vestia uma calça casual e uma camisa desabotoada. Mas ele estava sentindo a pressão. Quando ela entrou, ele olhou para cima, desavisado. Ela viu que Charlie também estava sofrendo, e o envolveu num abraço. Demorou-se ali em benefício próprio, tentando preparar-se para o que viria em seguida, mas viu que aquilo não ajudava. Quando ela finalmente olhou para Robin, sentiu um soco no estômago.

Ela precisou de algum tempo para recuperar o fôlego. Então as palavras saíram numa enxurrada confusa:

— Por que Robin? Por que isso? Por que agora? E por que *com a gente*? A gente fez tudo certo na criação da Robin. Corpo, mente, coração... cultivamos tudo. Nunca faltou *nada*.

— Somos abençoados só de termos feito essas coisas, Kath. Nem todos os pais conseguem fazer isso. E isso de algum modo os faz menos dignos?

— Não, mas isso não é justo. Robin está tão perto. Ela está... ela está à beira da grandeza. Que tipo de Deus tiraria isso dela?

— Um Deus que tem algo melhor em vista.

— Como o quê? — demandou Kathryn. Como Charlie não respondeu, ela o aferroou: — Você e a minha mãe. As coisas acontecem por uma razão. Vai, fala. Eu quero saber que bem pode vir disso.

Em voz baixa, ele disse:

— A gente não consegue enxergar isso agora. Mas um dia vamos.

— *Quando*? Antes do exame? Depois do exame? Semana que vem? Mês que vem? — Ele a puxou para si e a abraçou até que Kathryn liberasse a raiva num suspiro pesaroso. Foi quando ela viu os vasos no parapeito da janela. Um deles tinha rosas amarelas; outro, uma hortênsia verde; e um terceiro continha um buquê de flores do campo roxas e azuis. — Quem trouxe isso?

— Os amigos de Robin. A floricultura do térreo entregou. Nós estamos começando a receber pedidos em Snow Hill. As ligações são de Nova York e Los Angeles.

— Quantos arranjos de flores as enfermeiras permitem? — perguntou Kathryn. Embora a política do hospital com relação ao envolvimento familiar fosse surpreendentemente liberal, eles ainda estavam na UTI.

— Tantos quanto a gente quiser — respondeu Charlie.

Ela o encarou. A implicação era clara.

— Eles estão mais preocupados conosco do que com Robin agora.

Como ele não disse nada, ela se afastou e se dirigiu à cama. Manter uma atitude positiva estava ficando mais difícil, mas ela cavou no fundo da alma e soltou um animado:

— Bom dia, Robin!

* * *

Molly acordou ao alvorecer, colocou a bolsa no carro e dirigiu até Snow Hill. Suas plantas precisavam ser regadas, e sim, um dos funcionários poderia ter cuidado disso. Mas a estufa lhe dava forças. Amarrando um avental na cintura, foi regando uma seção após a outra. À medida que a umidade ativava o rico aroma da terra, ela foi se acalmando. Robin era uma firme defensora da aromaterapia. Aquela era a versão de Molly.

Não fosse o efeito calmante da estufa, ela talvez tivesse ficado mais nervosa quando fez uma pausa e viu o jornal. Uma matéria sobre Robin havia ganhado um espaço inteiramente separado do registro policial. O artigo não era longo, mas estava na coluna de Nick. Além da decepção pessoal, isso era problemático.

Sem conseguir pensar direito, ela foi para o hospital. Seus pais estavam no quarto de Robin quando ela chegou, mas um terapeuta respiratório estava trabalhando com o tubo de respiração. Indo até a janela, Molly ficou lendo os cartões nas flores até ele sair. E então se virou.

A mãe estava atraente como de costume. O cabelo castanho tinha um brilho saudável; as bochechas, um rubor sutil. Sua calça era elegante; seu blazer, moderno. Mas os olhos dela estavam cheios de medo, o que a fazia parecer dez anos mais velha.

Hesitante, Molly falou em voz baixa:

— Essas flores são só o começo. Robin tem *os* melhores amigos. Eu juro, metade deles tomaria um avião correndo e estaria aqui hoje se nós permitíssemos. Os e-mails não param de chegar. Eu disse a todos que estamos enfrentando um dia de cada vez. — Ela fez uma pausa, mas sabia que aquilo precisava ser dito. — Eu também disse para eles que o prognóstico não é bom.

— Molly — começou Kathryn.

— O silêncio não funciona — explicou Molly. Ela manteve a voz mansa, mas, se estava sendo forçada a assumir o papel de porta-voz da família, sua opinião teria que ser levada em conta. — Vejam só essas flores, por exemplo. Elas foram enviadas por pessoas com quem eu não falei, como Susie Hobbs e o clube de corrida de San Diego. Os amigos de Robin estão ligando uns para os outros, deixando mensagens, e a história está ficando cada vez mais extravagante. Se quisermos que eles espalhem a verdade, precisamos dizer a verdade para eles.

Sentindo que seus pais estavam atentos, ela tirou o jornal da bolsa, que já estava dobrado na matéria de Nick, no topo da página. Ela passou o jornal para o pai, que podia ter ou não um problema cardíaco. Desde que ela podia se lembrar, ele sempre fora quieto e sossegado. Ela havia presumido que isso era apenas um reflexo da sua personalidade. Agora se perguntava se aquela disciplina era proposital.

Kathryn leu o jornal por cima do ombro do marido. Então, encarando Molly com um olhar de censura, afundou numa cadeira próxima à cama.

Molly se colocou logo na defensiva.

— Não tinha como evitar, mãe.

— Nick é seu amigo. Você não poderia ter impedido isso?

— O jornal teria publicado algo com ou sem ele. É uma notícia.

— E ele não podia ter enrolado a publicação? É claro que podia, mas ele não quis. Ele é implacável. Ele também tem uma fixação pela sua irmã. Está usando você para conseguir notícias dela.

— Não, mãe. Nós temos conversas inteiras que não têm nada *a ver* com ela.

— Nesse momento? Não, tenho certeza de que não. Quanto você revelou a ele?

— *Nada*. A senhora não percebeu isso pelo artigo? Eu me recusei a falar, e ele não consegue burlar as leis de privacidade do hospital, por isso está publicando fofocas. Mas talvez nós estejamos abordando a tática errada. Nós deveríamos usá-lo para divulgar o que *nós* queremos que seja publicado.

Kathryn olhou para Charlie, que levantou uma das sobrancelhas, reconhecendo que Molly tinha razão.

Sentindo-se encorajada, Molly disse:

— O mesmo se aplica a Snow Hill. Precisamos dizer alguma coisa aos nossos funcionários. No momento, eles estão só especulando. Tami chegou cedo de novo hoje...

— Você esteve lá? — perguntou Kathryn, com ar de surpresa. — Bem-vestida desse jeito?

Molly estava vestindo uma saia curta e uma blusa com um cinto.

— Eu não estou bem-vestida.

— Você costuma usar jeans.

— Essa roupa é mais fresca. Além disso, talvez eu precise vestir algo que imponha mais autoridade se a senhora quiser que eu fique no seu lugar. Tami disse que os rumores estão por toda parte. E vão desde Robin precisando de um transplante a algum problema de saúde envolvendo você ou o papai. Eu acabei contando a ela de Robin; mas se a senhora quiser que eu diga outra coisa, precisa me dizer o quê.

Nem Charlie nem Kathryn disseram nada. E Molly não teve coragem de insistir. Entendia por que eles não conseguiam lidar com aquilo. Ela também não queria ter que lidar com nada daquilo.

Mas lá estava Robin, quieta e inerte. Desanimada, Molly fitou a irmã.

— É ridículo tentar amenizar a situação. Mesmo se ela acordar, a vida dela vai ser completamente diferente.

É claro que ela estava desafiando a mãe a uma discussão.

Mas Kathryn só disse:

— Eu sei. Eu só não consigo falar sobre isso ainda.

A admissão ajudou. Já era um progresso.

Charlie apertou o ombro de Kathryn e saiu do quarto. O primeiro instinto de Molly foi segui-lo para perguntar se ele tinha algum problema cardíaco, mas sentiu um abrandamento na mãe e quis tirar vantagem disso.

— Desculpa, mãe. Eu queria que fosse eu naquela cama.

— Eu queria que fosse *eu* — respondeu Kathryn.

— Mas, então, quem administraria Snow Hill? — contestou Molly, em parte brincando.

— Você. O que tem na bolsa?

— Eu não posso administrar a Snow Hill. Eu só estava brincando quando falei da saia.

— É óbvio que você pode administrar a Snow Hill. Você conhece o negócio melhor do que ninguém. O que tem na bolsa?

Relutante em argumentar, Molly jogou a bolsa na cama.

— As enfermeiras falaram pra gente decorar o quarto, então eu trouxe algumas coisas de casa.

— Elas não falaram mais sobre isso — disse Kathryn com um olhar temeroso. — Não desde ontem de manhã. Isso me preocupa.

O que a preocupava, Molly sabia, era que as enfermeiras haviam começado a pensar em Robin como um caso perdido; mas era aí que entravam as mães e as irmãs. Ela começou a tirar as coisas da bolsa.

— A gente decorou o quarto de Nana para ver se ajudava a despertar memórias. Se isso funcionou com ela, também pode funcionar com Robin.

— Não funciona com Nana.

— Funciona, sim. Ela me disse ontem mesmo que a senhora tem uma filha chamada Robin.

Kathryn se recostou na cadeira.

— Ah, Molly, você contou para ela.

— Ela não registrou a parte ruim. De verdade, mãe, eu não chateei ela. Mas eu precisava conversar com alguém, e ela precisava de uma visita.

Kathryn lhe lançou um olhar duvidoso.

— Além disso, a gente não tem certeza de que não funciona — continuou Molly.

Sem olhar novamente para Kathryn, ela arrumou as fotos emolduradas na mesa e pregou as cartas no quadro de aviso. Colocou o livro de Robin na mesinha de cabeceira, pendurou o boné de Londres no respirador e o tênis no suporte do soro.

Ela hesitou quando chegou a vez da pulseira, procurando um lugar apropriado para colocá-la, mas havia somente um. Com muito cuidado, empurrou-a sobre os dedos moles de Robin e a ajustou no pulso da irmã.

A essa altura, Molly já estava chorando, mas ainda havia o diário. Tirando-o da bolsa, ela escondeu o rosto atrás dele.

— Desculpa, eu sei que a senhora não quer chororô... mas não tem como não chorar... a Robin deitada desse jeito... e é como se todos os mantras motivacionais dela fossem inúteis... e esse diário é tão *velho* que ele não retrata nem de longe o que ela é agora... então que *bem* ele poderia fazer?

Kathryn a abraçou, e o consolo não foi muito diferente do que Marjorie havia lhe dado involuntariamente. O que estava acontecendo a Robin era chocante e novo, mas os braços de Kathryn trouxeram um alívio do passado. Aos poucos, Molly parou de chorar.

— Me desculpa — disse Kathryn finalmente, tampouco soando muito controlada. — Isso é difícil para você, e eu não tenho ajudado muito. Às vezes eu me sinto... presa ao momento.

— Que nem a Robin.

— Talvez.

Molly secou as lágrimas.

— É a espera. Você cria esperança e mais esperança, e nada acontece, e agora tem o segundo exame.

— Talvez eu peça a eles que o adiem.

Molly respirou fundo.

— Não, mãe. Não faz isso. A gente precisa saber.

— Eu não estou pronta.

— Nós *precisamos* saber.

Kathryn olhou para o outro lado.

— É a *espera* que é tão ruim — repetiu Molly. — Como é que nós superamos isso?

No começo Kathryn ficou calada. Então, num tom comedido que indicava que seu cérebro sabia a resposta ainda que seu coração não soubesse, ela declarou:

— Nós fazemos o que temos que fazer.

Molly queria perguntar ao pai sobre o coração dele, mas odiava a ideia de deixar Kathryn sozinha. Então esperou que Charlie voltasse, mas não pôde levantar a questão com a mãe sentada lá. Frustrada, ela os deixou juntos e desceu até o saguão. Chris e Erin estavam tomando café sentados a uma mesa.

Ela puxou uma cadeira e murmurou:

— Que pesadelo.

— Você já disse isso — observou Chris. — Então, você acha que ela vai acordar?

— A ciência diz que não, mas eu já vi plantas que eu pensei que estavam completamente mortas, tipo, elas estavam tão secas e murchas que eu podei elas rente à raiz, e aí elas reviveram.

Chris ficou olhando para ela como se a irmã fosse uma idiota.

— A Robin não é uma planta.

— Então tá — sorriu Molly, transferindo a responsabilidade para ele. — Por que *você* não diz algo positivo?

Ele ficou encarando a caneca de café.

— Você está bonita — elogiou Erin, inclinando-se para olhar. — Suas pernas são lindas. Você deveria usar saia mais vezes.

— Talvez você chame a atenção de um médico — acrescentou Chris.

Molly ficou irritada.

— Você não bate bem. E daí, eu estou de saia, não preciso me vestir como se estivesse mexendo com terra o tempo todo.

— É isso que você faz.

— Chris — repreendeu Erin.

Molly podia travar suas próprias batalhas.

— O que foi que deu *em* você? — perguntou ela ao irmão.

Ele franziu as sobrancelhas.

— Estou chateado por causa de Robin.

— E eu *não*? — explodiu ela. Chocada com a própria explosão, ela baixou o tom de voz. — Não vamos discutir agora. Eu ainda estou intrigada com a questão do coração, Chris. A Robin disse à médica que o pai dela tinha um problema.

Chris teve um sobressalto.

— O pai dela? Como é que você sabe?

— Eu encontrei uma carta. Por que ela teria dito que o papai tinha um problema se isso não fosse verdade?

— É melhor culpar outra pessoa — disse ele, uma observação insensível, mas verdadeira.

— Você contou ao seu pai sobre a carta? — perguntou Erin.

— Ainda não tive a oportunidade. Eu quis ficar com a mamãe. Estou preocupada com ela.

— O que a gente pode fazer?

— Como ela disse, podemos "fazer o que temos que fazer".

— Aham — disse ele, ácido. — Enquanto Robin está sendo mantida viva por máquinas?

— A Snow Hill não para — argumentou Molly. — Eu já estou fazendo o meu trabalho e tenho que fazer o da mamãe. Alguém precisa fazer o do papai.

— Eu perdi a maior parte do dia ontem — disse ele —, por isso estou atrasado com a folha de pagamento e as contas, e as estimativas trimestrais precisam estar prontas na semana que vem.

— Eu preciso me mudar daqui a cinco dias — contra-argumentou Molly, calma —, mas isso não quer dizer que eu posso deixar o clube de jardinagem em Lebanon pensar que a nossa mãe ainda vai dar a palestra dela. Eu falo com as pessoas que precisam de respostas fora de Snow Hill. Você fala com as pessoas lá dentro.

Chris fez que *não* com as mãos.

— Então está bem — tentou ela. — Eu falo com as pessoas lá dentro. Você fala com as de fora.

A expressão no rosto dele indicou que ele achou essa ideia pior ainda.

— Eu sei que você não quer fazer isso, Chris. Mas todos nós estamos fazendo coisas que não queremos fazer.

Ele virou a caneca que tinha nas mãos.

— Por favor — apelou Molly, mas ele permaneceu em silêncio. — Tá. — Ela se levantou. — Eu faço tudo sozinha, então.

— Ela está certa — comentou Erin assim que Molly se afastou. — Todos aqui estão tendo que fazer coisas que não querem fazer.

Mas Chris estava irritado.

— Você acha que eu preciso que Molly me diga o que fazer?

— Não é culpa dela. Ela está passando a mensagem.

— Ela está acostumada a fazer o trabalho da mamãe. Eu não estou acostumado a fazer o do nosso pai. Ele não pode fazer o meu trabalho. E eu não posso fazer o dele.

— Ninguém está pedindo para você criar uma campanha publicitária do zero, apenas que dê alguns telefonemas.

— Eu não sou muito dessa parte de relações públicas.

— E eu sabia por acaso como trocar fralda antes de Chloe nascer? Eu aprendi rápido porque o trabalho precisava ser feito. E já que estamos falando de coisas que *não* queremos fazer, você acha que eu gosto de limpar as golfadas dela? Eu não gosto. Mas tenho que limpar. Estamos falando de fazer o que precisa ser feito mesmo quando isso é incômodo.

— Erin, eu não tenho condições de trabalhar na Snow Hill agora — disse ele. O motivo parecia perfeitamente óbvio.

— É uma forma de ajudar a sua família. Isso não levaria muito tempo. Molly já está fazendo bastante coisa, e ela está certa quanto à mudança. Agora ela precisa fazer a mudança dela *e* a de Robin.

Chris bufou.

— Ninguém está despejando as duas.

— Não é essa a questão. O senhorio precisa que ela desocupe o imóvel, e ela está tentando cooperar. — Ela apertou o braço dele. — A Snow Hill é um negócio de família. Se você não pode *cobrir* o rebatedor para a sua família num momento de crise, para que você serve?

Mas ele também estava em crise.

— Nós temos mesmo que discutir isso agora?

— Mas é agora que o jogo está acontecendo. Ou você entra em campo ou não.

Ele deu um suspiro.

— Você nem gosta de beisebol.

— Mas você gosta e, se não tem outra forma de fazer você entender, eu vou tentar usar o beisebol. O jogo agora é para valer. Nós nunca passamos por nada tão estressante.

Chris se perguntou em que planeta *ela* estava vivendo.

— Planejar um casamento não foi estressante? Comprar uma casa? Ter um filho?

— Essas coisas são diferentes. A gente não pediu por isso, a gente não quer isso, mas essa situação está me deixando nervosa quanto ao futuro. E se alguma coisa acontecer comigo? Você vai conseguir criar a bebê sozinho? Talvez você não queira fazer isso, mas alguém precisaria fazê-lo.

— Não vai acontecer nada com você.

— Assim como não ia acontecer nada com Robin? Isso não *abala* você, Chris? A gente nem tem um testamento, sabe?

Ele a encarou.

— Eu *não* vou lavrar um testamento agora.

— Mas tudo isso que está acontecendo não faz você pensar? — gritou ela. — E é exatamente isso que eu estou dizendo. Eu não quero ter essa conversa. Ela é confusa e incômoda, e eu não sou boa com confrontos, então é provável que esteja fazendo isso do jeito errado. Mas você está tirando o corpo fora quando se trata da sua família... e quando se trata de mim também. Você deixa outras pessoas fazerem o trabalho sujo por omissão.

— Eu troco fraldas — argumentou ele.

— Eu não estou *falando* de trocar fraldas. Eu estou falando de assumir responsabilidades, e não apenas cruzar os braços e deixar que os outros façam as coisas para que você não precise fazê-las. Eu estou falando de *jogar com o time*, Chris. Você não pode rebater um *home run* enquanto está sentado no banco de reservas! — Com voz branda, ela acrescentou: — Talvez você pudesse ter continuado a agir assim na sua família se isso não tivesse acontecido com a Robin. Mas você escolheu se casar comigo, e naquele dia algumas coisas mudaram. A vida agora não gira apenas em torno de você.

— Agora isso é sobre você agora?

— É sobre nós... e nós somos parte da sua família. Estou falando de Chloe; a tia e os avós estão lá em cima e não podem ir para a Snow Hill. Eles precisam de *ajuda*.

Molly não queria fazer nada daquilo, assim como Chris, mas estava determinada a fazer seu trabalho. Ela precisava terminar de fazer os pedidos que não fizera no dia anterior, cancelar os compromissos de Kathryn e escrever o artigo para *Aprenda a plantar*.

Ela também precisava encaixotar as coisas para a mudança. Quando teria tempo de fazer isso? Nem lhe passava pela cabeça o que aconteceria caso o resultado do segundo EEG fosse ruim — não queria nem *pensar* naquela palavra de pior cenário possível. Mas ela mal havia começado a trabalhar quando Joaquin Peña apareceu à porta. Sua pele, que normalmente era marrom, estava pálida.

— Seu irmão acabou de dizer que a srta. Robin morreu.

Molly ficou em choque.

— Ela não morreu. Ela está respirando com ajuda de aparelhos.

— Mas ela vai morrer em breve?

Chris talvez morresse. Molly poderia tê-lo matado naquele instante. Afastando-se da escrivaninha, ela colocou o braço no ombro de Joaquin.

— É muito grave. A situação não está nada boa.

Os olhos dele se encheram de lágrimas.

— *Por quê?*

— Eu não sei.

— Como a sua mãe está?

— Muito, muito abalada.

— O que eu posso fazer?

— O que você sempre faz, Joaquin. Cuide das coisas aqui para que meus pais não precisem se preocupar. Se tiver qualquer problema, pode ligar para mim, tudo bem?

Ele assentiu, tocou a bochecha dela e se encaminhou para a porta. Erin estava lá. Ela deixou Joaquin passar, e então lançou um olhar sugestivo para Molly.

— Meu marido não foi muito sutil.

Molly deu um suspiro. Simplesmente não tinha forças para discutir.

— Talvez ele esteja certo — disse ela. — O que nós estamos escondendo?

Além disso, o Nick sabia que a Robin tinha tido morte cerebral. Seu próximo artigo talvez o anunciasse para todo mundo. Ela chegou à conclusão de que os funcionários de Snow Hill mereciam mais informações.

Olhando para o corredor, viu Deirdre Blake. Deirdre era praticamente a assistente pessoal de Kathryn. Trabalhava apenas meio expediente, no entanto, e não havia estado lá no dia anterior.

Ela parecia aterrorizada.

— Eu vi o jornal hoje, mas ninguém sabe me dizer muita coisa. Como a Robin está?

Molly engoliu em seco.

— Nada bem. É um processo.

— Foi o coração?

— Começou com o coração.

— Ela vai se recuperar?

Molly e Erin se entreolharam, e então Molly disse:

— Sabe, eu acho que a Erin e eu precisamos preparar um comunicado oficial. Dá um tempinho para gente? Nós vamos escrever uma nota, e então você pode divulgá-la aos demais funcionários, pode ser?

Assim que ela saiu da sala, Molly fechou a porta e se virou com um ar de expectativa para Erin.

— O que vamos dizer?

— Você não quer chamar o Chris?

Molly não queria.

— Não se você estiver disposta a ajudar.

— Eu estou, mas talvez ele seja melhor.

Molly fez uma careta expressando sua opinião contrária, e então abriu um documento em branco no computador e começou a digitar. Levou apenas cinco minutos. Não havia muito a dizer.

Erin ficou olhando a tela sobre o ombro de Molly, sugerindo uma palavra aqui, um pensamento ali.

— Aquilo que você disse a Joaquin sobre cuidar das coisas em Snow Hill para que os seus pais não precisem se preocupar, aquilo foi muito bom. Acho que você deveria incluir isso.

Molly seguiu o conselho. Quando as duas estavam satisfeitas, ela enviou o texto final a Deirdre por e-mail.

— O que mais eu posso fazer? — perguntou Erin. — A Chloe está com uma babá. Então eu estou com tempo.

Ela pareceu estar se oferecendo de coração, e Molly precisava de ajuda. Conduzindo-a até o escritório de Charlie, deu à cunhada a agenda telefônica do pai e uma lista de contatos que precisavam ser feitos.

— Comece com a WMUR. Explique que estamos lidando com uma doença na família e, por isso, vamos ter que cancelar o programa de sexta-feira. Talvez seja até melhor que seja você ligando, aí é só falar que não sabe de nenhum detalhe.

Assim que Erin pegou o telefone, Molly voltou para sua sala para checar o e-mail. Os amigos sem dúvida alguma haviam visto o jornal. Eles foram mais do que solidários. Achando que Terrance Field talvez fosse mais compreensivo agora que ele havia tido uma oportunidade de pensar melhor no assunto, ela ligou para ele.

E ele de fato parecia mais compreensivo do que havia sido no dia anterior.

— Eu ouvi, sim, falar da situação da sua irmã — disse ele. — É algo horrível em alguém tão jovem. Eu até cheguei a ligar para o meu senhorio depois que nós dois nos falamos. Mas não tenho boas notícias, Molly. Ele disse que estava prestes a me ligar. Ele encontrou alguém que está disposto a alugar a minha casa por um valor mais alto. Ele quer que eu saia daqui um mês antes do prazo que ele tinha me dado antes. Eu tenho um contrato, por isso não acho que ele possa me forçar a sair. Meu advogado está resolvendo um assunto para a sogra dele em Sarasota, mas quando ele voltar...

Ele continuou a falar por um minuto, mas Molly não ouviu muita coisa. Depois de tentar um último apelo, ela se despediu. Precisando de uma distração, concentrou-se num e-mail que acabara de chegar de um fornecedor, perguntando sobre o pedido de poinsétias. Ela não conseguira pensar num valor ontem. Então fez um cálculo rápido, enviou uma resposta e preencheu o formulário de pedido. E fez o mesmo com uma encomenda de suprimentos de jardinagem.

Rolando a tela do computador, parou de repente na confirmação de uma encomenda. Era de um fornecedor com quem ela se recusava a trabalhar. Ela leu o e-mail e seu sangue começou a borbulhar.

Inclinando-se em direção ao telefone, ela ligou para Liz Tocci.

— Sou eu, Molly — disse ela, tentando ao máximo ser educada. — Você pode dar um pulo no meu escritório?

Liz disse que estava no telefone com um cliente. Molly disse que não podia esperar. Talvez estivesse errada, já que Kathryn valorizava tanto o relacionamento com os clientes, mas Molly estava sobrecarregada. Seu tempo era valioso. E sua irmã estava morrendo.

Liz era uma mulher confiante beirando os quarenta anos, embora Molly tivesse precisado descobrir isso sozinha. Liz escondia a idade, ora projetando experiência, ora exalando juventude. Naquele dia ela parecia uma mistura equilibrada das duas coisas. Com o cabelo louro num balanço despretensioso como o de uma jovem inocente, ela entrou na sala de Molly. Usava uma blusa de seda e uma calça de algum designer famoso e parecia convenientemente preocupada.

— Eu sinto *muito* pelo que aconteceu com Robin. Como ela está?

— Na mesma. Mas nós precisamos conversar sobre proteas-rei.

Liz pareceu intrigada.

— Agora? Você deveria estar pensando na Robin, não nisso.

De repente uma luzinha se acendeu na mente de Molly, instigando-a.

— Você encomendou flores da Maskin Brothers. Eu disse que nós não faríamos isso e eu sou a responsável pelos pedidos.

— Você estava no hospital. Eu achei que isso fosse ajudar.

— Eu também estive aqui duas vezes ontem. E, não, isso não ajuda. A Maskin Brothers é fora de cogitação.

— Isso não faz sentido, Molly — disse Liz, usando um tom repreensivo. — Eu trabalhei com a Maskin por anos antes de vir para cá, e nunca tive nenhum problema com eles. Eles têm proteas-rei maravilhosas.

— A Snow Hill já perdeu clientes por causa da Maskin.

— Talvez o problema esteja com a Snow Hill.

— Você quer dizer comigo?

— Ou com seja lá quem tenha feito o pedido quando vocês tiveram problemas.

— Eu — disse Molly, começando a fervilhar. — Eu te falei isso na reunião de segunda-feira. A Snow Hill não trabalha com a Maskin. Eles estão pedindo um depósito junto ao pedido. Se não fizermos o depósito, eles não vão processar o pedido.

— Sua mãe não ia aprovar isso — disse Liz com um tom de censura que deixou Molly ainda mais cheia de ódio.

— Eu acho que ela o aprovaria, sim. Ela é uma gestora eficiente.

— Eu tenho mais experiência nesse ramo do que você, Molly — lembrou Liz. — E *vamos ser* sinceras. A sua especialidade são plantas, não flores de corte. Eu estou tentando levantar o setor de design de interiores de Snow Hill.

Molly sorriu. Ela não queria chegar ao ponto de usar sua autoridade, mas Liz estava causando problemas havia alguns meses. Existia apenas uma maneira de lidar com alguém tão condescendente como ela. Numa voz calma, semelhante à de Kathryn, disse:

— Está bem. Vamos ser sinceras. Eu faço os pedidos. Eu decido quem são os nossos fornecedores, porque, bem, eu sou dona disso aqui. — Ela olhou para o relógio. — Você tem, ahn, trinta segundos para aceitar isso. Acha que consegue?

— Você não é dona disso aqui. Sua mãe que é. — Molly não disse nada, olhando apenas para o relógio. — Não tem nada de errado com esse fornecedor, Molly. Você sabe quantos viveiros compram deles? Joe Francis em Concord não tem nenhum problema com eles. Nem o Manchester Paisagismo. É ridículo nosso embate por causa disso. Eu agrego valor para a Snow Hill. Eu trago clientes.

E muita dor de cabeça, pensou Molly. Ela nem esperou os últimos cinco segundos.

— Você está demitida.

Liz ficou perplexa.

— A sua mãe não vai aceitar isso.

— Se ela tiver que escolher entre nós duas, ela vai aceitar, sim.

Liz a encarou.

— Essa não é uma boa decisão que você está tomando. Você precisa da minha reputação.

— Bem, nós discordamos quanto a isso também. A reputação de Snow Hill sempre foi muito boa. Se você quiser dizer às pessoas como eu sou má, vá em frente. Mas você só vive na região há dois anos. As pessoas aqui me conhecem desde pequena. Além disso, eu me preocuparia se fosse eu quem precisasse procurar um emprego, mas essa não sou eu. É você quem precisa procurar.

Liz ficou ali mais um minuto, e então se voltou para a porta. Ela fez uma breve pausa quando viu Erin.

— Você é a mulher de Chris, certo? Ainda bem que você está aqui. Molly não está pensando direito. Você quer tentar acalmá-la? — Ela olhou para Molly. — Eu estarei na minha sala.

— Não por muito tempo — informou-lhe Molly e ligou para Deirdre. — Você poderia pedir a Joaquin para que encontre a srta. Tocci na sala dela e a leve até o carro?

Liz fez uma careta.

— Bem, *isso* é um exagero.

Mas Molly havia chegado ao limite.

— Minha especialidade talvez sejam plantas, mas, enquanto eu estava estudando horticultura, também fiz alguns cursos de gestão de negócios. Eu sei como as coisas funcionam. — Ela saiu da sala, e, seguida por Liz, percorreu o corredor, virou a esquina e desceu as escadas. Ela pegou a agenda telefônica na escrivaninha de Liz. — O seu contrato diz que tudo o que você usa para realizar o seu trabalho aqui é propriedade de Snow Hill. Sinta-se à vontade para levar sua bolsa.

Liz talvez tivesse começado uma briga se Joaquin não tivesse aparecido. Molly esperou até que eles se fossem para então sair da sala e fechar a porta. De volta à própria escrivaninha, ela ligou para Deirdre de novo.

— Eu quero que a fechadura do escritório de Liz seja trocada. Você pode pedir isso a Joaquin para mim, por favor?

Endireitando-se, Molly respirou fundo e olhou para Erin.

— Que... *vadia*.

Erin estava sorrindo.

— Molly, você foi ótima! Estou orgulhosa.

Molly tirou o prendedor do cabelo, refez o penteado e colocou o prendedor de volta. Com essa mesma velocidade, sua coragem desabou.

— Meus Deus, o que eu fiz? Eu não tenho autoridade para demitir alguém.

— É claro que você tem. Você está no lugar da sua mãe enquanto ela fica com a Robin. Este *é* o seu negócio.

— É o negócio da minha mãe — argumentou Molly, já que Liz estava certa quanto a isso. — Foi ela quem contratou Liz. Ela vai ficar furiosa.

Mas Erin continuava sorrindo.

— Você é a representante de Kathryn. Você parecia ela. Você *soou* como ela. Foi incrível.

— Era para eu estar ajudando ela.

— Você ajudou. No pouco tempo que passei aqui, eu vi Liz dando ordens pra lá e pra cá. As pessoas reviram os olhos pelas costas dela.

— Mas agora não temos um decorador.

— Deve ter outros que você pode contratar. Por que você não chama Greg Duncan? Você sempre elogia o trabalho dele na estufa. Escuta — disse Erin —, Liz se mudou para cá para estabelecer o nome dela nessa área. Ela estava usando a Snow Hill. Greg é leal de um jeito que ela nunca seria.

— Mas ele não tem a distinção de Liz Tocci. Ela está certa; ela trazia muitos clientes — admitiu Molly, mas a luzinha que havia acendido em sua mente mais cedo começou a piscar naquele momento. — O pior de tudo no que ela fez foi o momento. Ela achou que eu faria vista grossa por causa da Robin. Ela se aproveitou disso.

— É exatamente por isso que a sua mãe vai te apoiar.

— A mamãe não teria perdido a paciência. Nem a Robin. Ela é uma boa perdedora. Está bem, isso não é uma corrida. Mas eu perdi. Liz fez uma encomenda pelas minhas costas.

— Ela passou por cima das normas da empresa. Você faz os pedidos. Além disso, você tem o direito de perder a calma. Você está vivendo um momento complicado. Não se cobre tanto, Molly. Você não acha que foi por isso que Chris foi duro com você mais cedo? Ele precisava de uma válvula de escape. Você também. — Molly se perguntou se alguma coisa estava acontecendo no hospital. — Mas enfim — continuou Erin —, eu vim aqui por que o seu pai acabou de receber uma ligação do jornal. Você sabe alguma coisa a respeito de um artigo sobre repolho ornamental?

— Está no computador dele — disse Molly, conduzindo-a de volta ao escritório do pai e encontrando o arquivo. — Eles querem por fax ou e-mail?

— E-mail. Pode deixar, eu te ajudo com isso. Além disso, o departamento de vendas da *New Hampshire Magazine* quer confirmar o anúncio de Snow Hill nas edições de inverno.

— Pode confirmar — respondeu Molly, satisfeita porque eles finalmente estavam ajudando com isso. Eles? Erin. Molly sempre gostara dela, mas nunca a tinha visto como uma aliada. Pensando em como estivera errada, ela abraçou Erin. — Obrigada. Meu irmão é um homem de sorte.

Erin resmungou.

— Ele não acha isso no momento, então eu não tocaria no assunto se fosse você. O humor dele não está dos melhores.

— É a espera — disse Molly. Dando um sorriso triste, voltou para sua sala.

Era verdade. Esperar era a pior parte. Olhando a toda hora para o relógio, ela terminou os pedidos e então tentou ligar para o celular de Charlie, mas estava desligado. Molly cancelou os compromissos de Kathryn. Dez minutos se passaram. Depois folheou diversas edições recentes de *Aprenda a plantar*, tentando decidir o que escrever para a edição de janeiro, mas não conseguia se concentrar.

Por fim, foi até a estufa. Ela foi interrompida no caminho por diversos funcionários de Snow Hill preocupados com Robin. E daquela vez conseguiu falar com mais facilidade. *Que diferença de Liz no que se refere à sinceridade*, pensou ela mais de uma vez.

Havia alguns clientes na estufa, mas Molly conhecia cada palmo daquele lugar. Sentou-se num banco atrás de uma palmeira onde, se ficasse em uma posição só, ela não seria vista.

Mas ela podia ver tudo. Um dos clientes enchia o carrinho com plantas de sombra; outra andava entre aquelas e as gloxínias na parede mais distante. Essas últimas eram lindas, suas flores aveludadas em matizes vibrantes de rosa e muito mais vistosas. Ainda assim, Molly preferia as plantas de sombra. Embora lhes faltasse o brilho de uma flor, elas tinham longevidade. Pelo menos a maioria delas, e, nesse sentido, eram seriamente subvalorizadas. Molly adorava quando elas recebiam atenção.

Carrinhos chacoalhavam em direção ao caixa, deixando os corredores momentaneamente quietos. Pequenas eclosões sonoras vinham dos irrigadores ao longe, no viveiro de arbustos, e de mais longe ainda, o ruído de uma escavadeira levantando uma árvore com a base envolta em aniagem. A estufa, no entanto, estava silenciosa.

Molly adorava esses momentos. Robin, não. Robin era uma pessoa ativa. Ela queria movimento.

Mas Molly via movimento nas plantas quando o arco do sol se movia. Via movimento na mudança das estações e nos ciclos de vida correspondentes em suas plantas. Robin era natural de Nova Inglaterra só no nome, classificando as estações desde as forsythia até as rosas, das folhas de outono à neve. As mudanças que Molly via eram muito mais sutis do que disso.

Não, Robin não teria perdido a calma com Liz. Talvez, contudo, a razão disso fosse que ela não amava a Snow Hill como Molly.

Capítulo 9

Mesmo doze horas depois de conversar com Molly, Nick Dukette continuava entorpecido. Ele soube desde o início que o problema de Robin era sério. Seu contato na polícia havia lhe dito isso. Mas esperava que houvesse algum tipo de solução, como cirurgia ou medicação. *Ele* não se importava se Robin tivesse de parar de correr. Isso poderia beneficiá-lo. Se ela não pudesse correr, então não viajaria tanto, o que realçaria o atrativo de um repórter local.

Não que planejasse se limitar ao jornalismo local por muito tempo. Ele não cometeria o mesmo erro dos pais. Eles eram brilhantes e totalmente desconhecidos — Henry Dukette, um romancista, Denise Dukette, uma poetisa. Todas as vezes que Nick lia as obras deles, se perguntava como era possível que o mundo inteiro não parasse para notá-los. Entretanto Henry precisava trabalhar para o departamento de transportes para sustentar a família, e ele nunca reclamou. Ele dizia que o contato com os moradores da cidade era a fonte das suas ideias. Nick não sabia do que adiantava ter ideias se elas não iriam a nenhum lugar.

Ele jurou mudar isso assim que ficasse famoso. O trabalho jornalístico estava a apenas um passo do setor editorial, e o setor editorial era todo sobre contatos, pessoas que você conhecia. Com o tempo, ele conseguiria que a obra de seus pais fosse lida.

Não era pelo dinheiro. Seu irmão mais velho havia sido muito bem-sucedido em Wall Street e, mesmo depois de cuidar da própria família, seus recursos eram mais do que suficientes para ajudar Henry e Denise. Ele comprara um apartamento para os pais perto da faculdade estadual de Plymouth, onde Denise ensinava poesia, e havia investido uma quantia significativa no nome dos pais, de modo que os dois podiam viver confortavelmente dos juros. Mas Henry não queria saber de se aposentar. Ele alegava que era jovem demais, que gostava de sair de casa. Nick queria que ele saísse de casa para promover um de seus livros — exatamente o que aconteceria se Nick pudesse opinar na vida dos pais.

Primeiro, no entanto, adeus, New Hampshire — e ele estava chegando mais perto. Uma vez que fosse encarregado das notícias investigativas, ele teria acesso a um nível mais elevado de contatos, o que abriria novas portas. Era só disso que precisava. Ele sabia como dizer o que as pessoas queriam ouvir. E também sabia escrever artigos como ninguém — já havia sido reconhecido nacionalmente por uma série que escrevera sobre as eleições presidenciais primárias. O futuro parecia promissor.

Nick queria que Robin participasse desse futuro. Dada à fama local dela, ele já estava meio apaixonado mesmo antes de conhecê-la. E depois? Eles eram incríveis juntos. O fato de ela querer competir a nível internacional não o desencorajava. Ela estava quase no auge de sua carreira. Uma vez que tivesse ganhado uma medalha de ouro nas Olimpíadas, ela diminuiria o passo. No fundo, era uma garota de família. Ele imaginou que, contanto que ficasse por perto, ele estava na disputa.

Mas agora isso. Ele não sabia até que ponto poderia acreditar no que Molly dissera. Em termos de contatos, ela não era a pessoa mais confiável. Ela mesma havia dito isso. Estava envolvida demais emocionalmente.

E nesse caso, ele também estava. Mas Nick era, além de tudo, um profissional. Sabia como obter informações. No momento, isso requeria trabalho.

Deixando de lado a paralisia que o havia atrofiado nas últimas doze horas, ele saiu de seu cubículo, só parou quando o chefe editorial chamou seu nome do outro lado da sala.

— Para onde você está indo?

— Para o hospital. Estou acompanhando a história de Robin Snow.

— A acusação formal de O'Neal é às duas horas.

Nick não havia esquecido. Graças à matéria reveladora que fizera sobre Donald O'Neal, o estado finalmente estava investigando fraude eleitoral. Nick havia dado o caso de bandeja para eles.

— Eu estarei lá — respondeu ele, e, colocando a mão no suporte de cinto para se certificar de que o celular estava lá, ele saiu.

Não viu o carro de Molly no estacionamento do hospital, o que era bom. Ela estava numa situação difícil. E ele precisava conseguir suas informações em outro lugar.

Começando pela cafeteria, concentrou-se no chefe da cardiologia, mas este não cedeu ao seu charme. O neurologista mais renomado do hospital também se recusou a falar, embora tivesse cooperado com Nick no passado.

— Confidencialidade — murmurou ele dessa vez.

— Eu ouvi dizer que ela teve morte cerebral — disse Nick no tom mais confidencial possível. — É um exagero?

O médico olhou para ele, desconfiado.

— De quem você ouviu isso?

Nick olhou ao redor da cafeteria com uma expressão sugestiva. Dividir para conquistar costumava dar certo. Sugerir que uma pessoa falou, e outra falará.

— Eu deveria acreditar nisso?

— Mesmo se eu soubesse, e eu não sei — disse o neurologista, estoico —, eu não confirmaria nem negaria.

— Eu ouvi dizer que eles estão falando de transplantes de órgãos.

É claro que não havia ouvido aquilo. Tudo o que ele precisava era de um "ainda não" desavisado como confirmação.

Mas o médico lhe lançou um olhar que indicava que sabia de algo, levantou uma das mãos e se afastou, levando Nick a procurar sua enfermeira-informante favorita. Quinze anos mais velha do que ele, ela o amara desse quando Nick escrevera uma matéria favorável sobre o negócio do marido dela no ano anterior.

Ela disse não saber de nada e, embora ele a tivesse bombardeado de perguntas, não cedeu. Quando perguntou a ela se poderia tentar obter informações, ela disse que sentia muito, mas não podia ajudar.

Pensando que todos eles eram profissionais demais para serem confiáveis, pegou o elevador para a UTI. Sem conseguir entrar na unidade em si, foi até o saguão. Ele não reconheceu ninguém lá. Confiante de que isso mudaria caso esperasse tempo suficiente, ele afundou no sofá. Estava pensando que Molly tinha que estar errada — que Robin não havia tido morte cerebral, mas estava apenas inconsciente — quando então percebeu que uma menina e a mãe, sentadas no sofá adjacente ao dele, estavam falando de Robin.

Com os cotovelos nos joelhos, ele perguntou, num tom casual:

— Robin Snow?

A garota assentiu. Ela parecia ter uns 14 anos.

— Vocês são amigas da família? — perguntou ele à mãe.

— Não, mas a Kaitlyn começou a correr por causa da Robin.

— Ela deu uma palestra na minha escola — explicou a garota. — E quando eu escrevi uma carta para ela depois disso, ela respondeu. Eu tenho uma consulta médica hoje à tarde. A minha mãe me deixou sair da escola mais cedo para vir aqui.

— Quais são as últimas notícias sobre ela? — perguntou Nick à mãe.

— Eles dizem apenas que ela está em estado crítico. Você sabe mais do que isso?

— Não — disse ele.

Estava pensando que seu fracasso ali era sua punição por ter usado Molly quando viu Charlie Snow no corredor. Sem uma palavra, ele se levantou para ir atrás dele. E o alcançou perto do elevador. O homem estava perdido nos próprios pensamentos.

— Sr. Snow? — Charlie olhou para cima. — Como ela está?

— Ah, Nick. Oi.

— É tão ruim quanto a Molly disse?

— O que a Molly disse?

— Que ela ainda está inconsciente.

É claro que ela tinha dito mais do que isso, mas Nick não podia repetir as palavras dela. Estava começando a se sentir mal por Molly. Ele a havia colocado numa situação difícil.

— É mais ou menos isso — confirmou Charlie. — Nós estamos aguardando.

Nick tinha uma dúzia de perguntas, mas não fez nenhuma. O elevador chegou, e antes que percebesse, ele estava sozinho. Ficou ali por um bom tempo, perguntando-se o que havia de errado. Ele era capaz de perguntar qualquer coisa a qualquer pessoa: *O que a senhora está sentindo?*, perguntou certa vez a uma mãe que assistia enquanto os mergulhadores procuravam o corpo do filho no rio. Era assim que os repórteres conseguiam respostas. Repórteres melindrosos não conseguiam nada.

Ele não era melindroso com os Snow, mas talvez estivesse próximo demais. Ora, ele era praticamente da família. Pelo menos era assim que se via.

Desanimado, pegou o próximo elevador e voltou à redação para acompanhar meia dúzia de histórias menores; mas, se ele achava que isso iria distraí-lo, estava enganado nesse ponto também. Ficou pensando na última vez em que vira Robin. Ela estava jantando com alguns amigos num restaurante e estava lindíssima.

Ligue para Molly, disse a si mesmo. *Deixe que ela diga que não é verdade.* Mas Molly tinha problemas com a irmã, e colocá-la contra a parede só ia piorar as coisas.

Ele poderia voltar ao hospital. Se Molly o visse lá e eles começassem a conversar, ela poderia deixar escapar alguma coisa na inocência. Outra opção seria encontrar o sujeito com quem ela andava falando. David. Aquele que lhe parecia familiar. Nick se perguntou se *ele* saberia mais alguma coisa sobre o estado de Robin.

Sentindo-se vazio, recostou-se e apertou os olhos. David, que parecia familiar. David.

Tentando lembrar-se de onde o reconhecia, Nick abriu os olhos e começou a folhear os impressos de matérias recentes empilhados em sua mesa. Examinou uma pilha de fotos. Ele se recostou novamente. Havia ido a um bar depois de deixar Molly em casa no domingo à noite. Talvez o tivesse visto lá.

Um rosto apareceu por cima da divisória na frente do seu cubículo.

— Você quer que eu vá com você ao tribunal?

Nick olhou de relance para o relógio. Ao se virar para olhar para Adam Pickens, seu fotógrafo favorito, ele foi obrigado a afastar os olhos do que chamava de seu *mural de ídolos*. Ali havia fotos de Rupert Murdoch, Bernard Ridder e William Randolph Hearst. Apareciam também, Bob Woodward e Carl Bernstein, mas outra imagem chamou a atenção de Nick. Era de Oliver Harris, o dono da terceira maior cadeia de jornais do país, diversos times esportivos e uma rede de TV a cabo.

O David da Molly era a cara dele.

Inclinando-se para frente, Nick fez uma rápida busca no Google por Oliver Harris. Depois de passar por diversos resultados de teor empresarial, encontrou um artigo falando sobre a família de Harris. Era casado com Joan e tinha quatro filhos, três dos quais trabalhavam para a corporação. O quarto e mais novo se chamava David.

Possivelmente uma coincidência. Nem David nem Harris eram nomes incomuns. Mas também havia a semelhança física.

Ele fez uma busca por David Harris, mas se deparou com muitas páginas de diversos David Harris. Restringindo a busca, ele digitou *filho de Oliver*. Segundos depois, achou o que queria.

Se achando, ele se recostou na cadeira. O fato de o filho de Oliver Harris dar aula numa escola ali perto era uma sorte inesperada. O sujeito ainda não sabia, mas ele estava prestes a conhecer seu novo melhor amigo. Bem, *quase* prestes a conhecer seu novo melhor amigo. Isso demandaria um pouco de sutileza. Era aí que Molly entrava.

Inclinando-se para frente de novo, ele buscou o e-mail dela, mas ali estava o de Robin, bem abaixo do endereço da irmã, e a lembrança de Robin embrulhou seu estômago. Então escreveu uma nota para Robin. A mensagem não era muito longa. Nenhuma das notas que ele enviava para ela era longa. Só queria que ela soubesse que tinha uma razão para ficar boa.

Sentindo-se profundamente triste, enviou o e-mail. Então clicou no endereço de Molly e apenas escreveu:

Depois que vi você ontem à noite, eu tentei impedir que a matéria sobre Robin fosse publicada, mas ela já tinha ido para o prelo. Eu não vou falar para ninguém o que você me contou, e prometo, nada de matérias sem o seu aval. Você pode confiar em mim quanto a isso. Eu ainda estou chocado sobre a Robin, mas deve estar muito pior para você. Posso ajudar em alguma coisa?

David Harris não precisava ler o texto. Sentado na beirada de sua mesa, ele falava para seus alunos do nono ano:

— "Há 87 anos, nossos pais deram origem a uma nova Nação neste continente..."

Ele recitou todo o discurso, o que levou aproximadamente dois minutos, e ficou satisfeito por seus alunos estarem atentos.

— Prestem atenção às palavras — disse ele, e repetiu o discurso.

Ele diminuiu a velocidade nas partes que sempre o haviam tocado mais, culminando com:

— "... que todos nós aqui presentes solenemente admitamos que esses homens não morreram em vão...".

De todas as matérias da história estadunidense que ele ensinava, a Guerra Civil era sua favorita. Ele havia visitado os locais onde as principais batalhas tinham sido travadas e sabia que, com suas 620 mil mortes, a Guerra Civil fora a mais sangrenta do país, e que 200 mil garotos com menos de 16 anos haviam lutado no decorrer daqueles quatro anos. Ele também sabia que Ulysses S. Grant havia sido um alcoólatra antes de se tornar o principal general da União, e que Stonewall Jackson, da Confederação, havia morrido devido às complicações decorrentes de um ferimento infligido por um de seus próprios homens. Das inúmeras trivialidades sobre a Guerra Civil, ele gostava particularmente dessas duas. Elas ensinavam lições a respeito da precariedade da vida e da doçura da redenção.

David se identificava com ambas. *A vida pode mudar num piscar de olhos*, seu pai costumava dizer. *A direção que você toma quando isso acontece faz toda a diferença*. Oliver Harris se orgulhava do que havia feito depois dos momentos decisivos em sua vida. A longa lista de seus sucessos superava os poucos fracassos que ele tivera.

David não tinha uma lista por trás da qual pudesse se esconder. Tinha apenas trinta e um anos. Tudo que fazia ficava à mostra.

Ele estava pensando nisso enquanto lançava os fundamentos para ensinar os Estados Confederados da América, falando da secessão, da posse de Lincoln e dos tiros disparados no Forte Sumter; mas seus olhos voltavam sempre a Alexis Ackerman. Com o cabelo escuro puxado para trás e camisetas sobrepostas bem apertadas, ela tinha uma aparência esquelética e estava mais pálida do que de costume.

O sinal tocou antes do que ele esperava. Nem teve tempo de falar sobre o dever de casa; o barulho das mochilas e dos pés dos alunos se arrastando ao saírem da sala o calou. David estava indo para a sua mesa quando ouviu um burburinho.

Alexis estava no chão ao lado da sua carteira, se agarrando à cadeira. Ele correu até ela.

— Vocês podem ir embora — disse ele aos demais, agachando-se ao lado dela.

— Não sei o que aconteceu — declarou ela com um sussurro débil. — Minhas pernas só não funcionaram.

— Você está tonta?

— Não. Eu não desmaiei. Já estou bem.

Embora o rosto dela estivesse pálido, obrigou-se a levantar. David se levantou para lhe dar espaço, e então disse:

— Vou com você até a enfermaria.

Alexis arregalou os olhos, imprimindo uma expressão assombrosa ao seu rosto magro.

— Não, eu estou bem. De verdade. Eu só preciso comer alguma coisa.

Ela recolheu suas coisas. David já podia vê-la indo diretamente ao bufê de saladas para comer alface.

— Você emagreceu mais, Alexis.

— Não, eu estou mantendo o peso.

— Mantendo que peso? — perguntou ele.

— É que parece que eu fico mais magra com essas roupas — disse ela se esquivando à pergunta. Passando rapidamente por ele, dirigiu-se até a porta. Ela olhou para ele com um sorriso de desculpa. — Eu estou bem mesmo, sr. Harris. De verdade. Aquilo foi só um episódio estranho.

Virando-se, ela desapareceu no corredor.

David também tinha de almoçar; mas em vez de ir para o refeitório, saiu, desceu as escadas da escola e atravessou a rua em direção ao prédio administrativo. A sala do diretor ficava no segundo andar. Ele estava no telefone quando David chegou, mas a porta estava aberta. Ele gesticulou indicando para que David esperasse.

Não podia mais recuar agora que tinha sido visto. Não fosse por isso, talvez David tivesse dado para trás. Ele não tinha muita sorte quando se tratava de assuntos delicados. As coisas tendiam a ter o efeito contrário ao desejado ou, pelo menos, a causar mais angústia do que benefício às pessoas envolvidas. Seu pai podia falar da vida mudando em um piscar de olhos, mas os eventos em que a vida de Oliver mudara eram todos relacionados a negócio. Raramente tinham alguma coisa a ver com caráter, e certamente não com a vida ou a morte, como havia sido o caso na estrada de Norwich, na segunda à noite. Molly tinha razão; David não tinha a opção de não reanimar Robin. Mas que diferença isso fez?

E agora havia Alexis. Os pais dela não eram cegos.

Mas geralmente os pais veem o que querem ver. O próprio irmão de David havia sido viciado nos analgésicos da mãe. Um professor de matemática que o pegou, e isso só porque *ele* conhecia os sintomas. O caso foi tratado com discrição. O irmão, agora com quarenta e dois anos, era candidato a assumir os negócios quando Oliver se aposentasse. Mesmo sendo uma mãe cuidadosa, Joan Harris nunca explicou porque não notou que seus analgésicos estavam desaparecendo.

— Pode entrar, David — chamou Wayne Ackerman da sua mesa. Quando David se virou para fechar a porta, ele disse: — Deixe aberta. O ar-condicionado está quebrado. Quanto mais ar circulando, melhor. O que posso fazer por você?

Wayne era um homem comum que tinha uma predileção por camisas e gravatas dramaticamente escuras. Sua sala, decorada com madeira escura, era abarrotada de fotos de família emolduradas em tom chocolate. Wayne e a esposa tinham cinco filhos; seus rostos estavam em todos os cantos do escritório, assim como em toda a cidade. Mas a cordialidade de Wayne não se limitava à família. Ele se orgulhava de conhecer todos os professores da rede. Era bem verdade que, em termos de redes escolares, aquela não era muito grande. Mas ele era um mestre em estabelecer conexão pessoal. David havia ido à sala dele diversas vezes.

Essa era a primeira vez que vinha por vontade própria. Determinado, ele se sentou e disse rapidamente:

— Eu estou preocupado com a Alexis.

— A minha Alexis?

— Ela acabou de ter um episódio na minha aula. Ela não chegou a desmaiar, mas as pernas dela vacilaram. Eu queria ir com ela até a enfermaria, mas ela não quis de jeito nenhum. Estou preocupado, dr. Ackerman. Ela está magra demais.

— Ela é dançarina — disse Wayne. — As dançarinas sempre estão magras. — Ele se animou. — Você já viu a Alexis dançar? Ela está sendo treinada para ser uma solista.

— Eu ainda não vi pessoalmente, mas ouvi dizer que ela é ótima. Eu só fico preocupado. As dançarinas costumam ter transtornos alimentares.

Wayne rejeitou a sugestão com um aceno de mão.

— A professora de balé dela teria falado alguma coisa caso visse algum problema.

— Mesmo quando uma magreza excessiva faz parte da cultura do ballet? Eu conversei com alguém ontem à noite...

— Sobre a minha filha? — interrompeu Wayne.

— Não. Sobre os sintomas gerais da anorexia. Eu já vi muitos deles em Alexis.

— Hoje, David. Você considerou que talvez ela esteja gripada?

— Aquilo não era gripe.

— Você sabe disso com certeza?

— Não — admitiu David. — Mas eu estou preocupado, dr. Ackerman. Alexis foi minha aluna no ano passado também. Ela já era magra, mas a mudança depois do verão foi aterradora. Ela está mais magra ainda. A voz dela está mais fraca. Ela não sai com os colegas de classe. Ela se senta sozinha no refeitório.

— Ela estuda na hora do almoço para que possa passar o restante do dia no estúdio — explicou Wayne. — Ela é muito focada. Eu não vejo nada de errado nisso, David, e se você está dizendo que ela não tem amigos, você está errado. As amigas dela são dançarinas. Elas vêm de todo o estado para dançar na academia. Ela vê as meninas todos os dias. — Ele franziu o cenho. — Outros professores já falaram sobre isso?

— Não sei. Eu não toquei no assunto com eles.

— Que bom. Por favor, não faça isso. A saúde da nossa filha é problema nosso, e não de vocês — afirmou ele, e seu bom humor foi por água abaixo a partir daí. — Eu não gosto da ideia de um jovem professor que não tem filhos achar que sabe alguma coisa sobre os meus. Eu criei cinco filhos e fiz um excelente trabalho. Meus filhos não usam drogas. Eles não dirigem bêbados. Meus filhos respeitam as mulheres, e a minha filha tem um futuro brilhante pela frente. Eu não quero que rumores comecem a ser espalhados porque um professor acha que tem que se preocupar com alguma coisa.

O telefone dele tocou. Colocando uma das mãos no objeto, encarou David com o olhar de expectativa.

Dispensado, David saiu da sala e desceu as escadas até a rua ensolarada, mas não sentiu nenhum prazer na beleza do dia. Ele ficou parado na calçada com as mãos na cintura, decepcionado consigo mesmo por ter estragado o próprio caso. Ele havia feito uma boa ação... e para quê?

Oliver era capaz de fazer uma boa ação e acabar com mais um jornal prestigioso para somar à sua cadeia editorial. Seus irmãos podiam fazer boas ações e ganhar uma promoção. Até sua mãe fazia boas ações, em geral, obras de caridade, mas elas davam resultado. Sempre aplaudiam tudo o que fazia.

David não queria aplausos. Odiava ser o centro das atenções. Mas ele adorava ser professor, ainda mais dos últimos anos do ensino fundamental, onde as crianças eram vulneráveis e vivenciavam uma grande turbulência interior, e uma decisão errada poderia ecoar por anos. *A vida pode mudar em um piscar de olhos. A direção que você toma quando isso acontece faz toda a diferença*. David sabia disso. Mas quando ele tentava fazer algo bom sempre dava errado.

E ali estava o exemplo perfeito. Wayne Ackerman passou por ele sem dizer uma palavra. Vendo-o, David se perguntou se Alexis teria alguma ajuda e, fosse esse o caso, se ele estaria lá no ano seguinte para ver.

CAPÍTULO 10

Molly levou o notebook para o hospital. O artigo de Nick continuava a repercutir, e os e-mails não paravam de chegar. Ela pensou que, se os respondesse de lá, seria como se Robin estivesse participando também. No mínimo, ajudaria a passar o tempo.

Kathryn estava sentada ao lado da cama de Robin. Estava com os cotovelos na cama e segurava a mão de Robin junto ao pescoço.

— Oi — disse Molly, carinhosa. Ela não perguntou se houvera alguma mudança. Nada estava diferente exceto a curvatura nas costas da mãe. Kathryn começava a mostrar sinais de exaustão. — Mais flores? — perguntou para puxar assunto enquanto lia os cartões.

— A coisa está ficando um pouco fora de controle — murmurou a mãe.

— Quer que eu tire algumas daqui? Nós podemos levar algumas para a pediatria.

— Daqui a pouco você faz isso. Está bem assim, por enquanto. As plantas são minhas amigas. Elas fazem tudo isso ser menos estranho.

— É mesmo — concordou Molly. — Eu acabei de ir na estufa. A mesma coisa. É reconfortante.

Kathryn soltou um longo suspiro.

Molly achou a mãe mais pálida e teve uma visão repentina de *Kathryn* tendo um infarto.

— A senhora está bem?

— Não. Eu estou morrendo por dentro. Eu estou com um sentimento de injustiça. Como se eu fosse a mãe de alguém sentenciado a morrer, só que eu não sei o que a Robin fez de tão errado assim.

— Nada de errado, mãe. Ela inspirava todo mundo. Metade das pessoas no saguão está aqui para demonstrar apoio. Elas amam a Robin, simples assim. Elas mesmas te diriam isso — disse Molly, tentando persuadir a mãe, mas Kathryn fez que não com a cabeça como quem diz que não tem condições para isso. — E os e-mails? — Molly continuou tentando. — Acho que você vai gostar de ler os e-mails.

— Como um esboço de um elogio fúnebre? — perguntou Kathryn enquanto olhava para o teto com uma expressão de impotência.

— É uma boa forma de passar o tempo — disse Molly. — Eu acabo de vir do trabalho.

Como Kathryn voltou a olhar silenciosamente para o rosto de Robin, Molly decidiu atualizá-la sobre os últimos acontecimentos em Snow Hill. Ela não mencionou o ocorrido com Liz.

Kathryn não demonstrou estar prestando atenção. Então Molly puxou uma cadeira, pegou o laptop e abriu o e-mail. Mais mensagens haviam chegado mesmo no curto período desde que ela checara pela última vez.

— Aqui está um de Ann Currier. A senhora se lembra dela? Ela era...

— A sua professora no sexto ano.

— "Querida Molly, fiquei chocada ao ler sobre a sua irmã. Ela está em minhas orações." — Molly enviou uma resposta agradecendo e abriu o e-mail seguinte. — Esse aqui é do Teddy Frye. Ele namorou a Robin na faculdade.

— Por favor, não leia.

— Ele mora em Utah. Como foi que ele ficou sabendo?

— Pelo seu amigo Nick.

Molly sentiu um aperto no peito. Nick não havia ligado. Nem para se desculpar pela matéria no jornal, nem para saber como ela estava. Um amigo de verdade teria se oferecido para ajudar. Molly teria gostado de contar a Kathryn que ele tinha feito isso.

Desanimada, voltou-se novamente para o notebook e respondeu a diversas mensagens. Não leu nenhuma outra em voz alta. Kathryn parecia preferir o zunido dos aparelhos. Ela não estava sequer falando com Robin, embora Molly não soubesse se isso era uma consequência do cansaço, da depressão, ou se a mãe estava apenas sendo realista. Mas, quanto mais tempo Kathryn ficava em silêncio, mais assustada Molly se sentia.

Então ela disse:

— Eu demiti a Liz.

Kathryn não reagiu.

— Você escutou o que eu disse?

Kathryn olhou para ela e levantou uma das sobrancelhas, numa expressão indagadora.

— Eu demiti a Liz. Eu tinha falado para ela na reunião de segunda-feira que nós não trabalharíamos com os Maskin. Ela esperou até que eu me distraísse com essa situação e fez uma encomenda deles.

— Ela fez isso?

— Fez. Eu não posso trabalhar com ela, mãe. Foi mal. Eu sei que ela é boa, mas já houve outras ocasiões em que ela me atormentou até conseguir o que queria, e a Snow Hill sofre com isso.

Kathryn se voltou para Robin.

— Eu posso ligar para ela e pedir desculpas se você quiser.

— Não. Está tudo bem.

— Greg Duncan pode ficar no lugar dela até a gente conseguir outra pessoa, e de todo jeito ele não seria uma má escolha para assumir o posto. Ele é bem artístico e muito leal.

— Molly. Está tudo bem.

— Eu sei que a hora é a pior possível. Mas é por isso que o que ela fez não tem desculpa. Desculpa. Eu perdi a paciência. Ela me fez sentir como se eu fosse uma criancinha que não sabe de nada. — Molly parou de falar. A mãe não estava ouvindo. Molly esperou, mas finalmente retornou ao seu e-mail.

E ali estava — uma mensagem de Nick. Depois de lê-la, Molly sentiu um alívio enorme.

— Ele tentou impedir a matéria, mãe.

— Quem?

— O Nick. A edição já tinha ido para o prelo, mas ele disse que eles não vão publicar nada a não ser que a gente peça. Ele tem boas intenções, sério.

Kathryn parecia desconfiada.

— Ah, Molly. Eu não sei. Se ele é tão legal assim, onde ele está?

— Ele sabe que você não gosta dele.

— Não é que eu não goste dele. Eu simplesmente questiono as motivações dele. Ele é muito ambicioso.

— Sim, porque os pais deles não eram, e eles pagaram um preço alto por isso. Ele quer ser bem-sucedido.

Kathryn concordou com a cabeça.

— Extremamente ambicioso. Ele vai te usar enquanto você tiver algo a oferecer.

— Ele não me usa. A gente era amigo muito antes de ele conhecer a Robin.

— Como se ele não soubesse quem a Robin era antes.

Molly não estava acreditando que elas estavam discutindo aquilo naquele momento, mas também não podia encerrar o assunto. Sua amizade com Nick envolvia sua própria autoestima.

— A senhora está falando que ele ficou meu amigo só para chegar até ela. Mas, se isso é verdade, por que ele ainda fala comigo?

— A pergunta mais apropriada é: se ele *gosta* tanto de você, por que vocês dois não são um casal?

— Porque é assim que a sua geração pensa, mas não a minha. Nós temos amigos de ambos os gêneros.

— Talvez. Mas ele usa você para ficar perto de Robin.

— Eles *terminaram*, mãe.

— A sua irmã que terminou — observou Kathryn, calma. — Por ele, eles ainda estariam juntos. A atração dele por ela era praticamente uma obsessão. Robin estava se sentindo sufocada.

— Ela terminou com ele por causa da Andrea Welker.

— Isso foi o catalisador. Mas a outra questão era um grande problema, e a sua amizade com ele não ajuda. Ele precisa se afastar de vez. Ele não vai conseguir esquecer a Robin se continuar andando com você.

Sentindo-se suficientemente irada para mudar de assunto, Molly tirou do bolso o papel sobre o coração de Robin. Kathryn franziu o cenho ao ver o envelope, olhou para o outro lado e puxou a carta. Algo no rosto dela mudou enquanto ela lia o texto. Ela leu mais devagar uma segunda vez, e mais devagar ainda uma terceira. Então se sentou e olhou tão consternada para Molly que esta se sentiu envergonhada.

— Eu achei isso nos arquivos da Robin — disse Molly com voz mansa. — O envelope estava enfiado no meio das contas dela.

— Por que você estava bisbilhotando as contas dela?

— Eu preciso encaixotar nossas coisas para a mudança na semana que vem, e a Robin tem uns arquivos enormes cheios de papel. — Ela tentou mudar de assunto de novo. — Como é que eu posso me mudar na segunda? Eu não consigo nem pensar em encaixotar as coisas.

Kathryn não parecia estar ouvindo nada. Estava estudando a carta.

— O envelope estava em algum lugar especial?

— Não, só enfiado entre as contas. Eu liguei de novo para o Terrance Field. Ele ficou sabendo da Robin por outras pessoas, por isso sabe que eu não estou inventando. Mas ele disse que mesmo assim precisa que a construtora comece na terça-feira.

— As pessoas estão falando da Robin na *Flórida*?

— Na verdade — Molly recuou —, ele só disse o que ouviu dizer. Ele pode ter lido algo na internet. Ou pode ter ligado para o hospital para confirmar a minha história.

Kathryn a encarou por um minuto, e então voltou a atenção para a carta.

— Tinha mais alguma coisa com o envelope? Laudos médicos ou algo parecido?

— Não — disse Molly, e já que a mãe continuou o assunto, ela perguntou: — Então, o papai tem algum problema de coração?

Ela estava encurralando Kathryn; quem ela deveria chamar de mentiroso, Charlie ou Robin? Mas Kathryn não se deixou intimidar.

Molly esperava que ela negasse, mas tudo o que disse foi:

— O seu pai cuida bem da saúde dele.

— Isso quer dizer que ele tem o coração aumentado, mas que o problema está sob controle? — De repente, Molly ficou com medo. Ela não queria que algo ruim acontecesse ao seu pai também! — Ele negou ontem. Por que o segredo?

Um dos aparelhos começou a apitar.

O coração de Molly disparou, mas Kathryn continuou calma.

— É o respirador. Isso acontece bastante. Eles já vêm.

A mãe nem tinha terminado de falar quando a enfermeira chegou. Ela ajustou a máquina, deu uma olhada em Robin, conversou discretamente com Kathryn por um minuto — *nenhuma mudança, está tudo sob controle, ela está segurando firme* — e então saiu.

Molly ficou tão quieta quanto Kathryn. A espera era uma tortura. Ela permaneceu sentada ali por mais alguns minutos, e então se dirigiu ao saguão. Pegou o elevador até o térreo e passou algum tempo na loja de lembrancinhas do hospital. Ela voltou para o quarto e se sentou com Charlie enquanto Kathryn usava o banheiro, mas não perguntou nada sobre o coração dele. Não parecia algo relevante.

Ela viu a tarde passar: três horas, que viraram quatro, depois cinco. Chris chegou do trabalho, mas não disse nada sobre Snow Hill. Charlie e Kathryn tampouco perguntaram. Estavam com a cabeça focada em Robin.

A de Molly também, e por isso ela abriu novamente o notebook, dessa vez entrando no e-mail de Robin. Havia menos mensagens naquele dia do que no anterior; os amigos começaram a perceber que Robin não estava podendo responder. Com uma caixa de entrada mais vazia, no entanto, a lista podia ser facilmente vista. O nome de Nick saltou aos olhos dela.

Oi, meu amor, escreveu ele. *Não estou gostando das coisas que estou ouvindo. Cadê aquela determinação? Cadê aquela* CORAGEM? *Milagres não acontecem sem mais nem menos; precisamos* FAZÊ-LOS *acontecer. Estou contando com a sua recuperação. Não só pela sua vida, mas pela minha também. Você se lembra dos nossos planos? Amo você. Duke.*

Com o coração acelerado, Molly leu uma segunda vez. E uma terceira. Ela queria acreditar que o e-mail não passava de uma mensagem encorajadora de um amigo, só que, segundo Robin, Nick não era nem bom nem amigo, e nesse caso *Você se lembra dos nossos planos?* era um delírio. E havia também aquele *Amo você* no final. Obcecado, como alegara Kathryn?

Ela deu uma olhada nos e-mails que Robin havia recebido antes de segunda-feira. Não encontrando nada de Nick, procurou uma semana antes, depois duas. Bingo.

Ei. Sei que a corrida da semana passada não era tão importante, mas você se saiu muito bem. Você está ficando cada dia melhor. Eu sinto muito a sua falta, meu amor. Você se lembra de como a gente conversava depois de toda corrida? Agora eu falo sozinho — não é muito divertido. Às vezes converso com a sua irmã, o que é ainda pior. Ela não gosta de falar de você, então do que adianta? Eu ainda não sei o que deu errado com a gente. Você tem certeza de que não consegue resolver as coisas?

Pra quê? Molly deveria ter fechado o computador antes que o estrago fosse maior, mas uma curiosidade mórbida a impulsionou a continuar. E assim encontrou uma mensagem enviada cinco semanas antes.

Você pensou no que eu te falei, baby? Eu sei que a sua família é um problema. É por isso que seria melhor se a gente se mudasse. Seus pais vão acabar aceitando. Eles só precisam de tempo.

E outra enviada duas semanas antes dessa.

Você está me matando, Robin. Eu estive pensando, e tive uma ideia. Eu não preciso esperar até ser promovido aqui. Eu posso fazer isso em qualquer lugar. Onde você mais gostaria de morar? É só dizer o nome do lugar, e a gente vai para lá.

Molly se sentiu uma burra. A mãe tinha razão: Nick a estava usando. E por que ela se importava com isso? Amigos vêm e vão. Mas ela acreditou na sinceridade dele. Acreditou *nele*. Ela já se sentiu melhor sobre si mesma, ao pensar que uma pessoa como Nick valorizava sua amizade.

Ela não contou a ninguém sobre o que tinha lido; não disse nada. E tampouco conseguiu comer quando Chris trouxe uma pizza do restaurante da esquina. Ela se ausentou discretamente do quarto quando o neurologista chegou para fazer o EEG. E, quando Kathryn saiu aos prantos, Molly chorou por Robin.

As lágrimas de Kathryn não duraram muito. Estava com raiva de novo — raiva do neurologista pelos resultados do teste, de Charlie por pressioná-la a fazê-lo, de Molly por causar problemas em Snow Hill, de Chris por não fazer nada. Ela expressou isso a cada um deles quando voltaram para o quarto. Isso a deixou exausta.

Charlie pegou a mão dela.

— Vamos para casa, querida.

Mas Kathryn sentiu um medo repentino, quase infantil.

— Eu não posso deixar a Robin sozinha.

— Eu posso ficar — ofereceu Molly.

— Vocês não entendem. Eu sou a mãe dela.

— E eu sou irmã dela. Eu também a amo. Ela vai ficar bem, mãe. Nada vai acontecer, eu vou estar aqui.

A voz dela era convincente. E Kathryn estava cansada o suficiente para ceder.

Molly esperou até que ela e Robin estivessem a sós. Então abaixou a cabeça, tocando o braço da irmã, e chorou. Tentou imaginar uma vida sem Robin, mas não conseguiu. Robin talvez fosse uma pessoa egocêntrica e relaxada que a ofuscava em tudo. Mas nunca voltava de lugar nenhum sem trazer uma lembrança perfeita para Molly.

Não é o presente que conta, sua avó costumava dizer. *É o fato que a pessoa pensou em você*. Pela primeira vez, Molly entendeu isso.

Depois de algum tempo, as lágrimas secaram e ela ficou sentada em silêncio. Lembrou-se da força que Robin sempre demonstrara e tentou absorver quaisquer resquícios que porventura ainda restassem.

Depois ela deu um suspiro derrotado.

— Ah, Robin — disse com tristeza. — Você tinha razão. Como que eu não vi como o Nick era? — A curiosidade contínua dele sobre Robin deveria ter sido um aviso.

Molly não tinha enxergado a verdade porque não quis. Mas também não era burra. Ela sabia quem estava ligando assim que o telefone tocou; sabia que alguma força superior estava operando — já que, embora seu telefone normalmente tivesse apenas uma barra de sinal naquele quarto, ele agora tinha três —, e sabia que aquela era a chance de ela recuperar um pouco do respeito próprio.

— Ei — disse ela num tom até que amistoso.

— Ei para você também. Você recebeu o meu e-mail?

— Recebi, sim. Foi fofo da sua parte.

— Onde você está? Sua voz está anasalada. Você está ficando gripada?

— Não estou gripada, não. — Muitas lágrimas, isso sim, mas ele não precisava saber disso. — Deve ser o sinal.

— Você está no hospital?

— Estou. Com a Robin.

— Eu posso ir aí?

— Não é uma boa ideia.

— Por que não? Você está chateada.

Molly queria gritar. Mas Robin teria gostado disso. Falando em benefício tanto da irmã como dela mesma, disse sem rodeios:

— É aquela questão da Andrea Welker. Meus pais não confiam em você.

— Eu já disse. Eu não vou reportar mais nada sem a aprovação de vocês. Eu *prometo*.

— Ah, Nick — disse Molly, entristecida —, é mais do que o jornal. Eles acham que você está me usando para se aproximar de Robin.

— Isso é ridículo. Robin e eu terminamos o namoro. Não havia nada ali, Molly. Você e eu já éramos amigos antes disso e continuamos sendo depois. Posso passar aí, e eu explico isso à sua mãe.

Molly poderia ter começado a chorar de novo se ele não estivesse caindo tão perfeitamente em sua armadilha. Ela nunca tinha sido uma pessoa falsa. Mas tampouco havia se sentido tão traída.

— De verdade, Nick. Não é uma boa ideia agora. Eu acho até que houve alguma melhora. Então, se você vier e a Robin sentir isso, ela pode ficar abalada.

— Melhora? Você disse que ela havia tido morte cerebral. O que você quer dizer com melhora?

— Talvez tenha havido algum movimento — disse Molly. Falsa? Que tal má? Mas a essa altura ela nem se importava mais. — É difícil dizer o que é voluntário e o que não é. Eu comecei a ler alguns e-mails em voz alta, mensagens dos amigos dela. Algumas são muito boas, como esta que eu acabei de ler. — Ela sabia as palavras de cor: — *Onde está aquela coragem?*, você perguntou. *Milagres não acontecem sem mais nem menos; precisamos fazê-los acontecer. Estou contando com a sua recuperação. Não só pela sua vida, mas pela minha também.* — Molly acrescentou num tom azedo: — Que garota não ficaria comovida com uma carta de amor dessas?

No silêncio que se seguiu, ela olhou para Robin com uma expressão vitoriosa, assentindo com a cabeça. Ah, ele entendeu o recado. Ela esperou, se perguntando como ele lidaria com *aquilo*.

Por fim, com um risinho sem graça, ele disse:

— Está bem, Moll. Você me colocou contra a parede. Mas você está tirando uma conclusão errada. Você não acha que eu escrevi isso de propósito para dar uma esperança a Robin? Escuta, ela estava apaixonada por mim. Se algo assim for capaz de acordá-la, a mentira não vai ter valido a pena?

— A pergunta aqui é quem está mentindo. Porque Robin dizia que não te amava. Ela disse isso desde o início. Vivia me dizendo que você estava me usando, só que eu não acreditava nela. Eu teria acreditado se ela tivesse me mostrado esse e-mail. Mas ela estava me protegendo, Nick. Robin não queria que eu lesse o que você escreveu para ela há três semanas sobre como falar comigo piorava as coisas porque eu me recusava a falar sobre ela. E nessa época ela não estava doente, Nick. Não tinha a necessidade de acordar a Robin. Então por que você disse isso? E o e-mail que você mandou para ela *sete* semanas atrás se declarando, falando que se mudaria para qualquer lugar onde ela quisesse morar? Não, Nick. Se alguém está mentindo aqui, eu acho que eu sei quem é. — Molly estava prestes a dizer uma grosseria, mas mudou de ideia. Ela havia defendido seu argumento com dignidade. — Última coisa — acrescentou ela. — Eu disse tudo isso na frente de Robin. Ela parece satisfeita.

Então, desligou o telefone.

Kathryn nem conseguiu dormir direito, mas quando Charlie sugeriu um calmante ela recusou. Escapar da dor parecia uma deserção.

Assim, esperou até três horas da manhã antes de voltar ao hospital. Molly estava dormindo, mas não no sofá-cama. Ela havia se deitado com a irmã, com as costas contra a grade da cama e o rosto encostado no ombro de Robin.

Kathryn se sentou na cadeira sem fazer barulho. Molly precisava ser consolada, e Robin podia fazer isso. Kathryn, não. Ela não tinha forças.

Quando uma enfermeira entrou para ver como Robin estava, Molly acordou. Confusa e sonolenta, ela olhou primeiro para a enfermeira, depois para Kathryn. Ela se levantou rapidamente.

— Eu não tive a intenção de pegar no sono — disse ela a Kathryn.

Porém, foi a enfermeira quem respondeu:

— Pode ficar aí — disse ela. — Sua irmã está bem.

Sua irmã está bem. As palavras ecoaram no estupor de Kathryn até que Molly as interrompeu:

— A senhora deveria ter ficado em casa, mãe. Você precisa dormir.

Ela estava sentada com as pernas cruzadas junto aos joelhos de Robin. A enfermeira já havia ido embora.

— Eu preciso estar aqui — tentou explicar Kathryn. — Eu sei que eles dizem que nada está acontecendo na cabeça dela — ela levantou uma das mãos —, e eu já aceitei isso, Molly. Mas eu ainda sou a mãe dela. Isso nunca, nunca vai mudar. Robin é minha filha. Enquanto o coração dela estiver batendo...

Molly se arrastou até os pés da cama e desceu. Sentando-se no chão ao lado da cadeira de Kathryn, ela se recostou nas pernas da mãe. Kathryn colocou uma das mãos na cabeça dela, mas percebeu que não havia consolo no gesto. Ele havia se perdido no luto. Assim como a pergunta de Molly. *O que vai acontecer agora?* Ou a pergunta teria sido de Kathryn?

Ela sabia a resposta de curto prazo. Haveria uma reunião com a equipe médica de Robin pela manhã.

A resposta de longo prazo era mais perturbadora.

CAPÍTULO 11

A reunião aconteceu numa sala de conferências. O intensivista e o neurologista estavam presentes, além de duas das enfermeiras de Robin e uma assistente social. O neurologista sentou-se à cabeceira da mesa. À sua esquerda estavam seus colegas; à sua direita, a família Snow.

Não é que Kathryn sentisse hostilidade. Os médicos eram pessoas muito gentis que estavam fazendo um trabalho difícil da melhor forma que conseguiam. As vozes deles eram suaves; seus olhos, solidários. Mas ela sabia que não ia gostar do que tinham para dizer, o que fazia deles o inimigo.

O torpor era um escudo. Refugiando-se nele, ela só absorveu o teor geral da conversa. O neurologista expôs as tiras do EEG e fez um resumo do que via no exame. O intensivista acrescentou os resultados dos testes empíricos que ele mesmo havia feito. As enfermeiras falaram dos seus frequentes esforços de obter uma reação de Robin. A assistente social ficou ouvindo.

Kathryn definitivamente entendeu o ponto principal. Não havia nenhuma esperança de que Robin se recuperasse. Sem nenhuma atividade no cérebro, ela nunca mais iria reagir ou acordar. O respirador talvez continuasse enchendo e esvaziando seus pulmões de ar, o que manteria seu coração batendo e seu sangue circulando; mas, sem isso, o corpo dela pararia de funcionar.

Não havia tratamento para morte cerebral. De acordo com a política do hospital, Robin seria transferida para um quarto comum. Se fosse a escolha da família, ela poderia ir para uma instituição de cuidados continuados. Caso contrário, o hospital continuaria a cuidar dela. Esse ponto foi reiterado algumas vezes por cada um dos membros da equipe. Robin poderia ser mantida viva por tempo indefinido.

O intensivista descreveu o que seria feito para garantir que Robin não sofresse de desidratação e fome. Ele falou da inserção cirúrgica de um tubo de alimentação e enfatizou que, como ela não sentia dor, a terapia analgésica era desnecessária. Então encaminhou a família à assistente social para uma discussão sobre as questões emocionais envolvidas nos cuidados continuados, e depois mencionou a possibilidade de desligar os aparelhos.

Kathryn redobrou a atenção a essa altura, o coração palpitando. O restante havia sido apenas um aquecimento. Esse era o verdadeiro motivo da reunião.

Assim que a equipe médica saiu da sala, ela olhou para Charlie, então para Molly, e, por fim, para Chris.

— A resposta é não — disse ela. — Nós não vamos desligar os aparelhos. Eu não estou pronta para dizer adeus. — Como nenhum deles disse nada, ela olhou para Charlie. — Eles ficam falando que a Robin é só um corpo, mas ela ainda é minha filha. Isso está acontecendo rápido demais. Eu não consigo pensar.

— Você precisa de tempo — disse Charlie.

Chris saiu da sala de conferências. Enquanto os demais voltavam para o quarto de Robin, ele foi tomar um café no saguão, mas jogou fora antes que bebesse demais. Erin estava em casa com Chloe. Ele queria passar um tempo com a esposa e a filha.

E estava esperando pelo elevador quando a assistente social apareceu. Ela tinha o rosto redondo e o cabelo muito cheio e encaracolado.

— Como a sua mãe está?

Teimosa, foi seu primeiro pensamento, mas ele optou pelas palavras de Charlie:

— Ela precisa de tempo.

— Isso é compreensível. Questões de descontinuação da vida são complicadas. E você? Qual é a sua posição?

Ele olhou para o painel de botão do elevador.

— Os exames foram claros. O tempo não vai mudar isso.

— Ele não vai mudar o resultado dos exames. Mas talvez mude os sentimentos da sua mãe. Você tem filhos?

— Uma filha.

— Você consegue pensar nela e tentar imaginar o que a sua mãe está sentindo?

— Na verdade, não. Eu sou homem. É diferente.

O elevador chegou. Eles entraram e ficaram em silêncio, mas quando Chris estava prestes a se despedir com um aceno de cabeça, ela disse:

— Eu posso te pagar um café? Tem um lugar tranquilo no pátio. A gente pode conversar

Ele já tinha tentado tomar café, o que não ajudara muito. Mas não tinha tentado conversar. Essa mulher parecia entender Kathryn. Ele se perguntou se ela não poderia entendê-lo também. Uma aliada seria bem-vinda a essa altura.

Momentos depois, os dois estavam atravessando o pátio. O sol estava quente, mas toldos bem-posicionados ofereciam sombra. Para além das árvores, havia um escarpado. Para além do escarpado, havia um rio e, do outro lado do rio, outro estado. Chris adorava uma bela paisagem — antes de Chloe nascer, ele e Erin costumavam escalar montanhas —, mas hoje ele estava indiferente.

A assistente social escolheu uma mesa afastada das demais.

— Você e a sua irmã eram próximos? — perguntou ela assim que se sentaram.

Ele assentiu.

— Nossa família é unida.

— Mas você e Robin, vocês dois eram chegados?

— Quando éramos crianças, sim. Depois cada um seguiu seu próprio rumo. Mas você não pode ser um Snow sem estar envolvido na vida de Robin. A carreira dela é tudo.

— Você não parece ressentido.

— Por que eu estaria? É legal.

— Você alguma vez teve inveja da atenção que ela recebe?

— Não, eu faço parte da equipe de apoio.

Ele estava satisfeito com isso. A equipe de apoio sentia menos pressão. Ele gostava de ir trabalhar, voltar para casa, ver Erin e a bebê, assistir aos jogos dos Sox. Não precisava tomar decisões como os pais nem trabalhar nos fins de semana como Molly. Se ele quisesse ser um diretor-executivo, não teria se tornado um contador. Isso explicava tudo.

— A equipe de apoio é importante — reconheceu a assistente social.

— Eu cuido dos números em Snow Hill.

— É por isso que você concorda com o resultado dos exames?

Chris deu de ombros.

— Eles fizeram mais de um exame, você não confia neles?

— Confio. Mas é como eu disse antes. Os exames não dão um retrato completo da situação. Eles não levam em consideração as emoções.

— Se você acredita nos exames — argumentou Chris —, então a Robin não tem emoções.

— Mas os seus pais têm.

Nesse ponto, ele discordava dos pais.

— Como é que eles podem deixá-la viver assim? Isso não é vida.

— Talvez essa seja a única situação que sua mãe pode aceitar no momento.

Ele levantou o copo de papel de café e colocou-o mais uma vez na mesa, sem beber.

— Ela não é a única pessoa afetada. É como as corridas de Robin. Todos estão envolvidos.

— Isso é diferente. É um processo.

Ele pensou nas palavras dela por um instante.

— E quando é que ele termina?

— Quando sua mãe aceitar que Robin se foi.

— Então todos nós temos que ficar parados esperando semanas, meses, *anos*?

Ele havia pesquisado sobre o assunto. Terri Schiavo foi mantida viva por quinze anos. Ele não achava que os pais fossem fazer a mesma coisa com Robin.

— Como eu digo, é um processo.

Chris se reclinou.

— Eu sou a favor da doação de órgãos, mas minha mãe não quer nem ouvir falar no assunto.

— É um conceito difícil de entender quando o coração de alguém que amamos ainda está batendo.

— Então por que eles falaram sobre isso na reunião?

— Porque é uma opção. E para algumas pessoas que estão tentando decidir o que fazer, isso ajuda. As famílias dos doadores muitas vezes sentem que algum bem pode resultar da tragédia. Eu presumo que nenhum de vocês sabe o que Robin achava disso.

Chris deu de ombros novamente.

— Eu, não. Mas, ei, eu sou só um cara.

— Espera aí — disse a assistente social com um sorriso. — Você já disse isso antes. Isso é uma desculpa?

— Para quê?

— Para não se envolver? Homens têm emoções. Você não ama a sua esposa?

— Amo. — O telefone tocou no bolso dele.

— E a sua filha?

Assentindo com a cabeça, ele tirou o celular do bolso e ficou preocupado. Sabia que isso ia acontecer e não estava disposto a lidar com a situação.

— É uma ligação de trabalho — disse ele à assistente social, demonstrando desinteresse no assunto. E estava prestes a colocar o telefone no bolso novamente quando ela se levantou.

— Pode atender — respondeu ela, pegando a bolsa. — Essa é a melhor maneira de você ajudar a sua família agora. Aqui, o meu cartão. Pode me ligar sempre que precisar.

Ela se afastou antes que ele pudesse dizer que sua família não precisava de aconselhamento.

Frustrado, ele atendeu ao telefone.

— Por que você está me ligando neste número?

— Porque você não está no trabalho — disse Liz Tocci —, e no momento eu não me sinto bem-vinda ligando para Snow Hill. Você sabia que a sua irmã me demitiu?

— Liz, não é uma boa hora.

— Mas eu fui demitida. Isso quer dizer que estou sem emprego.

Dando as costas para o hospital, Chris se voltou para o escarpado, mas a paisagem não o ajudou a escapar de Liz. Ele baixou a cabeça.

— Você *tem noção* do que está acontecendo aqui?

— Tenho. Robin está sendo mantida viva por aparelhos, e é uma hora ruim, mas eu não pedi isso. Sua irmã pirou, ela simplesmente perdeu as estribeiras por causa de uma questão insignificante. Eu estava contando com pelo menos mais um ano em Snow Hill. Eu não tenho uma clientela para começar minha própria empresa, e é difícil encontrar trabalho quando você foi demitida do seu último emprego. Quanto mais pessoas souberem disso, pior será para a minha carreira.

— Diga a eles que você pediu demissão.

— Eu não pedi demissão. Eu fui demitida. Isso não fazia parte do acordo quando eu concordei em vir.

— Que acordo? — perguntou ele, irritado. — Eu apresentei você à minha mãe. Qualquer acordo que você tenha feito foi com ela.

— Ah, fala sério. Nós dois sabemos que eu vim por sua causa.

Ele ficou em silêncio por um minuto.

— Eu não sabia disso, Liz.

— Como assim? E os nossos almoços? E os nossos *telefonemas*?

— Eles eram sempre relacionados ao trabalho.

— Não seja cabeça-dura, Chris.

Ele podia ser cabeça-dura, mas não era burro.

— Se estava acontecendo alguma coisa, era só na sua cabeça. Eu sou casado.

— Com uma mulher meiguinha e melosa que vai te matar de tédio. Eu posso ser paciente com relação a isso. Essa situação com Molly é diferente. Fala com os seus pais. Eu quero o meu emprego de volta.

— Liz — disse ele, pedante —, meus pais estão com a minha irmã, que está morrendo. Eu não vou falar com eles sobre o seu emprego.

— Você quer que eles saibam sobre nós dois?

— *Que* nós dois? Não tem *nada* entre a gente. Quando a gente ficou, eu ainda estava na faculdade. Isso foi há oito anos.

— Eu tenho fotos — provocou ela.

— Isso é coisa do passado.

— Ahn-ahn. Essas fotos são novas. Uma na festa de Natal do ano passado e outra na barraca de Snow Hill na conferência de design de Concord. A gente parece bem próximo. Isso com uma foto de oito anos atrás, e sua esposa pode ficar chateada. Sua mãe também. Você nunca disse nada a ela sobre o nosso relacionamento, disse?

Não, Chris não havia dito nada. Ele era homem — e isso *não* era uma desculpa. Um homem não liga para a mãe toda vez que dorme com uma mulher, ainda mais quando a mãe em questão é careta e a mulher em questão é dez anos mais velha do que ele. Kathryn jamais teria entendido a atração. Agora nem o Chris conseguia entender.

— Você está tentando me chantagear? — perguntou ele.

— Isso não vai ser necessário. Eu sei que você vai fazer a coisa certa.

Molly ficou com os pais no quarto de Robin, mas eles não conversaram muito. As enfermeiras iam e vinham. O terapeuta respiratório fez uma visita. Charlie preencheu os formulários relativos aos cuidados continuados de Robin. Kathryn ficou sentada em silêncio, segurando com força a mão de Robin. E Robin ficou deitada lá, numa imitação de vida pálida e bela.

Se tivesse escolha, Molly teria preferido estar na estufa ou com a avó. Qualquer um desses dois lugares tinha uma promessa de consolo... mas como aquele pensamento era egoísta! Não havia consolo para Kathryn e com certeza nenhum para Robin.

Quando Charlie sugeriu que almoçassem, Molly aceitou de bom grado. Era algo para fazer, e ela estava doida para conversar. Eles se sentaram a uma mesa no refeitório, Charlie com uma salada de frango grelhado e Molly com um cheeseburger.

Ela ficou olhando para o sanduíche por um minuto e então se recostou na cadeira e disse:

— Robin estaria sentada aqui com uma salada igual a sua, me dizendo quantas gramas de gordura tem no meu hambúrguer. Eu amo cheeseburgers. Será que eu consigo comer isso agora?

— Você está com fome? — perguntou o pai dela com uma lógica impecável.

Ela achava que estava, mas alguma coisa no hambúrguer a incomodou. Talvez fosse o tamanho, embora ele não fosse dos maiores. Não era o cheiro, que era muito bom, nem o apelo de uma comida reconfortante. O problema, ela percebeu, era a culpa que sentia. Robin não podia desfrutar de nada disso. Mesmo se eles inserissem um tubo no estômago dela, ainda assim não poderia saborear a comida.

Mas Molly estava com fome. Retirando-se da mesa, voltou com um garfo e com uma faca. Ela tirou o pão de cima e começou a cortar o hambúrguer. Assim ficava melhor.

— Se você está preocupada em ganhar peso — disse Charlie enquanto comia a salada —, não se preocupe. Você já parou para pensar que a Robin tinha inveja?

— De mim? — perguntou Molly.

— Você sempre pôde comer tudo o que queria e não engordava. É o tipo de coisa que leva as outras mulheres a te odiarem.

— A Robin nunca engordou.

— Porque ela corria. E porque, quando não estava se alimentando de carboidratos para uma corrida, ela comia salada. — Ele olhou para o hambúrguer. — Colesterol é outra história, mas você ainda não precisa se preocupar com isso.

— Robin também achava que não precisava.

— O problema dela não foi o colesterol. Foi o fato de ela ser uma atleta extrema. Isso sobrecarregaria até o melhor dos corações.

— Isso quer dizer que o senhor talvez tenha um coração defeituoso — perguntou Molly —, mas, por você não ser um atleta extremo, isso nunca foi um problema?

— Não tem nada de errado com o meu coração.

— Então por que você sempre come salada?

Ela nunca tinha pensado nisso. Agora se perguntava se aquilo tinha um motivo.

— Eu gosto de salada.

— Só por isso?

Quando ele olhou para ela com uma expressão de estranheza, ela disse:

— Robin disse ao médico que o pai dela tinha o coração aumentado. Eu encontrei uma carta. Isso estava escrito lá, com todas as letras. Por que ela teria falado assim se não fosse verdade?

Charlie franziu o cenho. Ele sacudiu a cabeça de leve, ergueu o copo de refrigerante, mas ficou observando o canudo por um minuto antes de tomar um gole.

— Essa é que é a questão — disse Molly com ar triste. — Nós simplesmente não sabemos. Ela não está aqui para falar pra gente por que disse o que disse e ela não consegue... — Ela remexeu o hambúrguer e então pousou o garfo. — O que a gente faz, pai? Como é que uma família toma uma decisão dessas? Como é que eles sequer *começam* a abordar o assunto? A mamãe está certa. Se levarmos em conta o que os médicos dizem, o que está naquele quarto é só um corpo, uma casca sem nada dentro.

— Nada inteligente — corrigiu Charlie. Ele também havia parado de comer.

— Você acredita nisso?

— Eu confio nos médicos quando dizem que o cérebro dela não está mais funcionando.

— O senhor acredita que não tem nenhuma chance de recuperação?

Algum tempo atrás ele falara de milagres. Agora, disse em voz baixa:

— Eu acredito que eles estão certos quanto a isso.

— Então o que está lá em cima é só um corpo.

— Ainda tem um coração batendo — acautelou ele.

— Ele continuaria batendo se os aparelhos fossem desligados?

Ela viu a resposta no rosto dele, e quase conseguiu entender por que Kathryn estava sendo tão teimosa. A mãe não estava se apegando a uma esperança, mas ao último resquício de vida em sua filha.

— E quanto à alma dela? — perguntou Molly.

— Está no céu.

— Já? — Ele assentiu. — Ela não continua vagando por aqui? Como é que nós podemos sentir isso, pai? Como é que podemos saber se a Robin não dá nenhum sinal?

Charlie pegou a mão da filha.

— Robin está num bom lugar. De agora em diante, precisamos fazer o que for melhor para nós.

— A gente sabe o que a mamãe quer — disse Molly, lembrando-se da mão de Kathryn segurando a de Robin. — O que o senhor quer?

— Eu quero o que a sua mãe quiser.

Ela poderia ter previsto aquela resposta, mas não era o que ela queria ouvir.

— O senhor concorda com ela?

— Isso não importa. Eu quero o que ela quiser.

— Chris quer desligar tudo.

— O que você quer?

— O que a Robin quiser.

Ele deu um sorriso triste.

— Se a gente soubesse...

Esse era o desafio. Molly ficou pensativa.

— Será que a Robin ia querer ficar deitada lá por meses? Ela ama ser o centro das atenções, mas nesse caso, não tem como ela ganhar, e ela odeia perder. O senhor se lembra de Virginia Beach? Ela era a melhor corredora da competição até que os organizadores incluíram três competidoras melhores uma semana antes da corrida. Robin preferiu desistir a perder.

— Foi uma decisão política — explicou Charlie. — Ela precisava de uma vitória àquela altura.

Molly entendia aquilo.

— Mas pense no que ela fez e aplique isso agora.

— Não existe comparação. Essa é uma situação de vida ou morte. Não tem nada de político nisso.

— Talvez não, mas minha irmã é vaidosa. Ela paga duzentos dólares para cortar o cabelo com o Luciano antes de todas as grandes corridas.

— É para dar sorte.

— Ela faz isso para ficar bonita — insistiu Molly —, e eu faria a mesma coisa, se o meu cabelo e o formato da minha cabeça fossem perfeitos como os dela.

— O que tem de errado com a sua cabeça?

— Eu não sei, mas não é essa a questão. Robin liga pra aparência dela. Será que ela gostaria que o mundo a visse desse jeito?

— Só estamos eu e você, querida — disse ele calmamente. — Pelo que eu entendi, você quer que os aparelhos sejam desligados.

— Eu quero o que *ela* quer.

Charlie olhou para além de Molly, e, de repente, Nick estava lá. Molly não o viu chegar, e ficou chocada ao ver que ele apareceu depois da conversa que os dois tiveram na noite anterior. Numa fração de segundo, ela ficou furiosa.

Ele parecia nervoso. Isso a deixou satisfeita. Na verdade, Nick estava assustadoramente pálido. Mas quando lançou um olhar desconcertado para ela, Molly fechou a cara. Mas ele se virou para Charlie.

— Sr. Snow? Eu sinto muito; eu gostaria que o senhor soubesse como eu estou triste por Robin. Ninguém imaginava que uma coisa dessas fosse acontecer. Espero que o meu artigo não tenha piorado as coisas. Eu prometo que não vão ter outros. Eu sei que a privacidade é importante nesse momento, e se houver qualquer coisa que eu possa fazer, qualquer coisa para ajudar, eu gostaria de fazê-lo.

Molly perguntou quais seriam as intenções dele.

— Obrigado — disse Charlie, num tom cordial, e por que não? Ele não sabia que Nick era uma *cobra*.

— Eu gostaria de vê-la, só para conversar — continuou Nick. — Isso seria possível?

— Não — explodiu Molly antes que Charlie pudesse responder. Acalmando-se, ela fez que não com a cabeça. — Isso não vai ser possível.

— Não é pelo jornal. É por mim.

Molly sorriu.

— Não vai ser possível.

Nick apelou para Charlie novamente:

— Ela e eu tínhamos uma conexão. Não dá para explicar.

Charlie parecia confuso.

— Os meus pais estão sofrendo muito — disse Molly. — Isso não ajuda em nada.

Nick a fitou com um olhar apelativo antes de sair.

— *O que* acabou de acontecer? — perguntou Charlie.

Uma pergunta tão complexa. Molly teria rido se a situação não fosse tão trágica. Desmanchando o sorriso, ela disse com convicção:

— Talvez eu não saiba se Robin gostaria de passar anos respirando por meio de aparelhos, mas eu sei que ela não ia querer esse homem lá.

Levantando-se, pegou a bandeja e caminhou em direção à lixeira.

Chris não conseguiu ir direto para casa. Depois de dirigir por uma hora, acabou voltando para o hospital e foi procurar Molly. E a encontrou no saguão e, em seguida, a conduziu até um canto discreto da sala.

— Temos um problema — disse ele em voz baixa. — A Liz está ameaçando criar problemas. Qual é a história? Você a demitiu mesmo?

Molly parecia zangada, o que não era um bom sinal.

— Demiti — respondeu ela. — Ela ligou para você para reclamar, sério?

— Ela está desempregada, e isso está deixando ela preocupada — explicou ele, tentando ser casual. — Existe alguma chance de ela ser readmitida?

— De jeito nenhum.

— A mamãe concorda com isso?

— Ela vai concordar — advertiu Molly. — Se a Liz for readmitida, eu vou sair fora. A mamãe não vai querer isso.

Chris estava se sentindo pressionado. Molly o estava colocando numa posição difícil.

— Você fez disso uma questão pessoal. Não é assim que se administra um negócio.

— A Snow Hill é um negócio de família. Nós podemos administrá-la da forma que bem entendermos. O que ela está ameaçando fazer?

Ele olhou para o outro lado, amuado.

— Ah, coisas ridículas, mas ela tem a boca grande.

— Foi por isso que eu a demiti.

— Você deveria ter falado comigo primeiro. Eu a conheço há muito tempo, e por isso me sinto responsável. Fui eu quem a apresentei à mamãe.

— E a mamãe gostava dela. Nós duas gostávamos. Isso deve ter subido à cabeça de Liz, porque ela ficou insuportável. Uma prima-dona? Com toda a certeza. Ninguém está triste que ela saiu.

— Talvez nós devêssemos oferecer uma indenização.

— Talvez nós devêssemos ameaçar processá-la — contra-argumentou Molly. — O que ela fez foi quase fraudulento.

— Você está forçando a barra.

— Ela tirou vantagem de uma *tragédia* familiar, Chris. É difícil imaginar algo muito pior do que isso.

— Está bem, o momento foi inapropriado — admitiu ele.

— E ainda é. Ela liga para você para reclamar de dinheiro quando a *vida* da sua irmã está prestes a acabar?

— Essa decisão pertence à mamãe, e não a mim.

— Mas você faz parte da família e, por isso, está envolvido. Como a Liz quer que você lide com as mesquinharias dela agora?

— Ela não vê isso como mesquinharia — explicou Chris. E sim, ele estava envolvido. A assistente social estava certa quanto a isso. Ele sentiu um aperto no coração ao pensar em Robin. Essa era uma das razões por que queria resolver logo essa questão. Procurando uma conciliação, ele disse:

— E se deixássemos Liz trabalhar em Snow Hill até ela arranjar outro emprego?

— Se fizermos isso — advertiu Molly novamente —, ela vai passar o tempo inteiro copiando a agenda telefônica, roubando nossos fornecedores e nos difamando para qualquer cliente que dê ouvidos a ela. Eu estou errada?

Infelizmente, não. Liz não era uma pessoa fácil de lidar quando ela se sentia lesada. Essa fora uma das razões por que Chris havia terminado o relacionamento com ela. E ele nunca mais olhou para trás.

O problema era que agora estava sendo obrigado a fazer isso.

CAPÍTULO 12

Cinco minutos depois do início da aula de quinta-feira, David percebeu que alguma coisa estava incomodando Alexis Ackerman. A garota se recusava a olhar para ele. Quando tentou incluí-la na discussão, ela deu de ombros e voltou a olhar para o livro. Outro aluno ele até poderia ter desafiado — *Você leu o que foi pedido? Você gostaria de compartilhar suas ideias?* —, mas Alexis estava vulnerável demais. Ele não queria pressioná-la, principalmente porque ele se sentia muito culpado.

O sinal tocou, mas ela não se mexeu. Quando a sala ficou vazia, ele andou até a carteira dela.

— Está tudo bem?

— O que você disse para o meu pai? — perguntou ela num tom exasperado.

Culpado? Não adiantava negar.

— Eu disse que estava preocupado com você.

— O senhor me chamou de anoréxica?

— Não. Mas eu disse a ele que você desmaiou na sala.

Ela se colocou na defensiva.

— Eu não desmaiei. As minhas pernas só ficaram estranhas. Você não deveria ter falado com ele, sr. Harris. Ele ficou bravo comigo.

Por demonstrar *fraqueza*? David queria perguntar. Por ter um problema? Ele sabia bem como era aquilo! Afinal, havia crescido numa família onde o desempenho era importante. Ele sentiu uma dor no peito por Alexis.

— Desculpe — pediu ele. — Mas você me preocupa.

— Eu estou perfeitamente bem — insistiu ela, pegando os livros. — Eu como bastante. *Mais* do que o suficiente. E eu não sou mais magra do que os outros. Você só não sabe como é o mundo da dança.

— Acho que não — disse ele, dando um passo para trás.

Ela se levantou da cadeira e andou até a porta antes de desmoronar. Quando a alcançou, ela estava abrindo os olhos. Alexis levantou a cabeça quando ele se ajoelhou, mas deixou-a pousar novamente no chão.

— Estou me sentindo estranha — sussurrou ela.

David tirou os livros de cima dela. Segurando-a com uma das mãos para impedir que se mexesse, ele pegou o interfone da parede. E mal havia terminado a ligação quando ela tentou se levantar de novo. Ela conseguiu se apoiar em um dos cotovelos antes de cair novamente.

— Eu estou bem, eu estou bem — murmurou ela.

Alarmado, David se agachou. Quis reconfortá-la pegando a mão dela, mas era algo absolutamente imprudente. Assédio sexual? Ele odiava o termo. E o calor humano básico?

Sem nenhuma outra opção exceto pela voz tranquilizadora, disse:

— A enfermeira já está vindo.

— Ah, não — lamuriou ela numa voz anêmica —, a enfermeira, não. Ela vai contar para o meu pai. — Quando tentou rolar para se esquivar dele, David segurou o ombro dela como medida de segurança. Ele não podia permitir que ela se levantasse. — Você não entende. — Os olhos dela estavam escuros e tristes. — Eu sou uma boa dançarina. Não tem nada de errado. Talvez eu tenha ensaiado demais ontem. Ou talvez a escola esteja me desgastando.

— Não vai fazer mal algum fazer alguns exames — sugeriu ele.

— *Vai, sim.* Eles vão demorar demais. Eu vou perder o ensaio.

— Muito bem, Alexis — disse a enfermeira, chegando e assumindo o controle da situação.

Porém, quando David deu um passo para trás, Alexis demonstrou estar praticamente em pânico.

— Não me deixe sozinha, sr. Harris — implorou ela. — Você pode contar a eles. Eu estava bem na aula. Não estava? Então eu senti alguma coisa. Uma gripe, talvez? — perguntou ela à enfermeira, mas a mulher estava checando seu pulso.

— Está bem fraco — disse ela, preocupada. — Você vai para o hospital.

— Nããão...

— Seu pai está em Concord, sua mãe está no tribunal. Eu deixei recados. Um deles vai nos encontrar no Dickenson-May.

Olhando para David enquanto os paramédicos chegavam, ela sussurrou:

— Um desastre em potencial.

David a acompanhou na ambulância. De qualquer forma, ele tinha o horário de almoço livre e nenhum compromisso agendado para o período da tarde, exceto pelo monitoramento de uma sala de estudos, o que um substituto poderia fazer. Não que estivesse ansioso para se deparar com Wayne Ackerman no hospital, mas quando a enfermeira começou a subir na ambulância, Alexis apontou para David.

— *O senhor.* Por favor.

Ele talvez pudesse ter dado uma desculpa se não fosse por Robin Snow. Lamentava tê-la despachado na ambulância sozinha. Caso ela ainda tivesse alguma atividade cerebral durante o percurso, ele deveria ter estado lá. Sim, era uma questão básica de calor humano.

Com dois paramédicos ao lado da menina durante a viagem, ele se sentou aos pés dela. E sorria tentando acalmá-la sempre que ela olhava, embora os olhos dela estivessem fechados na maior parte do tempo. Quando o telefone vibrou, ele o tirou do bolso, olhou a tela e o colocou de volta. Ele não conhecia nenhum Nicholas Dukette. O homem havia tentado ligar mais cedo, mas não tinha deixado nenhum recado.

Quando a ambulância parou em frente ao Dickenson-May, David foi o primeiro a descer; porém, com os olhos de uma criança amedrontada, Alexis olhou ao redor para se certificar de que ele estava lá, e isso o compeliu a caminhar ao lado da maca enquanto a levavam para dentro do hospital. Desempenhando o papel de responsável, já que os pais dela ainda não haviam chegado, ele contou ao médico o que havia acontecido naquele dia e no anterior.

Então David se sentou na sala de espera. Havia apenas mais dois pacientes; o Dickenson-May era famoso por sua eficiência. E, embora estivesse aliviado porque Alexis estava recebendo cuidados, ele se preocupava com a possibilidade de ter tido uma reação exagerada. Se fosse apenas uma gripe, ele estaria em apuros. Bem, em *maiores* apuros do que já estava. Wayne Ackerman não ficaria nem um pouco satisfeito.

O médico saiu do cubículo de Alexis e se aproximou dele.

— Os pais dela ainda não chegaram?

— Não. Como ela está?

O olhar do médico disse mais do que palavras.

— O senhor estava certo em se preocupar. Ela precisa ser internada.

— Como é que vocês vão tratá-la?

— Nós administramos alimentação intravenosa enquanto fazemos mais exames. Se os pais preferirem uma clínica particular...

— Alexis Ackerman? — disse alguém em voz alta.

A mãe de Alexis gostava de vestir terninhos e exalava autoridade. David a havia visto em diversos eventos escolares, mais recentemente nas aulas abertas à comunidade na segunda à noite. Ela ficara sentada na sala dele ouvindo-o falar por dez minutos. Entretanto, não deu nenhum sinal de tê-lo reconhecido quando o médico indicou que ela se aproximasse.

Retirando-se, David foi para o lado de fora. Estava vasculhando o estacionamento para ver se o pai de Alexis havia chegado — o diretor dirigia um BMW 335i azul-escuro com a capota arriada — quando viu Molly Snow. Ela estava saindo do hospital.

David sentiu algo terno por dentro. Ele gostava de Molly. Mesmo nos momentos sombrios, ela tinha um toque de vivacidade.

Mas naquele momento parecia melancólica. *Deixe-a em paz*, disse uma vozinha. *Ela está lidando com uma crise familiar, e você a faz lembrar do pior.* Mas mesmo assim ele deu uma corridinha até ela.

— Molly? — chamou quando estava mais perto.

Ela olhou para cima, emergindo dos próprios pensamentos.

— Oi, David.

— Como a Robin está?

Ela levantou um dos ombros.

— A UTI não pode fazer mais nada. Eles acabaram de levá-la para um quarto comum. O respirador é a única coisa que a mantém viva.

Um dia ruim em todos os sentidos. Ele tinha esperança de que um milagre pudesse acontecer.

— Eu sinto muito.

— Eu também. Meus pais precisam tomar uma decisão terrível. Todos nós, na verdade. Mas a minha mãe é que vai decidir.

David se sentiu parcialmente responsável.

— Talvez tivesse sido melhor se eu não a tivesse encontrado.

Molly pigarreou.

— Bem, essa é uma das coisas que a minha mãe tem dito nas últimas horas. Ela está muito deprimida.

— Ela está no direito.

— Mas a UTI tem outros pacientes em estado crítico. Alguns vão ficar com sequelas para o resto da vida. Para Robin, isso teria sido devastador. Então, talvez seja uma bênção; não que a minha mãe queira ouvir isso. Ela não queria que nada disso tivesse acontecido.

O ronronar característico de um motor possante foi ouvido no estacionamento quando Wayne Ackerman chegou. Estacionando o conversível, ele saiu do carro e numa fração de segundos estava andando a passos largos em direção à emergência. Houve um momento de claro reconhecimento quando os olhos dele cruzaram os de David, mas ele não acenou.

Molly o viu passar.

— Você o conhece?

— Aquele é o meu chefe — disse David.

Ela emitiu um som de espanto.

— O que a filha tem um problema?

— Aham.

David contou a ela o que havia acontecido.

— Eu achei muito bom o que você fez — disse Molly. — Se alguém tivesse contado pra gente sobre a situação de Robin antes de tudo isso acontecer, talvez ela estivesse bem. EU não acredito que o Ackerman mandou você cuidar da sua vida?

— Praticamente. Mas eu não me arrependo do que aconteceu hoje. Com base no que o meu amigo médico disse na terça à noite, ela está mostrando sinais de desnutrição; e, se isso for verdade, os pais dela estão errados. É claro que eu ainda posso perder o emprego. Todas as vezes que o dr. Ackerman olhar para mim, ele vai ver um sujeito que estava certo a respeito da filha dele quando ele próprio estava errado; é como se eu soubesse de um segredo que eles não querem que mais ninguém saiba. Vai ser interessante ver o que ele e a esposa vão fazer. Se eu tivesse que adivinhar, eu diria que eles vão levá-la para alguma clínica particular em Massachusetts e dizer ao mundo que ela está estudando com um guru do balé em São Petersburgo. — Ele bufou. — Ela caiu na minha sala. Duas vezes. Por que será?

— Porque ela confia em você.

— Ah, não. Ela acha que eu traí a confiança dela.

Mas ela o queria na ambulância. Aquilo foi alguma coisa.

— Você fez a coisa certa — disse Molly.

Isso tinha algum mérito. Mas ele estava sem graça. Molly estava no meio de uma crise.

— Você estava de saída. — Ele deu um passo para trás. — Eu deveria deixá-la ir.

Ela deu um sorriso triste. E David notou que Molly fazia isso com frequência, e desconfiou que fosse o tipo de pessoa que estava sempre sorrindo, mas que simplesmente estava muito triste naquele momento.

— Estou indo para casa — disse ela. — Preciso encaixotar minhas coisas. Vou me mudar na terça-feira. — Os olhos dela se encheram de lágrimas. — *Nós* vamos nos mudar na terça-feira. Eu aluguei uma casa com a minha irmã. Nós precisamos sair de lá antes que a construtora comece a reforma. Nós íamos voltar para a casa dos nossos pais até conseguir encontrar outra casa. — Novamente o sorriso triste. — O que é uma ironia, é claro. A parte de ir para casa. Para Robin, para sempre. — A voz dela falhou. Ela tampou a boca com a mão e baixou os olhos.

Ele tocou o ombro dela.

— Eu sinto muito.

Ela assentiu e fungou.

Ele não tinha um lenço de papel. Mas tinha braços fortes.

— Você quer ajuda com a mudança?

Ela limpou o nariz com as costas da mão. Ele estava pensando que Molly também não tinha um lenço de papel, o que era incomum para uma mulher, quando ela olhou para ele com uma ferocidade repentina.

— Não por pena — declarou ela. — Eu sempre cuidei das coisas de Robin, e posso muito bem fazer isso agora. Se você está se sentindo culpado por causa dela, eu não quero a sua ajuda. Estou farta de homens que querem fazer coisas comigo por causa dos sentimentos que têm em relação a ela.

— Calminha, aí! — David levantou as mãos. — Eu não tenho sentimentos por ela. Eu não conheço sua irmã.

Tão repentinamente quanto havia surgido, a ferocidade desapareceu.

— É verdade, não conhece.

— Ajudar você a empacotar as coisas seria terapêutico para mim. Isso vai equilibrar todas as vezes que eu me senti inútil ultimamente.

— Você não tem que trabalhar?

— Hoje, não. Onde você mora?

Ela fez uma pausa.

— *Tem certeza*?

— Absoluta — disse ele.

Ele deve ter parecido determinado, porque ela disse:

— Então vamos! — E foi andando em direção ao carro dela.

Como sempre, Molly sentiu o ânimo renovado ao estacionar na frente aa casa; porém, com apenas mais quatro noites ali, o sentimento era ruim e bom ao mesmo tempo. Essa era uma das razões por que ela havia aceitado a oferta de David. A presença dele poderia ser uma distração, uma forma de manter o pensamento longe daquele lugar que ela tanto amava. Mas também havia a questão da disciplina. Se David estava ali para ajudar, ela não podia procrastinar.

— Eu juro, é uma casa maravilhosa — disse ela, defendendo o chalé enquanto abria a porta e o conduzia para dentro. — Eu sei que não parece grande coisa agora, com todas essas caixas, mas antes disso era um lugar muito aconchegante. Eu tentei encontrar um lugar parecido, mas nenhum chega aos pés daqui. — Pousando as chaves e a correspondência na mesa, ela abriu várias janelas. — Minha avó sempre dizia que as coisas acontecem por um motivo. Talvez o motivo por que eu não encontrei outro lugar seja porque isso estava fadado a acontecer a Robin, e as coisas dela teriam que ir para casa de qualquer maneira. —

Ela inclinou a cabeça, aguçando o ouvido. — Eu tenho uma gata. Não estou escutando nenhum sinal dela.

— Qual é o nome dela?

— Ela ainda não tem nome. Ela veio pra cá há pouco tempo. — Molly olhou para ele com uma expressão de culpa. — Segunda-feira. Eu estava trazendo a gatinha para casa com toda a calma do mundo enquanto a vida de Robin estava se esvaindo no hospital.

— Teria feito alguma diferença se você tivesse chegado lá mais rápido?

— Não. Mas mesmo assim...

— Acho que você tem que superar isso — disse ele, carinhoso. — Da mesma forma que eu preciso superar o fato de que, se eu estivesse correndo mais rápido, eu teria chegado lá mais cedo e salvado Robin.

— Você a salvou — disse Molly.

— Para quê?

Bem, havia uma razão. Tinha de haver.

— Quando eu souber, eu te falo — disse ela, encaminhando-se para a cozinha. — Essa gata talvez seja mais um dos acasos do destino de que Nana tanto fala. Robin não era muito chegada a gatos. O problema é que a minha mãe também não é, mas essa gatinha vai ter que ir comigo, a menos que você a queira? — perguntou ela, esperançosa. David era uma pessoa gentil. Ela havia sentido isso desde o começo. — Você tem algum animal?

Ele fez que não com a cabeça.

— O meu prédio não permite animais. Mas eu cresci com cachorros.

— Onde? — perguntou Molly, abrindo a geladeira.

— Em Washington.

Ela tinha boas lembranças de Washington.

— Robin adorava a maratona dos Fuzileiros Navais. A gente se divertia muito naqueles fins de semana. Você quer algo para beber? Temos água, água saborizada, isotônico e refrigerante.

Ela não ofereceu o achocolatado do Scooby-Doo. Vergonhoso demais.

— Refrigerante, obrigado.

Ela pegou duas Cocas light.

— Mas eu estou falando de D.C. Você é da capital ou do estado de Washington?

— Da capital. A minha família inteira vive lá. Eu sou o erro da família.

— Somos dois. Por que você é um erro? Porque eles trabalham no ramo editorial e você dá aula?

— É mais do que isso. Eles estão envolvidos com jornalismo. Eu, não.

— Ainda bem — declarou ela, lembrando-se de Nick, e logo depois se dando conta do que havia falado.

— Ai, meu Deus. Desculpe. Eu não quis dizer que tem algo de errado com a sua família.

Ele abriu a lata de refrigerante.

— Mas tem. Eles são ambiciosos, de um jeito que eu não sou. Estar na lista VIP é importante para eles. Para mim, não. Mas por que você é a erradinha da família? Você trabalha no negócio deles.

— Eu rego plantas. Eu podo folhas secas. Eu mexo com terra. Eu não lido com relações públicas como o meu pai, nem com cifras como o meu irmão, e Robin é uma espécie de porta-voz, como a minha mãe. — Ela sentiu novamente um aperto no peito. — Era. Robin era. E eu sou a filha desvirtuada até nisso. A minha mãe quer que os aparelhos continuem ligados, meu irmão quer que eles sejam desligados, meu pai quer o que a minha mãe quiser. E eu, eu só quero o que Robin quiser. — Mas como descobrir isso? Era o mesmo beco sem saída de sempre. Querendo aliviar o clima, disse: — Você quer ver o meu lugar favorito?

Ela o conduziu até a escadaria no canto da sala.

— Esse seria meu lugar favorito também — disse ele quando os dois chegaram ao sótão. — Que tipo de planta é essa?

— Afelandra squarrosa, carinhosamente conhecida como planta-zebra. Ela é originária do Brasil. Ela estava morrendo na sala do meu pai lá na Snow Hill, então eu trouxe para cá. Ela não gosta de luz direta e precisa de sombra depois que acaba de florescer. Após o período de dormência, ela floresce de novo se tiver luz forte por alguns meses. Nesse meio-tempo, nós podemos apreciar sua bela folhagem listrada.

David se abaixou para estudar o vaso de cerâmica.

— O vaso também é muito bonito.

— Ele veio do Rio — disse ela, satisfeita por David ter notado. — Robin comprou para mim quando participou de uma maratona lá. Ela sempre me trazia presentes. Esse é de Valência — disse ela, apontando para um vaso que continha uma cheflera.

Então, indicando outro com uma palmeira:

— E esse de Helsinque. — Ela ficou nostálgica. — Eu até posso dizer que Robin era egocêntrica, mas ela nunca voltou de uma viagem de mãos vazias. Eu tenho um prendedor de cabelo de Luxor e agasalhos da Nova Zelândia e de Cornualha. Ela sempre sabia o que eu queria. Então por que eu não sei o que ela quer agora?

Ele se levantou.

— Porque saber que presentes uma pessoa gostaria de ganhar é mais fácil do que saber como alguém quer morrer.

Palavras simples, porém verdadeiras. Ela nem estremeceu ao ouvir a palavra *morrer.* Já podia dizê-la. Ela havia evoluído a esse ponto. Robin estava morrendo.

Ainda assim, Molly não era uma rocha. Não queria empacotar as coisas do quarto de Robin. Era como colocar uma *pedra* no sepulcro.

Mas restavam apenas mais quatro noites, e isso precisava ser feito. E com David ali para distraí-la de suas emoções, o quarto de Robin era o lugar ideal para começar.

Então o levou ao primeiro quarto no andar de baixo. Ali, no meio da cama de Robin, estava a gata. Estava sentada, sem piscar os olhos, as orelhas para cima.

— Ela é bem pequena — observou David.

— Mas não é um filhote. Ela foi abusada. Tadinha. E eu não tenho ajudado muito. — Ela se aproximou com cautela. Como a gata não correu, ousou se aproximar um pouco mais. Molly estendeu uma das mãos e se inclinou. — Vem aqui, fofinha — chamou ela. — Eu sei que você não tem comido.

Quando tentou uma aproximação maior, a gata pulou da cama e saiu correndo pela porta.

David girou o corpo para ver.

— A cor dela é fascinante. Aqueles cortes vão deixar cicatrizes?

— Não, o pelo vai cobrir tudo. Mas as cicatrizes internas? Só o tempo, mesmo. Agora, ela está entre duas vidas. Ainda não sabe realmente quem é.

Como sua avó, percebeu Molly, e sentiu necessidade de visitá-la de novo. Independentemente do que Kathryn havia dito, Marjorie lidava com o que podia e se desapegava do restante. Mesmo levando em conta o Alzheimer, essa era uma característica invejável.

Afundando na cama, Molly alisou a coberta de retalhos.

— As pessoas realmente adoravam a Robin. Isso foi feito para ela pela mãe de uma amiga corredora. A mulher vive numa ilha no Maine. O trabalho dela é incrível.

David admirou o trabalho, e então olhou ao redor, um tanto curioso, mas respeitoso. Ele não se apressou em tocar as coisas de Robin. Não ficou impressionado com a coroa de louros que a irmã dela havia ganhado em Boston. Nem ficou obcecado pela cama.

Molly tentou ver tudo aquilo pelos olhos dele. Se ele não conhecia Robin antes, agora a conheceria. O quarto tinha um único foco.

Isso intensificou a aflição que Molly já estava sentindo.

— Se minha irmã está em algum lugar, é aqui. Desmontar esse quarto me faz sentir como se eu estivesse empurrando a Robin para o túmulo.

— Você pode adiar a mudança?

Com um puxão frustrado, ela removeu o elástico do cabelo e refez o penteado.

— Eu já liguei para o meu senhorio duas vezes. Ele é um cara legal, mas não está cedendo de jeito nenhum.

E então teve uma ideia repentina. Correndo até a cozinha, folheou a agenda telefônica. Ela digitou o número enquanto voltava para o quarto de Robin.

O telefone tocou apenas uma vez antes que a corretora atendesse.

— Dorie falando.

— Aqui é Molly Snow.

Ela soltou uma interjeição de surpresa.

— Meu Deus, Molly. Que bom que você ligou. Ninguém está conseguindo falar com a sua mãe. Eu ouvi dizer que a coisa está feia.

— Está, sim — admitiu Molly —, e, ainda por cima, eu preciso empacotar as coisas para a mudança. Eu já implorei a Terrance Field para que me desse mais alguns dias, mas ele diz que eu preciso me mudar na segunda-feira para a construtora começar na terça. Eu sei que você é corretora dele, e eu estava pensando... talvez você pudesse explicar...

— Um minuto, querida. Vou ligar para ele na outra linha.

Molly escutou um clique.

— É a corretora do meu senhorio — explicou ela a David.

Equilibrando o telefone entre o ombro e o ouvido, tentou alcançar a coberta de retalhos, pensando em dobrá-la junto aos lençóis e em usar o colchão para colocar as quinquilharias do armário. Então notou chumaços de pelo amarelo em mais de um local.

— Parece que a minha gatinha gosta mesmo da cama.

Ela alisou a coberta. Então fez uma pausa. David agora já havia visto o quarto de Robin. Se essa fosse a razão de ele estar ali, então poderia muito bem se lembrar de alguma coisa que ele tinha esquecido que precisava fazer e ir embora.

Foi isso que Nick fez. Nas poucas ocasiões em que ele havia ido até lá, ele foi de um cômodo para o outro, falando de como adorava o lugar. E então, como lhe era típico, o telefone dele tocava. Ele era o melhor repórter do jornal e era muito requisitado.

Olhando em retrospectiva, Molly entendeu a verdade. Ele havia visto o que precisava ver, ou seja, que Robin não estava lá, e estava pronto para ir embora.

Aceitando aquilo, ela não se sentiu irada nem magoada. Na verdade, estava feliz por concordar com a mãe e a irmã.

Com o coração mais leve, conduziu David até as caixas em frente ao corredor. Foi então que uma voz veio do telefone:

— Molly. O homem é impossível. Eu disse a ele que alguns dias não fariam diferença. Eu me ofereci para ligar para o Mike DeLay, que é o dono da construtora que ele contratou, mas Terrance disse que não. Ele falou que você deveria ter saído com as coisas duas semanas atrás. Você quer que eu ligue para Mike mesmo assim?

Mas Molly estava resignada.

— Não, obrigada, Dorie. A verdade é que daqui a um mês não vai ficar mais fácil.

E ali estava David, com as mangas dobradas nos cotovelos, montando caixas sem que ela precisasse pedir. Se acreditasse no que Nana dizia, a razão disso era que Molly estava *destinada* a se mudar.

Eles voltaram para o quarto de Robin e começaram a encaixotar tudo aos poucos, começaram com os livros da mesinha de cabeceira, os recados do quadro de avisos de cortiça, os bonés de corrida que estavam pendurados em ganchos. Eles encaixotaram os suvenires que ocupavam duas prateleiras antes que Molly abrisse a porta do armário, quando David emitiu uma exclamação de pânico.

— Eu ouvi isso — disse ela, baixinho.

— Por onde vamos *começar*?

E Molly havia feito a mesma pergunta a si mesma algumas vezes, mas de repente se sentiu motivada.

— Pegue mais caixas. Esse aqui é o baú de guerra de Robin. Eu vou só enfiar tudo dentro das caixas. A minha mãe pode organizar essa bagunça quando tudo isso estiver na casa dela.

Não havia nenhum *só* naquele processo. Além das quinquilharias, o armário estava abarrotado de memórias. Enquanto David desenrolava fones de ouvido, aparelhos de MP3 e iPods, Molly dobrava roupas; mas cada camiseta remetia a uma história, então ela falou disso e contou mais histórias sobre as placas e troféus que foram sendo desenterrados uma vez que as roupas haviam sido encaixotadas. Quando Molly advertiu David sobre os camundongos, ele procurou excrementos no fundo do closet, mas não achou nada. Sentindo-se mais segura, então, Molly tirou braçadas de CDs dos cantos mais recônditos do armário. Eles falaram do gosto musical de Robin, e chegaram a colocar um CD do U2 para tocar enquanto trabalhavam. E quando David disse que estava com fome, Molly se deu conta de que também estava faminta.

Ela agradeceu enquanto eles comiam tigelas de *Ok Dol BibimBap* num restaurante coreano da vizinhança.

— Eu precisava dessa pausa. Você me acalma. — Ele também era bonito, com seus olhos cinza e o cabelo castanho. Com esse pensamento, o sorriso dela sumiu. — Que tipo de pessoa se diverte enquanto a irmã está morrendo?

— Uma irmã que ainda está viva — disse ele com delicadeza. — Ei, você não está fazendo nenhuma festa. Você estava trabalhando. Você precisa comer. Além disso, é difícil ficar de luto vinte e quatro horas por dia, sete dias na semana. E será que isso é necessário? Você esteve presente para Robin. Até mesmo o que nós acabamos de fazer foi para ela.

Esse era o ponto principal agora, Molly percebeu.

— Me conte o que você descobriu.

— Sobre a Robin ou sobre você?

— Robin.

Ainda que a decisão final sobre o que fazer fosse de Kathryn, seria útil se Molly encontrasse pistas. Durante todo o tempo que eles passaram empacotando as coisas, ela ficou procurando pistas. E considerou a possibilidade de estar próxima demais para enxergar o óbvio e, por isso, transferiu a pergunta para David.

Ele pensou um pouco. Numa tentativa, disse:

— Eu descobri que ela vence com bastante frequência. Eu não tinha me dado conta do quanto até ver todos aqueles troféus. — Nenhuma pista ali. Molly aguardou. — Eu descobri como ela inspirava os outros — continuou. — Os recados no quadro de avisos eram reveladores, mas havia todos aqueles outros enfiados nos troféus. O mero número de bilhetes é impressionante. E ela guardava todos os troféus no armário. O que isso quer dizer?

— Que ela já tinha troféus demais em exposição.

— Talvez ela tivesse vergonha do excesso.

Molly achou aquilo engraçado.

— Robin com vergonha? Difícil. Ganhar era tudo para ela. Ela amava saber que aqueles troféus estavam lá. E chamava aquele armário de baú de guerra por uma razão. Ele tinha o que ela precisava para conquistar o mundo.

— Bem, essa foi a última coisa que eu descobri. Correr é a vida dela. Não tem muito mais além disso.

— Você ficou decepcionado?

Ele deu um sorriso inquiridor.

— E deveria ter ficado?

Molly hesitou apenas por um minuto.

— Quando nós nos falamos pela primeira vez, você disse que tinha reconhecido o nome dela. Você disse que ela era o ídolo de todo corredor. Alguém que a idolatrava teria se oferecido para ajudar a encaixotar a mudança só para ficar perto das coisas dela.

— Eu não. Eu me ofereci para ajudar *você*; mas também estou me ajudando. Eu queria ter feito mais naquela segunda à noite. Você pergunta o que eu descobri? Não muito mais do que eu já sabia. Eu já conheci muitas pessoas como a Robin, pessoas cujas realizações são extraordinárias. Mas às vezes tem um preço a ser pago. Eu fico triste por ela não ter tido outras coisas.

Pensando dessa forma, Molly percebeu que era verdade. Ela sempre invejou a irmã. Mas olhar para a vida de Robin pelos olhos de outra pessoa lhe proporcionava uma nova perspectiva.

— Talvez o problema fosse o tempo — imaginou Molly. — Correr consumia todo o tempo dela. Talvez, quando estivesse mais velha, ela poderia ter feito outras coisas também.

— O que torna a tragédia ainda maior — disse ele, tirando o telefone do bolso. Ele olhou para a tela por um tempo.

Molly gesticulou indicando que ele deveria atender. Ela o havia retido por tempo suficiente. Ele tinha uma vida, precisava preparar as aulas do dia seguinte, talvez até ligar para a menina que estava doente.

David franziu o cenho.

— Tem um homem que fica tentando falar comigo, mas eu não conheço ninguém chamado Dukette.

Engasgando-se num último gole de chá, Molly estendeu a mão, pegou o telefone e olhou para a tela. Furiosa, atendeu.

— Por que você está ligando para esse número? — O silêncio que se seguiu foi longo o suficiente para ela dizer: — Não se atreva a desligar, Nick. Por que você está ligando para esse homem?

— Molly?

— Não, sua mãe — provocou ela. — Onde você conseguiu esse número?

— No anuário da escola.

— Por quê?

— David Harris e eu temos algo em comum.

— Isso não é verdade. Ele é uma pessoa honesta. Você, não.

— Molly...

— Eu vou desligar agora, Nick; e assim que fizer isso, eu vou dizer a esse homem exatamente o porquê de estar desligando. — Ela fechou bruscamente o telefone. David parecia surpreso. — Eu conheço Nick Dukette — explicou ela. — Ele é um repórter importante do jornal local, e está procurando uma história, *sempre* procurando uma história, exceto quando está arquitetando maneiras de ficar com a minha irmã. Eles namoraram por algum tempo e, depois que ela terminou o namoro, ele se aproveitou da amizade comigo para continuar perto dela. Eu achei que ele me valorizasse como amiga. Robin sabia exatamente quem ele era. Então, se você aprendeu alguma coisa hoje, é que a minha irmã é mais inteligente do que eu.

Ela devolveu o telefone.

Ele o colocou na mesa.

— Por que ele está ligando para mim?

Molly não sabia, mas as possibilidades a fizeram se contorcer.

— Talvez ele queira informações sobre Robin. Ele me viu conversando com você na outra noite e queria saber quem você era. Eu dei o seu primeiro nome, mas não o sobrenome, e disse que você estava visitando outra pessoa. Se ele ficou sabendo que você é o Bom Samaritano, ele descobriu isso com os policiais.

— Eles não sabem. Vocês são os únicos que sabem.

— Então ele não sabe. Ele me disse que você parecia familiar, e ele é muito, *muito* bom com rostos. Você tem certeza de que não o conhece?

David parecia cauteloso.

— Ele é um jornalista dedicado?

— Dedicado?

— Ambicioso.

— Sem dúvida alguma — confirmou Molly, tentando soar profissional. — New Hampshire é uma porta de entrada. Ele diz que é uma forma de fazer contatos. E sairá daqui assim que tiver mais influência.

— Ele se mudaria para Washington? — perguntou David, parecendo pensativo.

— Num piscar de olhos. Ele sabe tudo sobre os jornais de lá.

— Então ele sabe da minha família. Meu pai é um editor muito famoso. Se você vir uma foto dele, então vai me ver daqui a trinta anos. Nós somos muito parecidos.

Molly se recostou na cadeira.

— Então ele viu isso. Desculpa. Se ele não tivesse visto a gente conversando, você estaria seguro.

— Ei, não precisa pedir desculpa. Além disso, aposto que ele não vai me ligar mais.

— Você não conhece o Nick. Cuidado. Ele gosta de se aproveitar das pessoas.

David bufou.

— Eu fui criado com esse tipo de gente. — Ele deu a conta assinada ao garçom. — Mas e, então, vamos continuar a encaixotar as coisas?

Molly, porém, estava começando a ficar preocupada com a mãe. Ao voltar para o hospital, encontrou Kathryn sozinha com Robin. Com algumas pinturas na parede e duas cadeiras confortáveis, o novo aposento lembrava mais um quarto de verdade. Embora o zunido do respirador fosse o mesmo, o sentido de urgência era menor. Isso assustou Molly.

— Cadê o papai?

— Em casa.

— O Chris veio hoje?

Kathryn assentiu.

— Posso pegar alguma coisa para você comer, mãe?

Ela fez que não com a cabeça.

— Se a senhora quiser ir para casa dormir um pouco, eu posso ficar aqui. — Como a Kathryn não respondeu, Molly disse: — Nick e eu não somos mais amigos. — Isso lhe rendeu um olhar de relance. — A senhora tinha razão. Ele estava me usando.

— Você está bem?

— Estou. Para falar a verdade, estou aliviada. Estou cansada de lutar contra a senhora.

Kathryn simplesmente voltou a atenção para Robin.

— Eu já empacotei bastante coisa. — Molly lhe contou sobre o baú de guerra. Ela não mencionou David porque não queria aborrecer a mãe, embora o estado de Kathryn parecesse meio comatoso. A julgar pela nuvem escura que pairava sobre tudo o que ela própria fazia, Molly sequer podia imaginar a profundidade da tristeza de Kathryn.

Alguma coisa tinha que ajudar. Determinada a encontrar algo, Molly voltou para casa e atacou o closet de Robin mais uma vez. Depois de tirar outra braçada de CDs do chão e não ver nenhum sinal de camundongos, ela já estava começando a se perguntar sobre a advertência de Robin quando encontrou uma mina de ouro.

CAPÍTULO 13

Um CD. Pensando bem, era óbvio. Depois de tantos anos mantendo um diário, Robin não teria parado do nada. Ela apenas mudara de formato. Em vez de usar um caderno, passou a usar um computador, mas não apenas um arquivo qualquer, já que pedia a Molly para que checasse seu e-mail com frequência. Quando ela queria registrar pensamentos privados, digitava-os num CD e o escondia.

Robin não havia escondido de verdade o CD, mas o guardou num lugar onde sabia que Molly não iria bisbilhotar se houvesse a possibilidade de camundongos. Além disso, o CD parecia insignificante, esquecido entre Norah Jones e Alicia Keys, com uma capa cheia de desenhos e rabiscos feitos à mão. Só que Molly conhecia os rabiscos da irmã e, embora as letras escondidas talvez tivessem passado despercebidas para outra pessoa, ela as viu. *Meu livro*, leu Molly, e seu coração parou de bater por um instante.

Correndo até o escritório, inseriu o CD no computador.

Por onde *começar*? Cada pasta tinha um título e era focada em um evento específico da vida de Robin. A maioria estava relacionada a maratonas que ela havia corrido, como *Boston 2005*, *Austin 2007*, *Tallahasse 2008*, e uma rápida olhada dentro de cada uma delas revelou detalhes sobre o treinamento, os eventos anteriores à corrida e a corrida em si — tudo no mesmo estilo direto ao ponto que Robin costumava usar em seus diários anteriores. Havia pastas separadas para palestras, também listadas pelo local e data. Molly abriu algumas, mas já havia escutado todas. Até mesmo havia escrito algumas.

Mas ali tinha algo diferente, uma pasta chamada *Discursos que eu nunca farei*, e os arquivos nela eram inacreditáveis — títulos como *Por que eu odeio a minha mãe*, *Competição é uma droga* e *Por que a minha irmã está errada*. Molly não tinha certeza se queria ler aquele. Ela sabia que estava errada: estava errada o tempo todo. E também não tinha certeza se queria ler *Por que eu odeio a minha mãe*. Kathryn estava vivendo uma agonia tão grande naquele momento que a ideia de Robin odiar qualquer coisa a respeito dela era horrível.

Quem sou eu?, Molly queria ler aquele, assim como *Será que eu preciso de um psiquiatra?*

Primeiro, no entanto, ela voltou às pastas, já que uma das que estavam sob o título *Discursos que eu nunca farei* aguçara sua curiosidade. *Homens*. Talvez fosse o hábito: a iniciação de Molly no mundo do namoro havia acontecido por meio das leituras furtivas que fizera dos diários de Robin. Talvez fosse pura curiosidade, ou quem sabe ela quisesse algo leve antes de pegar as coisas mais carregadas, mas o fato é que abriu rapidamente a pasta.

Ela continha três arquivos: *Nick Dukette*, *Adam Herman* e *Peter Santorum*. Robin havia namorado Adam antes de Nick, mas Peter Santorum era um nome novo. Ela clicou nesse.

O que você faz no dia em que sua vida muda para sempre?, ela começou a ler, o que capturou imediatamente sua atenção.

Um telefonema. Um único telefonema. Eu não consigo nem acreditar que estava em casa quando o telefone tocou. Eu NUNCA *estou em casa. Eu treino. Eu viajo. Eu passo um bom tempo em Snow Hill. Eu vou até o bistrô tomar café com leite e fico lá por horas porque sempre tem alguém que quer conversar. Então, como ele sabia que eu estaria em casa* NAQUELE *dia,* NAQUELA *hora?*

Falta um mês para Boston, e eu estou prestes a sair para uma corrida de 13 km. Estou preocupada com os tendões da perna e, por isso, me alongo um pouco ao sair de casa para soltar a musculatura. Eu corro da porta de casa até a rua e volto. E tem mais. Se o telefone tivesse tocado enquanto eu estava na rua, eu nunca o teria ouvido. Tem um caminhão lá fora tentando consertar a rua — o que é bastante ridículo, já que a temporada de lama mal terminou —, mas eles estão lá com o motor ligado, raspando o pavimento, fazendo barulho suficiente para abafar cinco telefones.

Nana acredita em fadas. Ela diz que elas conhecem o nosso destino e se sentam no nosso ombro, conduzindo a gente para onde devemos ir.

Então lá estava eu em casa quando o telefone toca, e penso em ignorar. Eu não quero falar com ninguém agora. Mas vou encontrar a mamãe para almoçar e preciso saber onde. Seu restaurante favorito no momento é o 121 Garrett, mas as saladas deles são muito ruins e, por isso, se ela sugerir que almocemos lá, eu farei questão de sugerir OUTRO *lugar.*

Eu coloco a cabeça para dentro da porta e pego o telefone. Se não for a mamãe, eu não vou atender. Então olho para o identificador de chamadas: Peter Santorum. Eu nunca ouvi o nome antes, e não dou meu número para ninguém que não seja meu amigo. Mas Sarah havia me perguntado se poderia dar meu telefone para um sujeito. Eu terminei o namoro com Adam há um mês, e estou começando a me sentir sozinha. Peter é um nome bonito.

— Alô.

Eu não ouço nada a princípio, e depois uma voz que definitivamente é velha demais para ser o amigo de Sara.

— Robin Snow?

— Sim — digo eu, já que meu próximo pensamento é que talvez seja alguém da USATF querendo falar sobre o processo de seleção para a equipe da maratona olímpica. Minha fada saberia que isso estava nos planos.

— Meu nome é Peter Santorum — diz ele. Eu não lhe digo que já sabia disso. Ele parece ter mais ou menos a idade do meu pai, que sempre fica chocado quando pego o telefone e digo "oi" na mesma hora. O identificador de chamadas não é algo intuitivo para ele. — Esse nome lhe parece familiar? — pergunta o homem.

Eu tento me lembrar de todos os nomes no comitê da USATF o mais rápido que consigo, mas a lista vive mudando conforme novas pessoas são acrescentadas.

— Acho que não — digo educadamente.

— A sua mãe nunca falou de mim?

Ele não era da USATF, então. Eu começo a ficar com medo de que seja um daqueles primos de segundo grau que me ligam para pedir que eu dê uma palestra na cidade deles.

— Sua mãe é Kathryn, certo?

— Certo. Mas ela nunca falou de você. — Eu sacudo as pernas. — Você é parente dela?

— Dela? Não.

— Você CONHECE *a minha mãe? — pergunto, ficando impaciente. Eu quero que ele fale logo o que tem para falar. Estou pronta para correr.*

— Eu a conheci. Foi há muito tempo. Então ela nunca falou de mim para você?

— Não. Quem é você?

— O seu pai. — Eu paro de chutar e penso: "Ai, meu Deus, um maluco com este número." Então estou prestes a desligar quando ele diz: — Não desliga. O nome da sua mãe era Kathryn Webber e ela trabalhava numa floricultura em Boston. Eu estava lá jogando tênis. — Uma pausa e um suspiro frustrado. — Eu tinha esperança de que você reconhecesse o nome. Mas você é de outra geração. Eu joguei nos grandes torneios das décadas de 1970 e 1980. Pode dar busca no meu nome no Google e você vai ver. Eu realmente sou alguém. Eu joguei pelo clube de Longwood por nove anos. O lugar fica em Chestnut Hill, nos arredores de Boston.

— Eu sei onde fica Longwood — digo. Eu havia corrido o suficiente em Boston para conhecer a área.

— Pesquisa no Google. Você vai ver o meu nome lá. Eu estava hospedado no Ritz, embora hoje eles tenham mudado de nome, e a sua mãe costumava fazer arranjos florais para a recepção do hotel, onde eu peguei o nome dela. Eu queria enviar flores para alguém especial e, por isso, fui até a loja dela. Nós nos interessamos um pelo outro e passamos um tempo juntos. Eu fui embora da cidade e achei que tudo havia acabado. Ela me ligou algumas semanas depois dizendo que estava grávida.

— E eu sou o resultado disso?

Não sei por que eu continuo falando com ele. Tudo é ridículo. Minha mãe não acredita em casos de uma noite só. Ela não acredita em sexo antes do casamento, PONTO-FINAL, *embora a gente tenha parado de discutir isso.*

Eu devia simplesmente desligar. Só que esse homem não parece louco. E eu tinha aquela fada no ombro, então tinha que haver um propósito para isso.

— Eu tenho um pai — falei. — Meus pais se casaram exatamente nove meses antes de eu nascer.

— Escuta — diz ele —, a certidão de casamento deles não seria a primeira a ser alterada. Nem o primeiro bebê nascido algumas semanas antes do tempo. Ei, eu já sofri muito com isso. Confia em mim. Eu não fiz parte da sua vida. Sua mãe nunca me ligou para me pedir nada. Eu tenho três filhos. Eles são um pouco mais novos do que você. Uma das minhas filhas foi afetada pelo que eu vou dizer agora, que é o motivo por que eu telefonei.

Ai, não. Uma delas foi afetada. Lá vem a armação, penso eu, e pergunto:

— Como foi que você conseguiu este número? Ele não está listado.

— Eu conheço as pessoas certas — responde ele tão casualmente que eu sei que está dizendo a verdade. Ele continua: — Há uns dois meses, eu descobri que tinha um problema cardíaco. Era alguma coisa com uma artéria, mas enquanto os médicos estavam me tratando, eles diagnosticaram um coração hipertrófico. Um coração aumentado. Isso é comum em atletas, ainda mais nos mais esforçados. Eu não compito mais, mas continuo jogando muito. Então havia pelo menos uma razão para que eu desenvolvesse o problema. Mas, quando eles disseram que podia ser hereditário, eu percebi que não era o único envolvido. Eu tinha cinco anos quando meu pai morreu. Ele tinha 41. Teve um infarto.

— Causado por um coração aumentado? — pergunto eu. Eu ainda estou um pouco incrédula, mas estou começando a me envolver. Se isso é um golpe, é uma tática nova.

— Nós não sabemos. Mas, se eu herdei o problema dele, havia uma chance de que os meus filhos o tivessem herdado de mim. E acabamos descobrindo que a minha filha mais nova também sofre disso. Ela tem 20 anos e joga vôlei na primeira divisão. Ela passa seis horas por dia na quadra. E não precisa mudar sua rotina, já que ela é assintomática, mas ela sabe em que sintomas precisa prestar atenção.

Eu permaneço na linha. Fico pensando que ele tem algum pedido especial, algo para ajudar a sua filha.

Em vez disso, ele diz:

— Quando descobri que ela sofria do mesmo mal, eu cheguei à conclusão de que precisava te procurar. Eu nem sabia o seu nome, mas com um pouco de pesquisa consegui encontrá-la. E QUE *surpresa! Você é uma corredora de prestígio. Mas isso quer dizer que você está correndo um risco.*

Eu não estou correndo risco nenhum, penso eu, já que a alegação dele é absurda.

— Bem, obrigada pelo aviso — digo cordialmente.

E estou prestes a desligar quando a voz dele continua, em tom de urgência:

— Se eu fosse você, também não acreditaria em mim. Um cara liga para você do nada, dizendo ser seu pai biológico. Mas aqui está o meu número. Você pode anotar?

— Claro. — Eu começo a sacudir as pernas novamente enquanto ele diz o número. Ele repete duas vezes.

— Anotou?

— Aham.

Ele suspira.

— Ok. Você provavelmente não anotou, mas ele estará gravado no seu telefone. Cheque o diretório. Peter Santorum. Ou procure a polícia. Peça a eles que chequem a minha ficha. Se ainda assim você não acreditar em mim, vá ao médico. Se ele disser que você está perfeitamente saudável, esqueça que eu liguei. Mas fica atenta. Se você sentir tontura ou falta de ar, procure ajuda. Por favor.

— Está bem — digo eu, e dessa vez desligo. Eu espero que ele ligue de novo. Um lunático faria isso. De qualquer maneira, preciso trocar o meu número.

Ele não liga. Eu espero dez minutos, o máximo de tempo que eu me disponho a gastar com um maluco. Então corro meus treze km, mas fico me perguntando o tempo todo se ele acha que acreditei nele. Charlie Snow é o homem mais honrado que eu conheço. Se eu não sou filha dele, existe algo de seriamente errado com o mundo.

Correr esfria a minha cabeça. Quando volto para casa, checo o telefone e descubro que ele não ligou de novo, embora eu esteja começando a imaginar que, seja quem for, ele está dando de ombros e dizendo "Bem, eu avisei. É tudo o que eu posso fazer."

Eu fico decepcionada.

Ele está certo. O número dele está registrado no meu telefone. Sinto-me tentada a ligar para ele, mas, se isso é um golpe, eu vou cair que nem um patinho.

Eu faço uma busca no Google por Peter Santorum. Inacreditável. Se o cara que me ligou é um impostor, ele escolheu imitar uma pessoa com visibilidade. Peter Santorum mora na Califórnia, o que coincide com o código de área. Eu anoto o número dele no meu celular. Afinal de contas, acho que preciso de um registro, caso eu decida chamar a polícia. Pelo que sei, ele é um lunático.

Eu olho para a foto dele e não vejo nenhuma semelhança. Mas tampouco me pareço com o meu pai. A minha mãe sempre diz que eu me pareço com a tia Rose. Para me certificar, pego a minha velha caixa de fotografias. Ali está ela, a tia Rose. Nós temos o mesmo bico de viúva, as mesmas sobrancelhas grossas, o mesmo queixo afilado. A semelhança é extraordinária.

Não é possível que ele esteja certo. Eu tenho essas fotos para provar. Fotos de família, férias, datas marcantes — há uma vida inteira nessa caixa. Minha mãe não me deixaria acreditar que sou filha de Charlie se isso não fosse verdade. Eu tenho TRINTA ANOS, *pelo amor de Deus. Já tenho idade suficiente para saber a verdade.*

Mas ele não parecia um desvairado. Então procuro a filha dele na internet. Ela tem vinte anos. Ela joga vôlei pela Universidade Penn State, que faz parte da primeira divisão. Então essa parte da história é verdadeira. E uma coisa que ele não disse, e que eu encontro na biografia da filha dele. A tia dela — a irmã dele *— é Debra Howe. Eu reconheço o nome mesmo antes de checar. Ela foi uma das primeiras mulheres a correr na maratona de Boston.*

Há algo em Peter Santorum que me parece legítimo. Ele não aparentou ter um ar de superioridade. E parecia um pouco nervoso, mas isso não seria apropriado se ele estivesse falando com sua filha biológica pela primeira vez? Ele nem aparentava estar ansioso para ligar. Só parecia querer fazer a coisa certa. Ele não pediu nada, só me advertiu.

Estou tendo dificuldade de absorver isso. Se você não é quem pensava ser, QUEM É *você?*

Existe uma forma fácil de descobrir. Eu posso perguntar ao meu pai. Posso perguntar à minha mãe. Mas será que eles me diriam a verdade depois de todo esse tempo? Será que o meu pai SABE*?*

Então percebo que há uma maneira mais fácil de descobrir. Eu ligo para a minha médica. Ela me consulta no dia seguinte e tira raios X, mas os re-

sultados são inconclusivos. Então ela me encaminha para um cardiologista, que faz um ecocardiograma. E adivinhe?

Eu fico chocada, mas só um pouco, ao descobrir algo que pode me matar. Fico chocada ao descobrir que alguém que eu não conheço pode ter sido o homem que me deu a vida. E assim penso na fada de Nana e me pergunto se poderia ter sido uma coincidência que esse homem e eu tivéssemos o mesmo problema.

O meu caso não é grave. Eles não receitam nenhum remédio, mas me alertam sobre todos os sintomas. Legal. Eles me aconselham a não me esforçar demais, mas não me dizem que não posso correr em maratonas. E isso é bom. É meu corpo, minha vida, e eu quero correr.

Eu ainda não contei nada à mamãe sobre o coração. Eu ainda não consigo.

E eu tampouco consigo perguntar a ela sobre Peter. Eu sinto que ela talvez minta. E então eu não vou ser capaz de acreditar em MAIS NADA *do que ela falar.*

Já se passou uma semana e ele não ligou mais.

Às vezes me pergunto como deve ser a vida dele e se nós nos daríamos bem se nos conhecêssemos. Às vezes, penso em ligar para ele. Ou eu poderia simplesmente aparecer na porta dele. Ele é dono de uma rede de escolas de tênis de elite. Eu sei onde encontrá-lo.

Mas então acho que estou sendo desleal com o papai — com Charlie — simplesmente por considerar a possibilidade.

Mas e se eu não contasse a ninguém que estava indo? E se isso fosse o meu segredo? Afinal, se o sujeito é meu pai biológico, eu quero conhecê-lo. E se eu pudesse criar uma vida totalmente diferente, como um universo paralelo?

Por ora, é um sonho. É arriscado demais. E talvez eu esteja sendo rancorosa. Estou tentando me ajustar à ideia de um coração doente e um pai diferente, e eu começo a ficar IRADA. *Eu acho que não vou contar nada à mamãe sobre o meu coração. Se ela pode esconder o nome do meu pai, eu também posso esconder algumas coisas dela. É o meu corpo, o meu coração, a minha vida.*

* * *

Molly não sentiu raiva quando terminou de ler o diário. Ela só não conseguia acreditar que aquilo fosse verdade. A ideia de Robin ser filha de um outro homem era ridícula. Ela era uma Snow. Sempre *fora* uma Snow. Além disso, a probabilidade de que Kathryn tivesse guardado um segredo tão monumental por tanto tempo era muito pequena.

O problema era que Robin parecia acreditar.

Precisando de alguma prova de que a história não fosse verdadeira, Molly foi até o quarto de Robin e pegou a caixa de fotografias junto às tralhas que ainda estavam no fundo do closet. Sentada na cama, abriu a caixa e começou a olhar as fotos. Robin estava certa. Ali estava toda uma vida, assim como as fotografias da tia Rose com seu rosto em formato de coração, tão parecida com Robin. Isso teria sido conveniente para Kathryn.

Ainda assim, Molly não estava com raiva. Contudo, sentiu-se ameaçada. Alguém estava dizendo que tudo o que ela havia sido criada para acreditar estava baseado numa presunção falsa. Robin estava certa. *Se você não era quem achava que era, quem era?* Molly havia se perguntado a mesma coisa mais de uma vez nos últimos dias.

A vida que ela havia conhecido estava desmoronando.

Apegando-se ao que lhe era familiar, Molly dormiu com a caixa — na verdade a deixou sobre a cama, sua mão tocando o couro áspero. Seu primeiro pensamento quando acordou foi que ela precisava compartilhar as fotos com a avó, mas era cedo demais para ir à casa de repouso. Entretanto, ela não conseguiria voltar a dormir.

Ela tomou um banho e dessa vez vestiu uma túnica sobre leggings que iam até as panturrilhas. Penteando o cabelo, prendeu-o com a presilha que Robin lhe trouxera do Egito e foi para Snow Hill.

O carro de Chris estava no estacionamento. Preocupada, Molly foi até a sala dele. Ele estava sentado em sua cadeira de couro alta, a cabeça recostada, os olhos cansados.

— Você passou a noite aqui? — perguntou ela.

Ele levantou um dos ombros. Sim.

— Eu perguntaria o que houve, mas essa seria uma pergunta idiota. Chris, o nome Peter Santorum significa alguma coisa para você?

Ele parecia surpreso.

— Eu deveria saber?

— Não, não. Eu só queria saber. — E então ela saiu da sala antes que ele pudesse perguntar por quê.

Quatro dias atrás, talvez ela tivesse contado tudo sem nem pensar, mas agora parecia mais prudente esperar.

A estufa ajudou. Não havia nenhum sentimento de perda ali, mas sim uma atmosfera de renovação que brotava todos os dias ao alvorecer.

A casa de repouso era outra história. Por mais agradável que parecesse, havia uma tristeza ali. Os carros dos mesmos visitantes no estacionamento. Quando um carro parava de vir, isso significava que alguém tinha morrido.

Sua avó estava terminando de tomar café no pequeno refeitório do terceiro andar. Inclinando-se sobre o ombro de Nana, Molly a abraçou.

Marjorie olhou para cima, surpresa.

— Olá.

— Sou eu, Nana. Molly. Parece que a senhora já terminou de comer. Podemos passear um pouco?

Ela ajudou a avó a se levantar e, enfiando o cotovelo sob o braço frágil de Nana, a conduziu para fora. Thomas estava olhando da mesa ao lado, mas Marjorie pareceu não notar. O dia mal tinha começado; ela ainda não o havia encontrado.

Molly falava com suavidade enquanto as duas andavam pelo corredor:

— A senhora está bonita hoje, Nana. Esse suéter é aquele que a mamãe te deu de aniversário? — Era uma peça azul-bebê de tricô fino. Como Marjorie não respondeu, Molly continuou: — A senhora dormiu bem?

Então, quando elas chegaram ao solário, a avó observou:

— Que dia *lindo*.

As janelas estavam abertas. O ar tinha um aroma de outono.

Molly acomodou Marjorie numa cadeira de vime com almofadas coloridas e puxou outra cadeira para perto da avó. Então inclinou-se para frente e segurou as mãos de Nana.

— Então, Nana — começou ela —, isso é muito, muito importante. Eu vou dizer um nome. Eu quero que a senhora me diga se ele parece familiar para você. — Ela ficou olhando para os olhos de Marjorie. — Peter Santorum

— Não houve nenhuma fagulha de reconhecimento. — Peter. Santorum. O nome faz soar algum alarme?

Marjorie se virou, assustada.

— Alarme? Eu... eu não ouvi nada.

— Não, Nana. Não tem nenhum alarme. — Ela tentou novamente. — A senhora já ouviu falar de um homem chamado Peter Santorum?

Marjorie inclinou a cabeça, mas seus olhos não diziam nada. Segundos depois, eles se voltaram para a túnica de Molly.

— Que cor bonita.

— É lilás, sua cor favorita. Mas isso é importante, Nana. A sua filha se chama Kathryn. Ela namorou algum Peter Santorum? Ele jogava tênis.

A avó franziu o cenho.

— Eu estava correndo. — Seus olhos se abrilhantaram — Eu ganhei?

Molly não se assustou com a confusão de Marjorie. Ela já havia visto a avó fazer aquilo muitas vezes. Marjorie estava tirando uma lembrança do armário bagunçado que era sua mente, e, no meio desse processo, pensava que a lembrança se aplicava a ela própria. Assim como os neurônios em seu cérebro, aquelas memórias estavam todas misturadas.

Nana não estava assimilando o nome de Peter.

Molly tentou uma abordagem diferente:

— A senhora tem uma neta chamada Robin. Quem é o pai de Robin? — Uma luz se acendeu, mas só na cabeça de Molly. — A última vez que eu estive aqui, a senhora disse que os *robins* vêm cedo. A sua Robin nasceu cedo?

Marjorie parecia preocupada.

— Eu não sei se eu terminei. Eu... eu não me lembro.

Para amenizar a atmosfera, Molly retirou a caixa da bolsa e pegou uma foto de Robin. Havia outras fotografias no quarto de Marjorie, mas aquela era recente.

— Aqui está ela. A senhora se lembra dela, Nana?

Marjorie examinou a foto.

— Ela terminou?

— Terminou, sim — disse Molly tentando animá-la, embora sentisse um incômodo por dentro. A avó estava se referindo a uma corrida imaginária. *Qualquer* corrida. Certamente não à própria vida, e essa era a mais crucial no momento.

Tirando uma segunda foto da caixa, Molly disse:

— Essa é a Kathryn. Robin é filha dela. — Marjorie ficou olhando para a foto. Molly colocou as duas fotos lado a lado. — Kathryn e a Robin. O pai da Robin é Peter Santorum, Nana?

Marjorie ficou olhando de uma foto para a outra.

— É muito importante, Nana — disse Molly, intensificando a pressão. — Eu preciso saber se esse homem está falando a verdade, e a senhora sabe. A senhora é a mãe da Kathryn. Ela teria te contado se estivesse grávida antes de se casar. *Pense*, Nana. Se eu algum dia eu lhe fiz uma pergunta importante, esse dia é hoje.

Marjorie fitou Molly com os olhos preocupados.

Levantando-se da cadeira, Molly segurou o rosto da avó. Ela foi gentil, mas estava desesperada.

— Eu preciso saber, Nana. *Pense*.

Os olhos da mulher mais velha se encheram de lágrimas.

— Eu... eu devia ter participado da corrida.

Ela começou a chorar.

Molly ficou arrasada. Deu um abraço em Marjorie. Lamentava ter pressionado a avó, lamentava ter alimentado suas expectativas quanto à avó, lamentava porque, se algo assim tão chocante não havia sacudido a memória da mulher, nada mais seria.

Naquele momento, ela foi impactada por algo que ultrapassava o mero entendimento intelectual da doença da avó. Molly sabia o que o Alzheimer queria dizer, havia usado a palavra diversas vezes, mas, pela primeira vez, seu significado era visceral. A mente de Marjorie havia se deteriorado além de qualquer possibilidade de recuperação, levando junto grande parte do passado de Molly. A perda era avassaladora.

Ela se perguntou se era isso que sua mãe sentia e se era por isso que não conseguia visitar Nana. Thomas era uma desculpa. A verdadeira razão era a dor da perda.

Molly tampouco queria sentir isso, mas ela não podia fechar os olhos e virar as costas. Isso seria abandonar alguém que ela amava. A avó dela a consolara mais vezes do que ela podia se lembrar. Agora o jogo havia virado, e era Molly quem precisava consolar.

O segredo, percebeu Molly enquanto segurava a avó nos braços, era seguir em frente. O passado estava perdido. Ela jamais o teria de volta. Ali estava uma nova realidade.

Por mais triste que fosse, aquilo trazia paz.

Molly queria compartilhar essa descoberta com a mãe. Seguir em frente não era uma traição, mas uma forma pura de amor. Mas seguir em frente implicava aceitar a realidade, e, no caso da vida de Robin, a realidade não incluía Peter Santorum? Aquela pergunta teria que ser respondida.

Capítulo 14

Kathryn deitou a cabeça ao lado da mão de Robin. Ela não tinha nenhuma energia — não conseguia pensar, não conseguia descer para almoçar, não conseguia falar ao telefone. Ela mal conseguia se lembrar do quanto sua vida era atarefada quatro dias antes. No que se referia à Snow Hill, ela simplesmente não se importava.

Charlie tocou a cabeça dela. E Kathryn se esforçou para abrir os olhos.

— Ei — sussurrou ele.

Ela tentou saudá-lo com um sorriso, mas não conseguiu.

— Você quer alguma coisa? — perguntou ele.

Ela indicou com a cabeça que não.

— O que você acha de ir para casa por um tempinho?

Ela repetiu o gesto e fechou os olhos.

— Isso não é bom, Kath — disse ele, brando. — Você não deveria ficar aqui o dia todo. Não é saudável. Não é saudável nem para cabeça e nem para o corpo. Você não dorme direito há quatro dias.

— Eu não consigo dormir.

— Então está na hora de conversar com alguém. Um terapeuta? Um padre? Um pastor? Você é quem sabe.

— Quem sabe amanhã — sussurrou ela com a voz cansada.

— Qual deles?

— Eu te aviso.

— A mamãe está bem? — perguntou Molly da porta.

Charlie respondeu:

— Ela está chateada. Isso vai passar. Entre, querida. Talvez se você conversar com ela, consiga ajudar. Ela está sentindo pena de si mesma.

Kathryn não se deixou instigar.

— E com razão — murmurou ela, virando o rosto para o outro lado. — Tente outra vez.

Por um minuto, todos ficaram em silêncio. Então, aproximando-se da mãe pelas costas, Molly disse:

— Peter Santorum.

O nome pegou Kathryn de surpresa. Ela abriu os olhos. Levantando a cabeça, olhou para a filha mais nova.

— O que você disse?

— Quem é ele? — perguntou Molly.

Kathryn olhou de relance para Charlie, mas ele parecia tão surpreso quanto ela. E Molly ficou esperando com uma expressão determinada no rosto.

— Onde você ouviu esse nome? — perguntou Kathryn.

— Eu li no computador da Robin.

— Onde ela o ouviu?

— Ele ligou para ela. Ele descobriu que tinha um problema de saúde hereditário. Um coração aumentado. E queria alertá-la.

Os pensamentos de Kathryn começaram a ficar confusos. Ela se esforçou para organizá-los.

— Quando foi isso?

— Fez um ano na primavera.

Um ano e meio atrás. E Robin não havia dito nada? Sentindo uma pontada de derrota, Kathryn fechou os olhos. De repente os anos evaporaram e ela estava de volta onde tudo começara.

Quando conheceu Peter Santorum, não estava pensando em ter um filho. Ela tinha vinte e dois anos, acabara de se formar e estava trabalhando numa floricultura no centro de Boston. Seu trabalho consistia em criar arranjos florais para alguns dos melhores hotéis e restaurantes da cidade.

Peter era jogador de tênis e estava na cidade para o campeonato de tênis U.S. Pro, em Longwood. Ele costumava ir ao bar do Ritz nas horas vagas. Impressionado com o arranjo de Kathryn na recepção do hotel, ele foi até a loja para comprar um buquê de flores para a sua conquista mais recente. Ele e Kathryn começaram a conversar e então saíram para tomar um drinque. Uma coisa levou à outra, até que Kathryn *se tornou* a conquista mais recente dele.

O romance durou uma noite. Quando ela descobriu que estava grávida, procurou o telefone dele no cadastro da floricultura e tentou contatá-lo. Passar pelos agentes dele não foi fácil; afinal, ela era uma ninguém. E também nem sabia por que estava ligando. Eles não tinham muito em comum. Ele adorava multidões; ela adorava flores. Ele gostava da estrada; ela, de ficar em casa. Talvez uma pequena parte dela esperasse que ele não tivesse conseguido esquecê-la e que ele só estivesse solteiro por ainda não ter encontrado a garota certa.

Para ser justo com ele, ele não tentou negar seu papel na concepção de Robin. Mas ele também não ficou feliz.

— Se você está ligando porque quer dinheiro — disse ele em voz branda —, eu pago. Nós podemos fazer um tipo de acordo legal, mas eu não posso me comprometer. Eu tenho outros planos no momento.

Ele não chegou muito longe no circuito profissional, embora tenha estabelecido uma escola de tênis lucrativa, com filiais em diversas cidades. Entretanto, nem por um minuto, Kathryn se arrependeu de ter recusado a oferta dele. Ela tinha orgulho, e ela tinha uma carreira. E também pais que a apoiavam.

Então ela conheceu Charlie. Como Peter, ele simplesmente entrou na floricultura um dia, mas as semelhanças terminaram aí. Charlie não estava comprando flores para uma namorada, e sim, para a secretária dele como uma forma de agradecimento por ela tornar a vida dele menos miserável. Foi uma cantada poderosa, feita com um sorriso tão cativante que eles começaram a conversar. Mas não foram direto para a cama. Nos próximos três dias, Charlie arrumou algum pretexto para ir à loja. Então desistiu de fingir e começou a ir lá só para ver Kathryn. Diretor de marketing de uma rede bancária local, ele dizia que a floricultura era seu oásis das pressões do trabalho. Eles conversavam sobre flores e sobre o trabalho dele. Como ele já gostava muito de plantas, fazia um monte de perguntas.

Passou-se uma semana antes que ele tomasse coragem — palavras usadas por ele numa confissão posterior — para convidá-la para sair, ocasião em que ela lhe contou que estava grávida. Ele ficou apreensivo por um momento — outra confissão posterior —, perguntando-se se ela estava à procura de uma alma gêmea ou de um pai para sua filha, antes de decidir que Kathryn valia a pena de um jeito ou de outro. Quando ele simplesmente voltou e perguntou que tipo de comida lhe caía melhor, ela soube que ele era o tipo de homem com quem queria passar o resto da vida.

A partir daquele momento, a vida deles se tornou um empreendimento a dois. Eles viajaram juntos na semana seguinte e, depois de procurarem locais como só uma florista e um marqueteiro faziam, se mudaram para Vermont e abriram a Snow Hill. Quando Robin chegou sete semanas antes do tempo, ninguém levantou as sobrancelhas em suspeita.

Kathryn havia pensado em Peter Santorum tão raramente ao longo dos anos que era como se ele não existisse. Presumira que as coisas sempre seriam assim. Ela tinha tudo o que queria sem ele. *Robin* tinha tudo o que queria sem ele — tudo, exceto, talvez, um coração saudável.

— Então é verdade — disse Molly, já que o fluxo de emoções no rosto da mãe, a culpa não sendo a menor delas, não deixou dúvidas.

Kathryn olhou novamente para Charlie antes de assentir, mas aquele breve olhar revelou outra coisa a Molly.

— Você sabia? — perguntou ela ao pai, incrédula.

— Sim.

— Ela *traiu* o senhor?

— Não. Sua mãe estava grávida quando a gente se conheceu.

O que queria dizer que Charlie também havia mantido segredo todos aqueles anos. De repente, pequenas coisas passaram a fazer sentido, como a forma como ele deu de ombros e pareceu confuso quando Molly mencionou o coração aumentado pela primeira vez, e como o pai arqueou as sobrancelhas com uma expressão de perplexidade quando Molly revelou o que Robin tinha dito à sua médica. Ele nunca havia mentido de fato. Entretanto, tampouco havia contado toda a verdade.

Molly se sentiu completamente desorientada.

— Você é o *meu* pai? — perguntou ela, porque qualquer coisa parecia possível agora. Charlie lhe lançou um olhar de censura. — Eu preciso ouvir essas palavras.

— Eu sou o seu pai. E o pai de Chris. Sua mãe esteve com Peter Santorum só uma vez. Robin foi fruto disso.

— A Robin é só minha meia-irmã, então.

— Não existe nada de *só* nisso — disse Charlie. — A origem biológica dela não pode mudar trinta e dois anos.

Mas Molly estava abalada.

— O Chris sabe disso?

— Não, a menos que você tenha contado.

— Mas, se isso não tivesse acontecido, o senhor não teria contado a ele? E se Peter não tivesse ligado para Robin, ela teria sabido?

Ela se voltou para a mãe, pronta para discutir sobre honestidade e verdade — sobre *justiça* —, mas Kathryn estava olhando para Robin.

— Ela deve ter me odiado — disse ela, parecendo arrasada.

Pelo menos estava falando, percebeu Molly. Se levantar a questão de Peter tivesse chocado a mãe a ponto de trazê-la de volta à vida, aquilo não podia ser de todo mal.

— Se você tivesse contado pra gente quando éramos crianças, a gente entenderia.

Kathryn falava em tom de súplica:

— Eu não podia, Molly. As coisas eram diferentes quando Robin nasceu... ou talvez fosse eu e os valores com os quais eu cresci. A gente vivia um estigma. Então os anos se passaram, e a cada ano ficava mais difícil contar. Pode me chamar de covarde, mas eu sou humana. Robin soube disso por dezoito meses e ela também não te contou. O que isso quer dizer?

Molly ainda não havia pensado nisso.

— Talvez ela estivesse envergonhada. Talvez tivesse medo de que eu não fizesse mais as coisas para ela se eu soubesse que era apenas minha meia-irmã. Eu não sei, mãe. O que ela disse foi que tinha medo de que a senhora não dissesse a verdade se ela te perguntasse.

— Não dissesse a verdade? — ecoou Kathryn. — Ela já tinha se decidido? Eu posso ver o que ela escreveu?

— Eu não trouxe.

Tratava-se de uma pequena mentira no panorama mais amplo das coisas. O CD estava no computador dela, que estava no carro. Essa era a conexão dela com a irmã agora, e ainda havia os outros arquivos para ler.

— Você pode buscar em casa?

Mas Molly tinha algumas perguntas.

— Peter Santorum sugeriu que ele era um jogador de tênis famoso. Eu nunca nem ouvi falar dele.

Kathryn deu um sorriso cansado.

— Se você gostasse de tênis, você teria ouvido. Ele foi um dos melhores por algum tempo, pouco antes de você nascer.

— Era por isso que a senhora pressionava Robin para que ela se dedicasse aos esportes?

— Sua mãe não a pressionava — disse Charlie. — Robin pressionava a si mesma.

Mas Molly havia visto demais, sentada nos bastidores durante todos aqueles anos, testemunhando o quanto a mãe investia na filha.

Kathryn parecia chocada.

— Eu queria que ela brilhasse.

— Porque ela era ilegítima?

— Ela não era ilegítima. Eu já era casada quando ela nasceu.

Uma tecnicalidade, pensou Molly, mas de repente se lembrou das dezenas de conversas sobre sexo em que a mãe ressaltara a abstinência em vez da indulgência. E ela acabara de descobrir que sua mãe ultra-antiquada havia engravidado enquanto ainda era solteira?

— A senhora *não* usou nenhum contraceptivo?

— Eu não pensei — disse Kathryn num tom envergonhado, mas Molly não parou. Lembrou-se da avó, que Kathryn havia criticado por andar de mãos dadas com um homem. *De mãos dadas.*

— Faça o que eu digo, mas não faça o que eu faço? Que coisa feia, mãe. A senhora amava ele?

— Foi só uma vez.

— Mas você sabia quem ele era antes disso. A senhora tinha uma quedinha por ele?

— Não. Foi do nada. Ele era carismático. E eu era jovem.

— Ele disse a Robin que você ligou para ele quando descobriu que estava grávida. Ele pediu que a senhora fizesse um aborto?

— Não, mas eu não o teria feito, mesmo que ele tivesse pedido. Ser mãe solteira não era algo comum na época e eu não tinha muito dinheiro. Mas eu queria o bebê. Eu decidi que faria o que fosse preciso.

— Então a senhora se casou com o papai — concluiu Molly, com raiva pelo pai, mas também com raiva *dele*. Ele ficou ali parado, em silêncio; um hábito que ele talvez tivesse tido no passado, certamente agora. Ele com certeza tinha alguma opinião sobre o assunto.

— Eu me casei com o seu pai porque o amava — respondeu Kathryn. — E ele amou Robin desde o início. Ele nunca favoreceu você ou Chris.

— Você favoreceu a Robin. A senhora gastava toda a sua energia com ela.

Kathryn baixou a cabeça e por um segundo Molly se arrependeu da acusação. Robin estava sendo mantida viva por aparelhos. Numa questão de horas, dias ou semanas, ela estaria morta. Aquele não era o momento para acusações, ainda mais se estas fossem provocadas por ciúmes. Mas ela estava abalada demais para se controlar.

Levantando a cabeça, Kathryn suspirou.

— Talvez eu sentisse que ela tinha uma desvantagem. Que eu precisava dar algo a mais para compensar isso. Talvez eu achasse que você e Chris eram naturalmente mais fortes.

— Mais fortes? — Molly estava chocada. — Você deve estar de brincadeira. Robin sempre foi a mais forte, sempre foi a melhor. Era ela que lhe proporcionava mais satisfação. Era ela que te deixava orgulhosa.

— Você me deixa orgulhosa.

— *Mãe* — protestou Molly. — A Robin *vence*. Se ela tivesse chegado às olimpíadas, teria ganhado a medalha de *ouro*.

As palavras pairam no ar, uma esperança que jamais se concretizaria. Robin não iria às olimpíadas. Ela não iria no ano seguinte. Não iria nunca. A tragédia dessa constatação partiu o coração de Molly, e ela se sentiu sufocada. Precisando de ar, saiu para o corredor. Estava inclinada com as mãos nos joelhos quando seu pai se juntou a ela. Ele massageou o pescoço dela até que recuperasse a compostura e se endireitasse.

Desnorteada, ela perguntou:

— Como foi que as coisas ficaram tão ruins tão depressa? Nossa vida foi construída sobre um castelo de cartas?

— Não, querida. Na verdade nós temos sorte. A maioria das famílias enfrentam crises mais cedo e com maior frequência.

E em meio a tudo aquilo, ele permaneceu calmo. Ela o fitou. Bem, ele estava pálido. Mas definitivamente calmo.

— E o senhor se sente confortável com isso? — perguntou ela.

— Sabendo que Robin não é minha filha biológica? Isso nunca fez a menor diferença.

— Porque o senhor sabia desde o começo. — Ele assentiu. — Você já quis conversar com a Robin sobre isso?

— Isso não cabia a mim. Eu fiz o que a sua mãe queria.

— Mas alguma vez você discordou dela quanto a isso? E se Robin tivesse chegado às Olimpíadas? O senhor chegou a pensar que talvez Peter quisesse assisti-la? — Ele deu de ombros, indicando que talvez sim. — O senhor teria ligado para ele para avisá-lo?

— Sua mãe teria que fazer isso.

— Ela não faria isso. E se a Robin quisesse isso?

— Robin teria que ligar.

— E se ela realmente o quisesse aqui, mas estivesse com medo de chatear a mamãe? — perguntou Molly. — E agora? O senhor acha que alguém deveria contar a ele o que aconteceu?

— Sua mãe fará isso se ela achar que é a coisa certa.

— O que o senhor acha?

— Eu acho que a sua mãe deve decidir.

— Mas e o que a Robin quer? — perguntou Molly, frustrada.

Quando Charlie simplesmente fez que não com a cabeça, ela disse:

— Eu fui visitar a Nana. Eu achava que tinha tudo isso resolvido... essa coisa de aceitar e seguir em frente. Nana não vai se lembrar do passado. Eu aceito isso. Eu estou em paz com isso. Nada mais de "e se". Precisamos seguir em frente. Com Robin, é mais difícil. Eu quero aceitar. Eu quero seguir em frente. Mas sempre que eu acho que acabou, chega uma novidade. Quando é que vai acabar?

* * *

Kathryn olhou para cima quando Charlie voltou para o quarto. Ela gesticulou na direção de Robin.

— Ela sabia. Todos esses meses... Como foi que eu não percebi isso? Ela não teria ficado com raiva? Tensa? Ou talvez feito alguma pergunta estranha? Eu estou tentando me lembrar, mas juro que não notei nada. Será que eu estava obcecada demais com todas as outras coisas e não vi?

— Se você não viu isso, é porque ela não demonstrou.

— Como ela pôde esconder algo assim? Ela deve ter ficado furiosa comigo. Eu nunca imaginei que ela fosse descobrir dessa forma. — Ela fez um gesto com a mão, tentando se explicar. — Essa era uma questão tão irrelevante à nossa vida cotidiana. Eu teria contado em algum momento, talvez se ela estivesse noiva, ou grávida. Charlie, por que ele não *me* ligou primeiro?

— Ela tinha trinta anos, Kathryn. Ela era uma mulher adulta.

— Mas eu sou mãe dela.

— Uma *mulher adulta*.

Kathryn deu ouvidos ao marido dessa vez. Inclinando-se para frente, tocou o rosto de Robin.

— Me desculpa, filha — sussurrou ela debulhando-se em lágrimas que cobriam os traços pálidos de Robin. — Você nunca deveria ter que lidar com isso sozinha. Eu errei. — Pegando o lenço de papel que Charlie lhe ofereceu, ela enxugou os olhos. Com a próxima respiração, a exaustão retornou; mas não se tratava da letargia debilitante de antes. Dessa vez seu corpo estava implorando por sono.

Mas primeiro ela perguntou:

— Como a Molly está?

— Ela vai ficar bem. Ela tem a cabeça no lugar. No momento, ela é a representante de Robin.

— E Chris? Nós devemos contar a ele?

— Deixa que eu conto — ofereceu ele.

Kathryn ficou grata. Ela achava que não teria forças.

— Isso não vai te colocar numa posição delicada?

— Como o pai que não foi? — censurou ele, tranquilo. — Por favor, Kathryn. Você sabe que isso é uma bobagem. Eu nunca me importei com isso.

Verdade. Ele nunca havia se importado. Nunca.

— O problema fui eu — disse ela com resignação. — Ser mãe é algo precário. Você tenta fazer a coisa certa, você acha que fez, e então bum! — Os olhos dela se voltaram para Robin. — Eu não sei o que fazer, Charlie.

— O tempo vai ser nosso amigo.

Ela suspirou.

— Quanto tempo?

Por que eu odeio a minha mãe. Molly estava intrigada. Olhar para Kathryn e Robin juntas era ver duas pessoas em perfeita sintonia. Molly era quem alternava entre o amor e o ódio, não Robin. *Por que eu odeio a minha mãe?*

Com o laptop em cima de uma mesinha no pátio do hospital, Molly abriu o arquivo. Ele havia sido escrito vários meses depois que Robin descobriu sobre Peter Santorum.

Isso é novo. Se você tivesse me perguntado dois meses atrás, eu teria dito que eu AMO *a minha mãe — por que não? Ela sempre me apoiou em absolutamente tudo. Eu sempre achei que ela fosse minha melhor amiga.*

Mas melhores amigas não mentem uma para a outra sobre os assuntos mais básicos da vida. Bem, talvez ela não tenha mentido. Eu nunca perguntei se o meu pai era de fato o meu pai — por que eu FARIA *isso? Mas é uma coisa interessante a ser considerada. E se eu tivesse perguntado? Será que ela teria dito a verdade? Não. A verdade teria sido uma distração, e ela me queria focada.*

— É assim que você consegue as coisas — ela vivia dizendo. — Com foco. Seja excelente em alguma coisa especial. Não deixe que outros pensamentos distraiam você, afastando-a do seu objetivo.

Então eu não perguntei — e ela não mentiu, não exatamente. Mas também não ofereceu a verdade, e, POR FAVOR, *o fato de que isso seria uma distração não é uma desculpa aceitável. Uma pessoa tem o direito de saber quem é seu pai. Será que a mamãe achou que eu não conseguiria lidar com isso? Será que achou que eu era tão frágil que isso me deixaria aos pedaços? Será que ela achou que eu não amaria tanto o papai? Será que pensou que eu não ia mais querer ficar perto do Chris e da Molly? Como se eu tivesse outro lugar para ir... Como se esse meu pai estivesse me ligando e mandando presentes e querendo que eu fizesse parte da vida dele...*

É. Eu acho que a minha mãe estava com medo de tudo isso. Porque ela não CONFIA *em mim. Por que outro motivo ela meteria o nariz em tudo o que faço? E eu deixo. Eu digo a mim mesma que é bom ter outra pessoa à frente do show. Eu simplesmente sigo o fluxo. Quer dizer, eu nunca fui tão inteligente quanto o Chris, nem tão confiável quanto a Molly. Talvez eu não fosse competente para gerenciar a minha própria vida.*

Mas talvez eu fosse. Eu nunca VOU SABER.

Eu só sei que: descobrir sobre Peter Santorum muda a forma como eu vejo as coisas. Como os esportes. Uma das razões por que as pessoas acham que eu sou tão incrível é que eu venho de uma família que não é atlética — como se eu tivesse saído do ventre com esse talento inacreditavelmente acidental.

AHA! *Na verdade meu pai biológico é um atleta. Uma meia-irmã também é. E minha tia é corredora. Isso me torna menos prodigiosa.*

Molly fez uma pausa. Ela se lembrou de uma conversa em que Robin lhe perguntara se Charlie poderia ter sido um bom jogador de golfe — um *ótimo* jogador de golfe, ela disse, na verdade — se ele jogasse com mais regularidade. *Você não acha estranho*, perguntou ela, *que eu seja a única atleta na família?* Molly vira isso como uma discussão puramente filosófica, instigada pela viagem de Charlie e Kathryn para assistir ao campeonato nacional de golfe em Pebble Beach, em janeiro. Será que Molly deveria ter visto isso como um sinal?

Eu tenho habilidades atléticas graças a Peter. Na verdade eu também ganhei um coração doente dele. Eu tenho trinta anos, caramba. Eu não tenho o direito de saber o que herdei? Minha mãe guardou seus segredos, mas será que ela nunca pensou que eu gostaria de saber se eu tinha um histórico familiar de câncer na mama ou diabete ou CARDIOMIOPATIA HIPERTRÓFICA?

Descobrir quem eu sou muda a forma como eu vejo as coisas. A mamãe sempre diz que sou eu quem precisa impulsionar a minha carreira — o que isso quer dizer, impulsionar a minha carreira? O que impulsiona a minha carreira são expectativas e pressão. A MINHA MÃE *é a força por trás de ambas as coisas.*

Por que eu corro? Por que me pressiono? Por que eu quero ganhar? Eu o faço porque isso é tão importante para ela. E por quê? Talvez ela queira mostrar a ELE *o quanto* ELA *me fez ser boa.*

Eu odeio que ela tenha feito isso sem me contar. Eu me sinto uma FERRAMENTA *— como se a única coisa que ela escondesse de mim fosse o único fator que a move. Ela imagina o Peter vendo as matérias nas revistas* Sports Illustrated *e* People. *As duas publicaram fotos de nós juntas, e ela não mudou muito. Ela deve achar que ele vai calcular a minha idade e ligar as coisas. Ela quer que ele saiba que ela me criou melhor do que ele jamais poderia ter feito.*

Bem, e EU*? Eu não sou uma pessoa? A minha opinião não conta? Quem está vivendo minha vida afinal das contas — a mamãe ou eu?*

— Molly?

Assustada, olhou para cima. Nick estava lá, em pé do outro lado da mesinha, olhando para ela por cima do laptop. Como sempre, ele vestia uma camisa aberta na gola e uma calça social, mas o rosto estava pálido; seus olhos azuis, vazios. A arrogância que lhe era peculiar havia sumido, o que deveria tê-la deixado satisfeita. Mas ele era uma intrusão.

Fechando o notebook, ela cruzou as mãos.

— Você me odeia — concluiu ele depois de um minuto.

Ela demonstrou estar considerando a possibilidade.

— Quase.

— Desculpe.

Ela esperou.

— Já falou o que tinha para falar? Você quer voltar a ser amigos? Fala sério, Nick. Me engane uma vez, a culpa é sua, me engane duas, e a culpa é minha!

Era um dos ditados favoritos da avó dela. Pensar em Marjorie a acalmava.

— Me desculpa por ter te usado. Eu errei.

De novo, ela esperou. A sinceridade não era uma das virtudes dele. Mas ela tinha que admitir: ele estava com uma cara péssima. Mas Nick havia se divertido à custa dela antes.

— Eu amo a Robin. Eu deveria ter te falado isso. — Ele parecia nervoso. Tinha a mão na cintura sobre o telefone e tamborilava os dedos. — Quando você quer demais alguma coisa, você esquece que existe certo e errado. Eu queria que a Robin me visse. Eu queria que ela percebesse o que estava perdendo. Eu queria que ela soubesse que eu teria sido fiel a ela para sempre.

— E, por isso, você fingiu ser meu amigo para conseguir informações sobre ela? — explodiu Molly. — Você não imaginou que Robin *perceberia* isso?

Ele olhou para trás.

— Como eu disse, você esquece de que existe certo e errado.

Molly se lembrou do que havia acabado de ler... *como se a única coisa que ela escondesse de mim fosse o único fator que a move.* Havia paralelos ali. Nick parecia mais do que infeliz. Ele parecia estar sofrendo de verdade. Molly até se sentiu mal por ele... mas não o suficiente para ceder. Ela queria que ele abrisse o jogo. Ela devia isso a Robin.

— O que você quer? — perguntou ela em voz baixa.

Ele tamborilou os dedos novamente.

— Eu quero ver a Robin.

— Isso não é possível.

— Eu quero dizer a ela o que eu sinto.

— Ela não vai ouvir.

— Mas eu vou.

Mas Molly precisava proteger Robin. E Kathryn.

— Pode escrever. Eu leio para ela.

— Não seria a mesma coisa.

— Ninguém exceto a família pode vê-la, Nick. Você é um escritor. Outra pessoa talvez não conseguisse fazer isso, mas você consegue.

Ele abriu a boca, e então a fechou e olhou para o outro lado. Depois de um minuto, ele se virou e se afastou, assim como havia feito no estacionamento na terça à noite. Molly havia presumido que ele queria dar um telefonema, mas, se acreditasse no que ele disse agora, Nick simplesmente estava consumido pelo sofrimento.

Sozinha novamente, ela sentiu pena dele — e depois se sentiu uma idiota por sentir pena. Perguntou-se o que Robin teria dito. Abrindo novamente o laptop, clicou em *Por que minha irmã está errada.*

Molly é uma dessas pessoas que você tem vontade de acordar pra vida. Ela não consegue ver o que está debaixo do nariz dela.

Eu também não conseguia antes de tudo isso acontecer. Eu acreditei na farsa. Eu acreditei que a mamãe havia visto um talento em mim e estava me conduzindo à grandeza.

Eu estava ERRADA. *Ela sabia qual era o talento quando o viu. Ela tinha uma razão para me pressionar. Correr era a única coisa que eu sabia fazer. Eu havia herdado uma habilidade atlética. Eu não sabia fazer mais nada.*

*É aí que Molly entra. Ela me admira — sempre me admirou. Ela é como a minha pequena serva, uma extensão da mamãe, me ajudando. É bem verdade que ela consegue ser mais teimosa que tudo. E impulsiva. E ela não consegue correr nem um quilômetro —*NÃO CONSEGUE *—, embora ela já tenha me visto fazer isso o suficiente para* DOMINAR *as ferramentas motivacionais.*

Ela diz que eu sou uma estrela. Mas estrelas brilham e se apagam rapidamente, enquanto a Molly, ela é a boa. É estável. Ela se reinventa.

A mamãe não a valoriza como deveria, mas o que eu faria sem a Molly? Foi ela que encontrou a casa. É ela que deixa tudo em ordem. Ela paga as contas porque nós duas sabemos que eu nunca as pagaria em dia. Ela também toma conta de Snow Hill. Quando as pessoas de lá têm um problema, elas não me procuram. Elas procuram Molly. Eu tenho um título chique — diretora de eventos comunitários —, mas é a minha assistente que faz todo o trabalho. Ela é MUITO *melhor nisso do que eu. Foi por isso que a mamãe a contratou.*

Molly gosta de dizer que ela só entende da estufa — HA! *A mamãe depende dela. A respeita. A mamãe não fica controlando tudo o que* ELA *faz. Não fica ligando o tempo todo para ela para lembrá-la do que precisa ser feito porque ela* SABE *que Molly vai cuidar de tudo.*

Como é que a Molly não consegue VER *isso? Ela prefere pensar que é uma pessoa insignificante que não sabe fazer nada a não ser mexer com plantas. Talvez essa seja uma boa maneira de ver as coisas. Quando as expectativas são baixas, é fácil superá-las.*

Eu tenho inveja da Molly por isso. Ela é dona da própria vida. Eu, não. Eu estou no meio de um grande impasse. Talvez seja por causa da questão do coração. O que eu vou fazer se ele resolver se manifestar? Eles disseram que eu devo ficar atenta à falta de ar, mas durante uma maratona as únicas pessoas que não estão sentindo falta de ar são aquelas que estão ATRÁS DE TODO MUNDO. *E se eu não puder mais correr? É claro que posso ser uma treinadora, mas a única razão por que as pessoas me querem é porque eu sou uma ótima corredora.*

Cortina de fumaça. Meu pai usa essa expressão quando fala do trabalho que ele fazia antes de conhecer a mamãe. O marketing consiste em criar uma cortina de fumaça, diz ele, e é assim que me sinto. A minha irmã é real. Eu sou uma ilusão. A mamãe talvez não faça isso por mal, mas ela criou uma ilusão de que eu posso fazer qualquer coisa. Então existe outro tipo de expectativa, e quando eu não conseguir corresponder a isso, as pessoas vão ver a verdade — que eu só sei fazer UMA *coisa. Eu corro até a linha de chegada, e eu faço isso mais rápido do que todos os outros corredores. Quanto ao restante da vida, eu fujo. Eu não me esforço em Snow Hill porque sei que vou acabar fazendo besteira. E não namoro homens legais porque eles querem mulheres legais. Eu não cozinho porque sou uma péssima cozinheira. Eu não me dou bem com bebês porque eles não se interessam em correr sequer* UM *quilômetro, quanto mais quarenta e dois.*

Eu corro. Ponto-final. E quando isso acabar? Quem eu vou ser?

Eu me pergunto se o Peter sente falta da emoção da competição. Ou se ele se sentiu um fracasso quando deixou o circuito do tênis. Eu me pergunto se ele abriu a escola de tênis porque não sabia fazer mais nada ou se ele acha isso gratificante. Eu me pergunto o que ele espera da filha dele.

Eu poderia levar a Molly comigo, como se fosse uma viagem de irmãs. Ela sabe guardar segredo. Talvez eu devesse contar a ela.

Molly ficou deprimida, o que parecia comum ultimamente. Ela não tinha ideia de que Robin estava mal. Via a irmã como uma mulher bem-sucedida que amava o que fazia. Mera ilusão. Meu Deus, era *tudo* ilusão.

Quase tão trágica quanto a ideia de que Robin havia sofrido em silêncio era a descoberta de que Molly não conhecia a irmã o suficiente para ver isso.

Mas havia respostas. Um telefonema seria capaz de obtê-las, mas não dali. De casa.

CAPÍTULO 15

Molly ligou o rádio no máximo indo para casa, cantando em voz alta, interessando-se por absolutamente tudo o que via na estrada como uma forma de esquecer o que ela estava prestes a fazer. Kathryn não ficaria feliz, mas o foco de Molly estava em Robin. No que se referia a Peter, a vontade da irmã era clara.

Estacionando sob o carvalho, ela abriu a porta de casa e foi direto para a cozinha. O celular de Robin estava na bancada junto ao telefone, exatamente onde o havia deixado quando saíra para a corrida na segunda-feira. A bateria estava arriada. Típico. Mas o carregador estava ali perto. Numa questão de minutos, Molly havia reavivado o aparelho e pegado o telefone de Peter.

Era o meio da manhã na costa oeste. Ela tentou imaginar o que ele estaria fazendo. O telefone tocou duas vezes antes que ela ouvisse uma voz aveludada.

— Santorum falando.

Desligue, Molly. Uma vez que você fizer isso, não vai poder desfazer. A mamãe não vai ficar feliz.

Mas Robin vai. Molly acreditava nisso. Então, suprimindo um último resquício de medo, ela disse:

— Aqui é Molly Snow. Eu sou a irmã de Robin.

Houve uma breve pausa do outro lado, então um curioso:

— A irmã de Robin? Como vai?

— Nada bem. — Sem saber como seria recebida, ela apressou as palavras: — Eu não teria ligado se não fosse uma emergência. Houve um acidente. A Robin está muito mal.

Vários segundos se passaram.

— Que tipo de acidente?

— Um infarto agudo. Foi o problema que você falou para ela. Ela estava correndo na segunda à noite e teve um infarto. Outro corredor conseguiu fazer o coração dela voltar a bater, mas não sabemos por quanto tempo ela ficou sem oxigênio. Ela ainda não recobrou a consciência.

— Quando você diz que ela está muito mal, o que isso quer dizer?

— Eles declararam morte cerebral.

Ele gemeu, claramente abalado. A voz dele ficou áspera:

— Meu Deus. Eu tinha medo, eu simplesmente senti isso. Ela foi ao médico depois que eu liguei?

— Foi. Eles disseram que ela tinha o problema, mas que o caso dela era brando. Ninguém disse que ela não podia correr.

— Morte cerebral — repetiu ele num tom derrotado. — Um minuto. Eu estou numa esteira. Vou sair daqui. Eu não consigo pensar. — Ele disse *pensar* com um sotaque anasalado. Ela escutou vozes, o chiado de uma máquina ao fundo e então silêncio. — Agora, sim — disse ele. — Não existe absolutamente nenhuma esperança?

— Eles já fizeram os exames definitivos. Os aparelhos são a única coisa que está mantendo Robin viva, então não é como se o senhor pudesse fazer alguma coisa se viesse aqui, mas eu estou tentando descobrir o que ela gostaria que fizéssemos em longo prazo. A única coisa que eu descobri é que ela queria conhecer você.

Ela colocou a bola na quadra dele.

— Ela está sendo mantida viva artificialmente?

— Sim.

— Por quanto tempo? O que a sua família vai fazer?

— Eu não sei. O último exame foi feito anteontem. Nós estamos um tanto divididos.

— Divididos o suficiente para brigar na justiça? — perguntou ele, usando um tom forçoso pela primeira vez. — Se você está me envolvendo para fazer pesar a balança para um lado ou para o outro, eu estou fora Eu não fiz parte da vida de Robin. Eu não vou dar nenhuma opinião quanto à morte dela.

Molly ouviu apenas a primeira parte do que ele disse. Não havia lhe *ocorrido* que ele talvez pudesse interferir na decisão. Ele poderia muito bem mover uma ação contra os Snow. Isso seria um *pesadelo*, sem contar que Kathryn jamais a perdoaria.

Ela estava se perguntando se havia cometido um erro grave em ligar quando ele disse:

— Eu não vou tomar nenhuma posição. Eu só falei com Robin uma única vez. Ela nunca me ligou de volta. Isso quer dizer alguma coisa, né?

Molly o ouviu dessa vez, mas continuou cautelosa. Ela não conhecia esse homem, não sabia se ele estava falando a verdade ou se contataria um advogado assim que desligasse do telefone. Ela queria deixar claro que ele teria uma briga feia pela frente se fizesse isso.

Imitando a voz de Kathryn da melhor forma que podia, ela disse:

— Ninguém quer que o senhor tome uma posição. Nós decidiremos o que fazer. Minha família é muito unida. Nós sempre chegamos a um acordo, e nós sempre fazemos o que é melhor para Robin. — Referindo-se ao que ele havia dito antes, ela acrescentou com a voz mais branda: — E Robin queria ligar para o senhor. Mas ela tinha medo.

— Medo de *mim*? Eu não pedi nada. Eu tive muito cuidado quanto a isso.

— Ela tinha medo de magoar a nossa mãe. Eu também tenho, e talvez ela fique aborrecida por causa deste telefonema.

— Isso leva a uma pergunta interessante. Por que ela mesma não me ligou?

— Porque ela não leu o diário de Robin. Eu li. Robin não sabia no que acreditar depois que o senhor ligou. Ela queria pensar que era tudo invenção sua, mas ela checou as informações que você deu e a questão do coração foi uma confirmação decisiva. Minha mãe não tinha a menor ideia de que Robin sabia da sua existência. Robin também não contou nada a ela sobre o coração.

Houve uma pausa.

— Isso é uma surpresa. Eu tinha a impressão de que elas eram bem próximas.

— Elas eram. Mas isso foi diferente. — Molly tentou explicar sem parecer que estava criticando Kathryn. — Eu acho que, quando Robin descobriu tudo, ela chegou à conclusão de que não havia estado inteiramente no controle da vida dela. Ela queria mudar isso.

Era por esse motivo que Molly estava ligando. Como representante de Robin, ela tinha uma resposta pronta quando ele perguntou em voz branda:

— O que você gostaria que eu fizesse?

— Venha conhecer a Robin. Ela iria gostar disso.

— A sua mãe quer isso?

— Eu não sei. Mas a Robin quer. É só isso que interessa.

A incerteza se instalou assim que Molly desligou o telefone. De todas as coisas impulsivas que já tinha feito na vida, essa tinha o maior potencial de se tornar um desastre. Ah, ela não tinha dúvida de que estava fazendo o que Robin queria. Mas Kathryn talvez jamais a perdoasse.

Peter pegaria o avião de madrugada e chegaria cedinho na manhã seguinte. Ele já havia comprado a passagem.

Querendo confirmação de que ela havia tomado a decisão certa, foi até o quarto de Robin. Ele estava começando a parecer vazio, mas a cama estava intacta, e lá estava a gata, deitada em cima da coberta de retalhos, levantando a cabeça quando ela se sentou. Depois de encará-la por um minuto, deitou a cabeça novamente. Havia decidido confiar em Molly. Ela tomou aquilo como um sinal.

— Fada — murmurou Molly. Definitivamente um sinal.

Ligar para Peter havia sido a coisa certa. Mas o que fazer agora? Ela poderia contar a Kathryn ou não. Poderia contar a Charlie ou não. Ela poderia inventar uma história louca dizendo que Peter havia tido uma premonição e ligado. Ou poderia simplesmente não dizer nada.

Ela precisava de uma opinião objetiva, mas a única pessoa em quem conseguia pensar era David. Então ela procurou o cartão dele e digitou o seu número. Ele disse *alô* baixinho.

— Ai, meu Deus — percebeu ela —, você está no meio da aula.

A voz dele permaneceu suave, mais cautelosa agora.

— Está tudo bem?

— Tudo na mesma. Eu ligo mais tarde.

— Não, pode deixar que eu ligo. Daqui a dois minutinhos — disse ele, e esse foi o tempo exato que levou. O tom dele era normal agora, reconfortante. — A aula já estava acabando — explicou ele. — Eu precisava explicar o dever de casa. Geralmente meu telefone fica desligado, mas estou acompanhando a questão da Alexis.

— Como ela está?

— Eu te dou notícias em breve. Ela estava perguntando por mim, por isso eu estou indo para o hospital agora. Onde você está?

— Em casa, mas eu gostaria de conversar com você sobre algumas coisas. A gente pode se encontrar lá?

Eles combinaram um horário e um lugar. Satisfeita, desligou o telefone e foi até o escritório. Numa questão de minutos, ela havia salvado os arquivos de Robin no seu próprio computador e gravado um novo CD.

Esse era para Kathryn. E não, não era o original. Molly queria ficar com o original. Acreditava que a irmã havia gravado aqueles arquivos para ela, e embora não pudesse esconder seu conteúdo de Kathryn, uma cópia teria de satisfazer sua mãe.

Ela encontrou David no estacionamento do hospital. Ele parecia um professor bem descolado — de camisa, gravata e calça jeans, com uma mochila de couro que ele pousou no chão. Seu sorriso caloroso indicava que Molly havia tomado a decisão certa em ligar. Confiava nele quando se tratava de informações privadas. Ela não sabia por que — talvez fosse porque ele não era um dos funcionários da Snow Hill nem conhecia os amigos dos Snow, ou talvez porque sua mãe o insultara e ele não havia se deixado intimidar. Mas ele lhe transmitia segurança.

Ali no estacionamento, recostada no logotipo da Snow Hill na porta do seu jipe, ela lhe contou sobre Peter.

— Caramba — comentou ele, quando ela terminou. — Você não fazia a menor ideia?

— Não. Quer dizer, eu comecei a me lembrar de algumas coisas que ela disse, como quando uma das amigas dela havia adotado um bebê e ela se perguntou como uma mãe adotiva se sentiria se seu filho algum dia quisesse conhecer os pais biológicos, ou quando ela me disse que eu deveria tentar jogar tênis, talvez agendar uma semana de aulas numa boa escola... Mas será que eu deveria ter perguntado por que ela estava dizendo essas coisas? Se a Robin tivesse me dito isso semana passada, eu teria dito que ela estava louca. Eu também estou chocada que eu liguei para ele... Quem sou eu para fazer isso?

— Você é a irmã de Robin, e os desejos dela estavam claros.

— Mas o que eu devo fazer agora? Ele está vindo para cá, praticamente. Se eu pedisse para suspender a viagem, não tenho certeza se ele o faria. Ele quer vir. Ligou cinco minutos depois com o horário e o número do voo. Eu me arrisquei demais.

David pensou por um minuto.

— Eu teria feito a mesma coisa.

Provavelmente por isso que Molly o havia procurado. Ele era um aliado num momento em que ela precisava de um.

— Minha família ficará feliz? Minha mãe?

— Talvez não agora. Mas no futuro, sim. Isso é o que a Robin quer.

— Robin está aqui apenas em espírito. Minha mãe está aqui em carne e osso. Será que eu conto a ela?

— Você disse que a menção do nome dele a tirou de um torpor. Isso é bom, não é?

— Ouvir o nome dele é diferente de ele entrar no quarto com ela desavisada.

— Você sentiu que ela foi hostil com relação a ele?

Molly tentou se lembrar.

— Não. Mas ela tem procurado manter a privacidade quanto à situação de Robin. Só a família tem permissão de entrar no quarto. Ordens dela. Ela não deixa nem os amigos da minha irmã virem até o hospital. Talvez ela sinta que ele não tem o direito de estar lá.

— Você tem o CD de Robin. É algo muito forte.

Sim, mas Molly ainda estava apreensiva.

— Minha mãe vai ficar irada comigo por eu ter ligado para ele sem dizer nada a ela primeiro.

David deu um sorriso triste.

— Esse é o dilema com a família. Quando se trata dos nossos pais, nós somos sempre crianças. Quando é que nós crescemos? Eles nos criam para que a gente seja indivíduos, mas quando é que eles nos deixam agir por conta própria?

— Nunca — disse Molly. — Nós precisamos fazer isso sozinhos. Mas como é que nós podemos saber se estamos certos?

— Quando os fatos confirmam isso. O diário de Robin já diz muito.

— E você realmente teria feito a mesma coisa? — perguntou ela, precisando da confirmação dele.

— Teria. Não que eu seja uma autoridade. Minha família não aprovava nada do que eu fazia. Talvez os Ackerman também sejam assim, mas eu ainda acho que fiz a coisa certa.

Molly não ouviu teimosia. Não ouviu orgulho. O que ela ouviu foi convicção, que era o que sentia com relação a Peter.

— A minha mãe ainda poderia negar a entrada dele.

— Ela faria isso com ele aqui?

— Provavelmente não. Mas ela poderia se recusar a ficar no quarto.

— E isso seria tão ruim assim? A verdade é que a questão é entre o Peter e a Robin.

Colocado dessa forma, aquilo fazia sentido.

— Então você acha que eu deveria contar a ela?

Ele ficou olhando para o chão antes de finalmente levantar os olhos.

— Eu contaria. Ela já passou por muita coisa. Seria justo prepará-la para isso.

Molly ficou impressionada.

— É incrível que você possa dizer isso depois da maneira como ela te tratou.

— Ela estava nervosa. — Ele fez um som acanhado. — Não que eu queira escutar tudo de novo.

Molly se endireitou quando seus olhos captaram um movimento próximo.

— Ai, não.

A mãe dela estava indo na direção deles. Estava com um semblante cansado; seus passos careciam de sua determinação característica. Mas não havia nenhuma hesitação em seus olhos.

Quando se aproximou, Molly se tornou a filha de seus pais novamente, tímida e insegura.

— Mãe, a senhora se lembra do David. Ele é professor. Uma das alunas dele está aqui.

Kathryn assentiu, mas não disse nada.

— Sra. Snow — disse David, nervoso.

Então, voltando-se para Molly:

— É melhor eu entrar.

Assim que ele estava fora do alcance da voz delas, Kathryn disse:

— Nosso Bom Samaritano.

Algo faltava à voz dela, assim como aos seus passos. A lacuna fortaleceu Molly. O momento para meias-verdades havia passado.

Segurando o braço da mãe, ela começou a andar em direção ao carro de Kathryn.

— Ele está preocupado. Quer saber como estão as coisas.

— Ele é quem deveria ter chegado lá mais cedo.

— Não — argumentou Molly, preferindo não mencionar a explosão anterior de Kathryn. — Foi ele quem reanimou o coração dela e pediu ajuda, para que qualquer esperança que houvesse não fosse desperdiçada. Não fosse ele, ela poderia ter ficado deitada lá por horas. Ela poderia ter sido atropelada no escuro. Acredita em mim. Ele está sofrendo por não ter conseguido fazer mais nada.

Kathryn parou de andar.

— Você e ele têm conversado muito?

— Um pouco. — Molly conseguiu fazer a mãe voltar a andar. — Ele é uma boa pessoa. Como eu disse, ele é professor.

De repente, Kathryn pareceu distante. Quando as duas chegaram ao carro, ela perguntou:

— Eu realmente favorecia Robin?

— Aham.

— Não era a minha intenção. É que as corridas dela tomavam tanto tempo... Mas você é a pessoa com quem eu sempre pude contar. Você me deixa orgulhosa.

Molly não estava pronta para acreditar nisso, ainda mais diante de tudo o que ela tinha a dizer.

— Eu liguei para o Peter.

Kathryn estremeceu.

— Você o quê?

— Ele está vindo para cá. Eu continuei lendo o diário de Robin — disse ela, tirando o CD da bolsa. — Ela realmente queria conhecer o pai.

Kathryn ficou pálida. Ela olhou para o CD, horrorizada.

— Leia, mãe — instigou Molly. — O conteúdo não é exatamente divertido, mas se a senhora está procurando saber o que a Robin ia querer...

Kathryn voltou a encarar a filha.

— Você *pediu* a Peter para que viesse?

Como Molly não negou, ela gritou:

— Como você *pôde* fazer isso? Eu fiz tudo o que pude para dar uma vida plena e satisfatória a Robin sem ele. Ele não tem o *direito* de vê-la desse jeito.

— Ela queria conhecer o Peter, mãe.

— Não queria, não.

— Leia o que está no CD.

Kathryn fechou os olhos e baixou a cabeça. Quando a levantou novamente, ela colocou uma das mãos na nuca.

— Quando ele vem?

— Amanhã de manhã.

— Você pode ligar para ele de novo? Falar que esse não é o momento para uma visita?

— Se não agora, quando? Essa é a última oportunidade dele. É algo que a Robin queria.

— Ela não queria dessa maneira— censurou Kathryn. — Ah, Molly. Você tem alguma ideia do que eu vou sentir se ele vier aqui? Você parou para pensar nisso? Ou no que o seu *pai* vai sentir? Ele é o único pai que a Robin conheceu. Convidar Peter para vir aqui é um tapa na cara de Charlie. E quanto a *Chris*?

— O Chris vai entender. Se não, ele precisa crescer. Nós podemos fazer tão pouco por Robin. A senhora negaria isso a ela?

— Ela não queria conhecer o Peter. Ela teria me *contado* se quisesse de fato.

— Assim como ela te contou sobre o coração dela? — perguntou Molly, e vendo o olhar aflito de Kathryn, abrandou o tom. — Leia o diário dela, mãe — implorou. — Robin tinha pensamentos e sentimentos que nós nunca imaginamos que ela tivesse, e não é sua culpa nem minha. Nós fizemos tudo o que podíamos para apoiá-la. Mas ela era mais do que simplesmente uma Snow. Ela era uma pessoa independente.

Molly, na verdade, estava pensando que havia algo de redentor naquilo, quando Kathryn disse:

— Eu não quero vê-lo.

— Você não precisa se encontrar com ele. Ele pode vir quando você não estiver aqui.

— Eu não quero a Robin sozinha com ele.

— Eu estarei com ela o tempo todo.

— E se ele decidir ficar? E se ele reivindicar seu direito paterno e quiser opinar a respeito do que nós faremos?

— Ele não vai fazer isso. Ele me garantiu, e foi bastante resoluto a respeito. Ele sabe que não fez parte da vida de Robin. E ele não pediu para vir. Eu pedi, já que isso é o que Robin queria. A senhora tem razão em dizer que ela não vai saber que ele veio, mas nós vamos. Quando tudo estiver terminado, eu quero saber que fiz tudo o que pude durante o tempo que restava a Robin.

Sua mãe revirou a bolsa e tirou as chaves.

— A senhora não quer isso?

Kathryn entrou no carro, mas, quando tentou fechar a porta, Molly a impediu.

— Fala comigo, mãe.

— O que eu posso dizer? Foi uma semana excruciante, e o pior ainda está por vir.

Sua expressão de dor era tão forte que Molly até soltou a porta. Enquanto se afastava, percebeu que sua mãe, tão acostumada a controlar a própria vida, estava aterrorizada por não poder controlar aquilo.

CAPÍTULO 16

Alexis Ackerman estava num quarto particular na ala VIP do hospital. David se aproximou com certo receio. Por acaso, ela estava sozinha — o que era triste para Alexis, mas bom para ele. Ela estava com a TV ligada, mas desligou assim que o viu.

Sorrindo, ele deixou a porta aberta e entrou.

— Você parece melhor — comentou ele num tom animador, embora a declaração expressasse mais um desejo do que uma realidade.

Com o cabelo escuro preso num coque apertado, ela parecia tão pálida e desamparada como de costume. É óbvio, porém, que ele não podia dizer isso. Então, procurando descontrair o ambiente, ele olhou para o soro e disse:

— Filé mignon com brócolis e batata assada?

Ela não sorriu.

— Eu não como carne. — Ela olhou para a porta, parecendo aliviada por vê-lo sozinho. — Eu quero te perguntar uma coisa, sr. Harris. O que os outros alunos estão falando de mim?

Ele não sabia ao certo. Ela não era uma menina muito popular na escola. Sem poder responder à pergunta daquela forma, ele tentou driblá-la:

— Acho que estão preocupados.

— Eles devem ter comentado alguma coisa depois que eu saí da escola carregada.

— A maioria deles estava almoçando. — Ele sorriu novamente. — Você escolheu uma boa hora para cair.

Ela continuou sem sorrir.

— Eu sei que eles já me acham esquisita, mas eu não quero que eles fiquem dizendo coisas erradas. Eu não sou anoréxica. Eu só sou apenas magra. Dançarinas precisam ser magras. O senhor pode dizer isso a eles?

David não ia dizer nada daquilo. Alexis não era magra; ela era *esquelética*. Não tinha um grama de gordura em seu rosto, e, mesmo assim, a cabeça dela parecia grande demais para o corpo. Nem mesmo o penhoar largo e bufante que ela estava vestindo era capaz de esconder sua clavícula saliente.

— Talvez você mesma possa dizer isso a eles — tentou ele. — Você tem alguma ideia de quando vai voltar para a escola?

Ela fez uma careta.

— Eles não querem me *dizer*. Eles estão me *avaliando*. Eu não sei quanto tempo vão levar. Meus pais querem que eu vá descansar em algum lugar, mas aí eu vou perder muita coisa.

— Talvez seja bom descansar — disse ele e, tirando a alça da bolsa do ombro, começou a vasculhar seu conteúdo. — Eu conversei com os outros professores. Eu tenho os trabalhos deles desta semana.

Ela arregalou os olhos.

— O que você disse para eles?

— Nada, Alexis. A única coisa que eles sabem, que todo mundo sabe, é que você está no hospital.

— Eu *não* sou anoréxica. Eu só estou cansada. O senhor pode dizer isso para eles? Eu não quero que as pessoas comecem a espalhar rumores, sr. Harris. Eu não quero que todo mundo fique olhando para mim quando eu voltar.

— As pessoas não vão ficar olhando.

— *Vão*, sim. Elas vão ficar achando que eu tenho um distúrbio alimentar, o que é *uma* hipocrisia. O senhor sabe quantas meninas vomitam no banheiro de propósito? Eu *nunca* fiz isso. Eu só sou magra. Mas eles vão me comparar aos meus irmãos, que são imensos; eles jogam *futebol americano*. É diferente para uma menina. Ainda mais com dança. — Ela abaixou o tom de voz: — Eu queria que o senhor viesse aqui e visse que eu estou bem. O senhor pode dizer isso para todo mundo?

— Sr. Harris? — disse uma voz autoritária atrás dele. Ele se virou. A mãe de Alexis havia chegado.

— Ele veio trazer os trabalhos da escola — apressou-se Alexis a explicar. — Ele já estava saindo.

Donna Ackerman assentiu.

— Eu passo aqui de novo outra hora — disse David à garota.

— Ah, eu vou para casa e estarei de volta à escola logo, logo. Eu já estou me sentindo bem melhor.

Ele sorriu.

— Que bom, Alexis. Eu direi isso a todos.

Ele saiu do quarto e já estava no meio do corredor quando Donna o chamou pelo nome.

Ela correu até ele.

— Obrigada por ter vindo. Ela queria muito ver o senhor.

— Alexis está preocupada com o que as pessoas estão dizendo.

— Eu também. Se ela tivesse me dito que não estava se sentindo bem, poderia ter ficado em casa ontem e nós teríamos evitado tudo isso.

— Os médicos têm um motivo para mantê-la aqui?

Donna deu um suspiro impaciente.

— O senhor sabe como são os médicos. Eles podem encontrar *qualquer coisa* se procurarem bem. A Alexis está anêmica. Ela só precisa dar uma animada. Nós vamos levar ela para casa e cuidar dela.

David não sabia como eles poderiam *cuidar dela* se negavam o problema, mas isso era algo que precisaria ser dito pelos médicos. Se os pais de Alexis iam escutar, era outra história.

— Por favor, me avise se houver qualquer coisa que eu possa fazer — ofereceu ele.

— Pode deixar — disse a mulher, virando-se em seguida e se dirigindo novamente ao quarto da filha.

Ele a observou por um minuto, pensando nos próprios pais e no problema que seu irmão tivera com drogas, e até mesmo na atitude de Kathryn Snow em relação a Robin. Iludir-se era algo perigoso. Um resultado do orgulho? Se isso fosse o caso, ele preferia ser modesto. Talvez isso facilitasse a vida dos seus filhos algum dia.

Perguntando-se como Molly estaria, ele pegou o elevador para o térreo e estava atravessando o saguão quando viu um trio de rostos familiares — mãe, pai e filho —, de quando era professor estagiário. Abrindo um sorriso, ele se aproximou.

— Este não pode ser o mesmo Dylan Monroe que foi meu aluno no segundo ano — brincou ele. — Aquele menino era pequeno. Este aqui está ficando enorme.

Deborah Monroe sorriu de volta e estendeu a mão para cumprimentá-lo.

— David. *Você* que não mudou. Dylan, você se lembra do sr. Harris, não lembra? Foi ele quem te ensinou a ler.

— Ah, não — acautelou David. — Foi a Denise Amelio. Eu apenas dei uma mãozinha quando ele começou a pensar em música em vez de livros.

Os olhos do menino pareciam grandes por trás dos óculos que eram ainda mais grossos do que David se lembrava.

— Você adorava Springsteen.

— Eu ainda adoro — disse David. — E você?

— Dylan — disse o menino com um sorriso.

— Boa escolha. Você ainda toca piano? — Quando o menino assentiu, David se voltou para os pais. — O que traz vocês aqui?

O pai respondeu. David não conseguia lembrar o nome dele. Ambos os pais trabalhavam; Deborah era médica, mas era sempre ela que levava o filho à escola.

— Marvin Larocque — disse ele. — Dylan tem um problema na córnea.

— Dois — corrigiu o garoto. — São os dois olhos.

Ele parecia orgulhoso por reconhecer o problema. David achou aquilo reconfortante.

— Marvin é o melhor especialista em transplantes da cidade — explicou o pai.

— Ainda falta um ou dois anos — acautelou a mãe —, mas não custa nos prepararmos desde já. O pai de Dylan mora perto daqui. Isso facilita as coisas.

— E o *meu* cachorro tem uma mãe e um irmão que moram com o meu pai e a Rebecca. Isso facilita *muito* as coisas.

— *Você* tem um cachorro? — perguntou David.

Sorrindo, Dylan assentiu.

Deborah colocou uma das mãos na cabeça do filho e o virou na direção do elevador.

— Isso poderia ser o começo de uma longa conversa, mas nós temos uma consulta agendada. Foi bom ver você, David. Eu ouvi dizer que você está dando aula nessa região.

— Estou, sim. Vinte minutos daqui. Mas é melhor vocês irem. Boa sorte com o Dr. Larocque. Eu fui professor do filho dele há dois anos. O menino adora violão. — Ele piscou para Dylan. — Só uma dica.

Ele levantou uma das mãos e observou enquanto os três se afastavam, virando-se para se deparar com um novo rosto.

David nunca havia se encontrado formalmente com Nick Dukette, mas aquele foi o primeiro nome que lhe veio à mente. Algo naqueles olhos intensos o fez lembrar das pessoas que ele conhecia quando criança. Esse homem tinha mais ou menos a sua idade.

Ele estava certo.

— David Harris? Eu sou Nick Dukette, e estou aqui para refutar o que a Molly falou de mim. Eu não sou um cara do mal — disse ele, mas o pouco humor que porventura houvesse na voz dele terminou ali. O rosto dele parecia cansado e preocupado.

— Ela não usou essa palavra.

— Não, mas estou certo de que essa foi a ideia. — David não ia relatar o que Molly havia dito, e Nick não parecia esperar por isso. Ele continuou: — Eu já conheci o seu pai.

— É mesmo?

— Já me encontrei com ele diversas vezes, na verdade. Ele é um dos meus ídolos.

— Se eu disser isso a ele, ele vai se lembrar do seu nome? — perguntou David, mestre em detectar impostores.

— Duvido muito — disse Nick sem pestanejar. — Eu não tinha nada a oferecer na época. Agora eu tenho.

— E o que você tem?

— Uma biografia de Robin Snow. Eu já estou escrevendo sobre ela há algum tempo. Na verdade, a Molly me incentivou. É exatamente o tipo de coisa que seu pai costuma serializar nos jornais. Eu lhe ofereceria exclusividade.

David não ficou surpreso pela oferta, apenas pela velocidade com que ela foi feita. O interesse de Nick era puramente de negócios.

— Por que você não procura um editor em Nova York?

— Eu não conheço nenhum pessoalmente. Por outro lado, Nova York talvez preste atenção em algo que o seu pai publicar.

É verdade, pensou David. *Ele vai direto ao ponto.*

— Ligue para ele, então.

— Como eu disse, ele não se lembraria do meu nome. Eu estava pensando que você pudesse falar com ele a meu respeito antes. Você pode me recomendar. Você mora aqui. Se você lê o jornal local, você lê as minhas matérias.

— Na verdade — disse David num momento de perversidade —, eu assisto ao noticiário na TV. Os jornalistas de hoje em dia não escrevem como antes. Eles negligenciam questões básicas. Focam muito em detalhes irrelevantes para criar um efeito dramático.

Nick deu um sorriso presunçoso.

— A minha biografia de Robin é diferente.

— A Robin sabia que você estava escrevendo uma biografia enquanto vocês namoravam?

— Ah, a Molly contou que Robin e eu namoramos. Para falar a verdade, ela sabia. E ela gostou muito da ideia.

— Ela gostou da atenção ou da biografia?

A arrogância de Nick foi atenuada.

— Ela não teve a oportunidade de ler a biografia. — Ele engoliu em seco. — É isso que a torna tão apropriada para o momento. Afinal, aqui está Robin, com a vida por um fio. É o tipo de história que o seu pai adora publicar.

Era mesmo, mas David não era o pai.

— E quanto à família Snow?

— Como eu disse, a Molly me deu permissão. Além disso, com ou sem autorização, eu tenho mais informações do que qualquer outra pessoa. Se o seu pai não quiser a biografia, eu procuro outro lugar; mas eu achei que, já que existe essa conexão, o fato de você estar aqui e conhecer Molly, as coisas se encaixariam bem. O que você acha?

— Eu acho que talvez não — respondeu David com tranquilidade. — Eu não me envolvo com o trabalho do meu pai.

— Você não precisa se envolver. Tudo o que precisa fazer é ligar para ele. E os seus irmãos?

— Eu tentei ser jornalista, mas eu tenho um péssimo instinto. Eles sabem disso. Acredite, se eu indicasse seu nome, isso poderia prejudicar você, em vez de ajudá-lo.

— Tudo o que eu quero é uma apresentação. Diga a eles que você tem um amigo que deseja contatá-los. A partir do momento que eu conseguir falar com eles ao telefone, eu me viro.

— Vamos fazer o seguinte — sugeriu David, pensando que Molly talvez estivesse interessada em ver o que Nick estava aprontando. — Me mostre o que você tem. Se eu me sentir confortável com o material, vejo o que posso fazer.

Nick sorriu.

— Combinado. — Nick levantou o olhar e sua expressão de satisfação deu lugar a um olhar preocupado. — Chris! — chamou.

E perguntou a David:

— Você conhece o irmão de Molly?

David reconheceu Chris da recepção da UTI, mas, mesmo que não o tivesse visto antes, a semelhança entre ele e Molly era bastante. Nick apresentou os dois. Chris parecia distraído.

— Como a Robin está? — perguntou Nick.

Chris deu de ombros.

— Você está indo lá para cima? Quer companhia?

— Não. Eu preciso conversar com o meu pai.

Lançando um olhar de despedida a David, ele se afastou.

Enquanto dirigia para o hospital, Chris estava focando apenas nas suas próprias questões. Quando chegou ao quarto de Robin, no entanto, Charlie foi o primeiro a falar, e o que ele disse fez Chris ignorar suas questões.

Não que Chris tenha ficado inteiramente surpreso ao ouvir sobre Peter. Isso explicava o investimento emocional que a mãe havia feito em Robin. Ele não ficara pessoalmente magoado com aquilo, mas Molly, sim. Ele se perguntou como ela teria se sentido ao descobrir a verdade.

A primeira pessoa que ele queria questionar, porém, era o pai. Eles estavam no quarto de Robin, encostados lado a lado contra a parede, falando baixo, olhando para Robin, para os aparelhos, as flores — tudo menos um para o outro. Era mais fácil assim.

— O senhor sempre soube disso?

— Não os detalhes — disse Charlie. — Eu não precisava saber tudo.

— Mas o senhor sabia o nome dele.

— É claro que sim. Mesmo naquela época, eu costumava ler primeiro a seção de esportes do jornal. O clube de Longwood era bem famoso em Boston.

— O que o senhor achava do fato de a mamãe ter se relacionado com uma pessoa famosa?

— Foi só uma noite, Chris.

— Mas ele era famoso.

— Sua mãe nem sabia disso. Eu acompanhei mais a carreira dele do que ela.

— Antes de saber sobre a mamãe e ele?

— Depois, também.

— Por causa de Robin?

— Por minha causa. Eu gosto de tênis.

A situação de Chris era diferente. O namoro dele com Erin se sobrepôs brevemente ao período em que ele ainda estava com Liz. Mas Erin não sabia sobre Liz. Ele se perguntou como se sentiria se descobrisse que ela também havia estado com outra pessoa.

— O fato de você ter vindo depois dele o incomodou? — perguntou Chris em voz branda.

— Se você está falando de sexo, não vamos entrar nesse assunto. Se está falando de amor, não há comparação. Sua mãe não estava apaixonada por ele. Ela me amava.

— O senhor a salvou. Ofereceu o casamento a ela. Você a apoiou.

— Calma aí — advertiu Charlie, dessa vez olhando para Chris. — Se você está sugerindo que ela me usou, você está errado. Antes de nós sequer sairmos juntos pela primeira vez, ela me contou sobre Robin. Eu tinha uma escolha... eu podia ir adiante ou me afastar. Eu escolhi ir adiante. Sua mãe e eu nos apaixonamos desde o início, e foi algo mútuo. A gente tinha reciprocidade.

— Mas ela estava grávida de outro homem.

— E daí? Olhe ao redor. Famílias mescladas são muito comuns hoje em dia. A gente só estava à frente da nossa época.

— Ok. Mas tem também a fixação dela com Robin. Isso não te incomodava?

— Não. Eu entendia isso. Eu concordava com ela. Robin precisava de mais ajuda.

Chris fez uma careta.

— Em quê?

— Na escola, por exemplo. O aprendizado não era algo fácil para Robin.

Isso era uma novidade para ele.

— Ela ganhava todos os prêmios.

— Na verdade — disse Charlie com uma autoridade comedida —, se você prestar atenção, vai ver que os prêmios que ela ganhava não eram pelo desempenho acadêmico, e sim, por esforço e simpatia.

O que Chris mais se lembrava, porém, era do estardalhaço que eles faziam toda vez que Robin ganhava algum prêmio. Acolhendo o argumento do pai, ele disse:

— Ela sempre foi uma pessoa hiper-social. Será que o pai dela também é?

— Eu sou o pai dela, Chris.

— Mas todos nós somos reservados.

— A sua mãe não é reservada. Robin talvez tenha herdado traços físicos de Peter, mas os comportamentais, ela aprendeu com a Kathryn.

Christopher não tinha certeza se aquilo era verdade. As pessoas também herdavam traços comportamentais. Não é que a Chloe havia nascido com a capacidade de acalmar a si mesma? Ela chupava o dedo, esfregava a bainha da coberta e chutava os brinquedinhos para fazê-los tocar. Ela havia herdado a desenvoltura de Erin, mas ela certamente nunca viu Erin chupar o dedo.

Mas ele não queria discutir com Charlie. Então perguntou:

— O senhor fica chateado em saber que Robin entrou em contato com o Peter?

— Não. Eu gostaria de ter descoberto isso antes. Eu teria conversado com ela a respeito. Mas ela nunca me tratou diferente, Chris. Ela sabia que eu a amava.

Christopher invejava a fé inabalável do pai. Ele gostaria de ser tão seguro de si mesmo quanto o pai.

— Eu estou com um problema, pai.

— Com relação a isso?

— Não. Liz Tocci. Ela me ameaçou. Quando eu a conheci, nós estivemos juntos.

Charlie levou alguns instantes para registrar o que Chris havia dito. Então ele ficou chocado.

— Juntos, tipo...?

— É. — Chris colocou as mãos nos bolsos. — Não foi exatamente uma noite como a da mamãe e esse sujeito; foram algumas semanas, mais ou menos na mesma época em que eu conheci a Erin.

— Liz Tocci? — perguntou Charlie, incrédulo.

Chris sentiu a mesma incredulidade.

— Eu estava no último ano da faculdade. Eu não saí por aí procurando, mas Liz estava lá. Foi como um último casinho.

— Foi por isso que você a trouxe para cá? — perguntou Charlie com olhar de desaprovação.

Chris olhou para o pai.

— Não. A gente terminou antes de eu me formar. Ela sabia que eu estava saindo com Erin. Ela soube até que nós nos casamos, mas ainda assim manteve contato. Como ela queria sair da cidade, eu arranjei uma entrevista com a mamãe. Ela era uma velha amiga. E nunca sugeriu nada além disso até agora, quando ela precisa de uma arma. Ela está doida com a demissão. Quer ser readmitida.

Uma enfermeira entrou no quarto. Charlie pegou Christopher pelo cotovelo.

— Nós estaremos no corredor — disse ele à mulher.

E esperou apenas até que a porta se fechasse para dizer:

— Isso é conversa-fiada dela.

Chris tentara convencer a si mesmo disso, mas havia um pequeno problema.

— Ela tem fotos.

— Comprometedoras?

— Não têm como ser. Eu não estive com ela a não ser naquele período, e não tem fotos. — Ele fez uma pausa, depois disse: — O meu relacionamento com a Erin estava bem no começo. Eu não queria que ela soubesse.

— E ela ficou sabendo?

Ele balançou a cabeça em negativa e disse:

— A Liz sabe disso. É o trunfo que ela tem escondido na manga.

— O que você quer fazer?

— Mandar a Liz ir pastar.

— Você estará correndo um risco. Se você contar a Erin, você elimina esse risco.

Chris deu um suspiro.

— Falar é fácil. Ela vai ficar chateada comigo.

— Explique a ela por que você agiu dessa forma.

— Um último casinho?

Ele fez um som depreciativo.

— Você precisa falar alguma coisa com a Erin.

— Nós, ahn, temos tido algumas brigas ultimamente. Ela diz que eu não converso muito.

— Talvez ela esteja certa.

— *O senhor* nunca foi de conversar.

Charlie lançou um olhar intrigado para o filho.

— Eu sempre conversei.

— Eu nunca vi isso.

— Você estava no quarto com a sua mãe e eu? É claro que não. Os casais nunca conversam sobre tudo na frente dos filhos. — Charlie continuou. —

Sua mãe e eu conversamos à noite quando estamos sozinhos. Ela sempre sabe o que eu estou pensando.

— Eu achava que era assim com Erin, mas ela diz que não. O senhor e a mamãe trabalham juntos, então o senhor não precisa voltar para casa à noite e contar a ela tudo o que aconteceu durante o dia.

— A Erin pode trabalhar em Snow Hill.

— Não é essa a questão

— Talvez devesse ser. Ela ajudou muito essa semana. Eu preferia que ela trabalhasse com a gente do que em outro lugar. Ela poderia até trazer o bebê.

— A Snow Hill não é lugar para um bebê.

— Era assim que fazíamos quando vocês eram crianças. Mas se você não quer isso, encontre uma solução melhor. Por favor, Chris, seja positivo.

— Essa semana? — Ele bufou. — É ruim, hein.

O pai dele falava em voz baixa:

— A vida continua, Chris. Você mencionou o problema com Liz. Ele existe com ou sem Robin. O mesmo se aplica a você e a Erin.

— A Erin não está pensando direito. Qual é o problema se eu sou quieto? Você também é. A mamãe não se importa. A Erin só não me entende.

— Não, Chris, você é que não a entende quando se recusa a reconhecer as necessidades dela. Compartilhar sentimentos não é algo fácil. Se alguém discorda, você se sente ofendido; ainda mais quando se trata da pessoa que você ama. Mas a solução não é se fechar. Sua mãe ficaria aborrecida comigo se eu não expressasse meus pensamentos. Eu só faço isso de um jeito que é confortável para mim. Você precisa encontrar uma forma que seja confortável para você. Se recusar a se comunicar é uma atitude covarde. Você poderia começar contando a Erin sobre a Liz.

Chris não gostava daquela ideia. Mas talvez essa fosse a única maneira de neutralizar Liz.

— O senhor não seria a favor de readmiti-la?

— E desmoralizar Molly? Não.

— E um acordo de rescisão?

Charlie considerou a possibilidade.

— Quatro semanas de salário, talvez. Isso seria uma concessão.

Chris não sabia se ela aceitaria, mas a sugestão o levou ao próximo passo:

— Ela vai querer bater boca comigo. O senhor pode ligar para ela?

— Não, meu filho — disse Charlie, afastando-se da parede quando a enfermeira saiu do quarto de Robin. — Essa peteca é toda sua.

Em casa, Kathryn se sentou na cama acompanhada de seu laptop. Ela usava um robe, os bolsos cheios dos lenços de papel que ela havia usado, enquanto chorava lendo o diário de Robin. Estava grata por estar sozinha. Ela não conseguia ser forte, simplesmente não conseguia. Poder chorar, soluçar e gritar sem que ninguém a ouvisse era um privilégio.

Molly estava certa. Se ela fosse acreditar em tudo que estava ali, Robin queria encontrar-se com Peter; mas havia outros desejos que Kathryn tampouco havia imaginado. Ler sobre isso a fez reavaliar a mãe que ela havia sido, e ela não ficou nada feliz. Talvez suas intenções tenham sido boas, mas ela havia deixado de enxergar quem Robin realmente era. Ela havia decidido ver uma Robin criada segundo seu próprio molde, e não uma pessoa sujeita à influência de Peter, Charlie, ou até Molly. Essa outra Robin era uma revelação.

Foi por isso que, finalmente, ela se sentiu atraída por *Quem sou eu?* Desejando encontrar respostas, ela abriu o arquivo.

Eu sou uma fraude, começou Robin, questionando-se logo em seguida. *Talvez isso seja um exagero. Digamos que seja uma atriz. Eu desempenho o papel da estrela, e faço um trabalho bem convincente. Se eu gosto de dar palestras? Não. E cortar fitas é chato pra caramba.*

A corrida é real, eu não seria capaz de fingir isso. Mas eu tenho a minha mãe a quem agradecer. Ela me motivou quando eu mesma não tinha motivação alguma.

Então eu sou uma CORREDORA. *E o que mais eu sou?*

Eu diria que sou uma FILHA, *só que eu não faço muito pelos meus pais. São eles que fazem coisas por mim. O mesmo quanto ao fato de eu ser uma* IRMÃ. *Molly faz mais por mim em um dia do que eu faço por ela em um mês. E o pior de tudo é que agora eu sei que nem sou uma* SNOW *de verdade.*

Então quem sou eu?

Para SER *alguém, você precisa ser apaixonado. Molly é apaixonada. Ela* AMA *a estufa e* AMA *os gatos. Ela* AMA *a casa, mesmo quando eu a critico por todos os defeitinhos que vejo. Ela* AMA *viajar, o que talvez não seja óbvio para ela, já que Molly também* AMA *ficar em casa. Mas quando ela está comigo na estrada, nós realmente* VEMOS *a cidade em que estamos. Quando estou sozinha, eu entro e saio. Pode ser Dallas, Tampa ou Salt Lake City. Eu nem presto atenção.*

Eu tenho muitos amigos. Então eu sou uma AMIGA. *Mas eles não estão aqui no meio da noite, e, além disso, eles são mais uma companhia do que um grupo de amigos. Se eu parasse de correr, a gente não teria muito em comum.*

O que eu QUERO *ser? Eu quero ser tudo isso, só que não tenho tempo. Está bem, eu não* ARRUMO *tempo. Porque eu estou ocupada demais sendo uma atriz desempenhando o papel de uma corredora tão ocupada colecionando vitórias que não* TEM *nenhuma ideia de quem ela quer ser.*

A Nana costumava me acalmar quando eu era pequena. Ela me pegava nos braços e me segurava sem dizer quase nada. Quando eu tentava escapar, ela dizia: "Apenas seja, pequena Robin. Apenas seja."

Eu acho que se eu pudesse fazer isso, conseguiria decidir quem eu sou.

Eu gostaria de APENAS SER, *pelo menos por algum tempo. Nana não diz mais essas palavras, mas fico me lembrando delas. Deve ser a fada dela.*

Kathryn estava aos prantos de novo, ruidosa e incontrolavelmente — dessa vez por Marjorie. Ela sentia falta da mãe. Marjorie teria algo prático e sensato a dizer sobre o que acontecera a Robin. Ou ela talvez o atribuísse simplesmente à obra das fadas. Mas Charlie também não havia dito que as coisas acontecem por uma razão?

Tentando entender tudo aquilo, Kathryn deixou o laptop de lado e desceu as escadas. A cozinha parecia pronta para uma festa, a bancada ocupada por caçarolas cobertas que haviam sido trazidas naquela manhã. Outras enchiam o freezer. Além disso, havia buquês de flores em todos os cômodos, nenhum deles trazido do hospital.

Preparação para um velório? Não. Kathryn já havia ultrapassado o cinismo. Aqueles presentes eram para sustentá-la durante aquele momento horrendo.

Ela tinha amigos, embora não tivesse feito muito para merecer a lealdade deles. Tinha um negócio bem-sucedido, embora esse sucesso na verdade fosse obra de uma equipe maior. Tinha uma mãe que ela havia desertado e uma família a quem ela não escutava. E *Robin* chamava a si mesma de fraude?

Com tantas mudanças ocorrendo na vida deles, Kathryn não tinha a menor ideia de quem ela era. E muito menos podia prever o futuro.

Naquele momento de pura exaustão, a ideia de *apenas... ser...* soava bem. Exceto pelo fato de que sua primogênita estava sendo mantida viva por aparelhos até que uma decisão devastadora fosse tomada. Charlie deferia, Molly argumentava, Chris permanecia em silêncio, Marjorie estava ausente e Peter estava vindo.

Foco, disse a si mesma. Mas em *quê*?

Capítulo 17

Molly colocou um vestido soltinho no sábado de manhã. Como emissária de Robin, queria ficar bonita. E, para reconhecer Peter quando ele chegasse, imprimiu algumas fotos dele antes de sair de casa.

O aeroporto era pequeno e o avião, particular. Ele apareceu no terminal sozinho, com uma única mala no ombro, e estava exatamente como nas fotos: o mesmo corpo esbelto, a mesma camisa polo e calças cáqui e o mesmo rosto queimado pelo sol.

Reconhecê-lo era a parte fácil. A parte difícil era saber o que dizer. Ela se saiu bem com as cortesias iniciais — *Como foi o seu voo? O senhor tem alguma outra bolsa? O senhor já esteve aqui antes?* Uma vez que eles entraram no carro, no entanto, ela se viu sem saber o que ele esperava, o que ela esperava e o que *Robin* esperava.

— Desculpe pelo carro — disse ela quando ele mudou a posição das pernas numa aparente tentativa de ficar mais confortável. — Nós não temos uma limusine.

— Está tudo ótimo. É do negócio de vocês? — perguntou ele, educado.

— O jipe é meu. O logotipo é um bom jeito de fazer propaganda.

— Você trabalha com propaganda?

— Não. Eu mexo com plantas.

— Mexe? — perguntou ele num tom de zombaria ou por simples curiosidade.

Concedendo-lhe o benefício da dúvida, ela disse:

— Eu cuido da estufa. As plantas são confiáveis. Uma vez que você as conhece, você as conhece. Não tem surpresas.

Ele foi rápido; entendeu na hora.

— Surpresas como eu?

— E Robin e a minha mãe. As duas sabiam e nunca disseram nada.

Ele permaneceu em silêncio por um minuto. Então ele disse:

— Eu não sabia que a Robin era minha filha até decidir investigar. Eu não tive contato com a sua mãe, eu nunca sequer soube se o bebê era menino ou menina.

Molly se ressentiu por Robin.

— O senhor não ficou curioso?

— Eu não queria saber. Não queria sentir nada.

— Mas não sentiu de todo jeito? — perguntou ela.

— Talvez. De vez em quando.

Ela olhou para ele, que parecia sério.

— Quantos filhos o senhor tem ao todo?

— Três. Um deles me ama; os outros dois me odeiam. Não é uma boa estatística. Foi melhor para Robin ter crescido com o seu pai.

Enquanto o carro estava parado num sinal, Molly o observou.

— Eu não vejo nada da Robin no senhor.

— Então ela é sortuda.

— Na verdade, não — disse Molly, ligeiramente irritada. — Eu preferia que ela tivesse herdado seus traços físicos do que o seu coração.

O sinal abriu. Ela continuou dirigindo.

— Foi você quem me pediu para vir — lembrou ele cordialmente.

Sentindo-se devidamente repreendida, ela abrandou o tom:

— Desculpa. Isso é estranho.

— Sua mãe sabe que eu estou aqui?

— Sabe. E a sua esposa?

Ele fez um som de deboche.

— Qual delas? A esposa número um, dois ou três?

— Foram três?

— Quatro, na verdade, só que a última fugiu com o nosso assessor financeiro e, por isso, ela não faz a menor ideia de onde eu estou. Aliás, as outras três também não.

— Por que não?

— Eu respeito a privacidade de Robin. Ela *te* contou sobre mim?

— Não.

— Pois é.

Molly deu um sorriso irônico.

— É o tipo de coisa que o meu irmão diria. Ele é contador.

— Então ele não é meu amigo — disse Peter, num tom de brincadeira. — Ele sabe sobre mim?

— Meu pai contou a ele ontem à noite.

— Então o seu pai sabe.

— Ah, ele sempre soube. Aliás — disse ela, precisando enfatizar esse ponto, já que ela se sentia um pouco como um Judas, traindo a família ao trazer Peter ali —, ele foi o melhor pai que Robin poderia ter tido. Ele a ama. Por favor, não chegue lá dizendo que gostaria de ter sido um pai para ela. Ela teve um pai maravilhoso.

— Ei — lembrou ele novamente, dessa vez em tom repreensivo —, foi *você* quem me convidou para vir aqui.

Ela se forçou a respirar fundo.

— O senhor tem razão. É que eu estou preocupada. Foi uma semana horrível. Eu não quero piorar as coisas, mas quero que Robin saiba que você veio.

Ele poderia ter observado que Robin não o saberia. Como não fez isso, o conceito que Molly tinha dele melhorou um pouco. Ela disse:

— Sua irmã é corredora. Ela sabe sobre Robin?

— Ela não sabe que a Robin é minha filha. Nenhum dos meus filhos sabe. De novo, estou tentando proteger a privacidade de Robin.

— A de Robin ou a sua?

Ele piscou.

— Que idade você disse que tinha mesmo?

— Vinte e sete. A minha personalidade é assim mesmo. Se Robin estivesse sentada atrás de mim, ela estaria chutando o meu banco. — Ela fez uma pausa. — Se ela estivesse aqui, porém, ela mesma estaria fazendo essas perguntas.

— Ela tem sorte de ter uma irmã como você.

— Eu é que tenho sorte. Ela tem sido um exemplo extraordinário. Isso é que é determinação e autodisciplina. Eu nunca seria capaz de fazer o que ela faz.

— Alguma vez ela tentou converter você?

— É claro. Corredores são missionários. Mas ela nunca conseguiu.

— O que mais ela fazia além de correr?

— Comia iogurte e bebia chás de ervas — disse Molly, orgulhosa. — E dava palestras. Ela inspirava garotas que queriam correr competitivamente. Ela ajudou a arrecadar milhões de dólares para caridade. Você tem a minha mãe a quem agradecer por isso. Ela ensinou ótimos valores a Robin.

Ele pareceu pensativo. Depois olhou para ela.

— Me fale da sua mãe.

— Ela é completamente apaixonada pelo meu pai — disse Molly, só para que ele ficasse sabendo.

— Então ela é feliz?

— Muito. Mas isso acabou com ela.

— Eu vou me encontrar com ela?

Molly olhou para ele e, por um instante, os dois conspiraram.

— Não sei. Vamos descobrir em breve. Já estamos quase chegando.

Kathryn não tinha a menor vontade de se encontrar com Peter. Se algum defeito físico havia causado o que acontecera a Robin, a fonte havia sido ele. Mas Robin teve o infarto sob os cuidados dela. Esse era um ponto contra ela, e isso era algo que ia além do orgulho. Encarar Peter significava encarar sua própria culpa por não ter percebido os sinais que com certeza estiveram presentes.

A alternativa, no entanto, era permitir que ele visitasse Robin sozinho. Ah, um dos outros estaria presente, mas isso não seria a mesma coisa. Kathryn havia pastoreado Robin em todas as situações da vida. Ela não podia abandonar o posto agora.

Aquele pensamento resultou em mais uma noite de sono agitado. Ela acordou grogue, e mesmo um banho demorado e três xícaras de café não ajudaram muito.

Chegando cedo ao hospital, ela submeteu os braços e as pernas de Robin a exercícios de amplitude de movimentos, ignorando o fato de que os médicos haviam parado de sugeri-los. Os olhos dela, porém, se voltavam repetidas vezes para o rosto da filha. Robin sempre teve a pele bonita, e aquilo não havia mudado em quatro dias. Kathryn se perguntou se isso aconteceria depois de um ano. Outras coisas certamente mudariam, como o tônus muscular. Ela não se lembrava de uma época em que Robin não houvesse sido magra e forte. Assistir a ela correndo era como assistir a um puro-sangue.

O coração dela doeu diante do paradoxo — o mesmo esporte que havia tornado Robin o retrato da saúde a havia arruinado.

A porta foi aberta, e, não obstante doze horas de apreensão, a princípio, ela achou que Peter fosse apenas um funcionário do hospital. Robin talvez tivesse visto fotos recentes, mas não Kathryn. Depois de trinta e dois anos, ele estava diferente.

Devia estar olhando para ele com uma expressão confusa, porque ele deu um sorriso sem graça.

— Você estava aguardando outra pessoa? — perguntou ele. A voz, com aquele sotaque texano sedutor, comprimiu os anos.

Ela se levantou.

— Não. É que o hospital manda muitas pessoas aqui.

Ele fechou a porta.

— Eu mudei tanto assim?

O corpo dele, não. Ele estava tão alto e esbelto como quando se conheceram e emanava o mesmo atletismo. Ele tinha poucas rugas no rosto naquela época, mas havia muitas agora. Por outro lado, ele tinha bastante cabelo, mas agora havia muito pouco.

— Eu imaginei você do jeito que você era — disse ela.

— Você nunca mais me viu? — Ele colocou uma das mãos no coração. — Assim você me magoa. Eu ainda apareço no noticiário de vez em quando, e o meu rosto está em toda parte no meu site.

Mas Kathryn estava perplexa. A última vez que viu Peter Santorum, ele estava completamente nu. Eles haviam acabado de fazer sexo, e ela estava se vestindo para ir embora. Tentou pensar no que mais eles haviam dito ou feito durante as vinte e quatro horas que passaram juntos. Mas o sexo era a única coisa de que tinha lembrança.

Foco, pensou ela, e se voltou para Robin.

— Você queria conhecer o Peter, então ele veio — disse ela mansamente. Então, voltando-se para Peter: — Ela não é linda?

Tão bonita. Tão imóvel. A tragédia de tudo aquilo fazia as emoções de Kathryn ficarem à flor da pele.

Ele não havia se afastado da porta.

— Eu podia ver isso pelas fotos dela. Ela se parece com a mãe. Você está muito bem, Kathryn.

— Você está mentindo. Foi uma semana infernal. Eu não dormi direito.

— Mas ainda assim você está bonita. O tempo foi bom com você.

Aborrecida porque aquilo não era uma festa e elogios eram absurdos, ela disse:

— Eu abriria mão disso se eu pudesse voltar atrás no tempo. Eu venderia a minha alma ao *diabo* se com isso o cérebro da Robin voltasse a funcionar.

Os olhos dele se voltaram para Robin então, mas pareciam hesitantes, como se pudessem se desviar à menor provocação. Ela percebeu que ele estava com medo. Estranhamente, aquilo o tornava menos ameaçador.

— Você pode chegar mais perto — ousou ela.

Com cautela, ele se aproximou de Robin.

— Não foi assim que eu imaginei conhecer a minha filha.

— Pois é. Eu queria que você a tivesse visto correndo.

— Eu vi — disse ele, para surpresa de Kathryn. — Uns dois meses depois que eu liguei para ela, ela correu em São Francisco. Eu fiquei assistindo a corrida do Embarcadero logo depois do Pier 39. — Ele sorriu. — Para minha sorte, ela estava na primeira leva de corredores. Eu precisei acordar de madrugada para vê-la por quatro segundos. Eu chamaria isso de devoção.

Kathryn chamaria de curiosidade; uma curiosidade *covarde*. Robin havia corrido muito bem naquele dia, chegando em segundo lugar entre as mulheres.

Devoção? Não exatamente.

— Você *nunca* pensou nela durante todos aqueles anos? — perguntou ela, consternada.

Ele não se deixou abalar.

— E que bem isso teria feito?

— Ela era *sua filha*. Como você *não* pensou nela?

Ele levantou uma das mãos.

— Eu não sou você, Kathryn. Eu não a carreguei por nove meses. Eu desisti do meu direito paterno antes que ela fosse sequer viável. Além disso, você queria que eu tivesse me envolvido?

— Não.

— Então.

Kathryn fez um som gutural.

— Você fala como o meu filho.

— Molly me disse a mesma coisa.

— Ela costuma falar mais que o necessário. O que mais ela te contou?

— Que você tem um ótimo casamento, que o seu marido tem sido um pai maravilhoso para Robin, que você tem tido uma vida feliz.

— É verdade. Eu tive sorte.

Ele fez um gesto de discordância com a mão.

— A gente que faz a nossa sorte. Basta tomar decisões inteligentes.

Mas Kathryn havia aprendido demais sobre si mesma nos últimos dias para concordar.

— Eu não sei se as decisões que eu tomei foram sempre as melhores. Quando uma coisa assim acontece, você começa a questionar sua vida.

— O que tem para questionar? Você criou um prodígio. A irmã dela também parece bastante inteligente, e eu ainda não conheci o seu menino.

Você ainda não conheceu Charlie, pensou Kathryn, já que, naquele momento, ele parecia um progenitor muito mais estável do que ela.

— A Molly tem a melhor das intenções — disse ela em voz branda. — Ela está determinada a fazer a vontade de Robin, por isso ela te ligou.

Saindo de perto dela, Peter andou ao redor da cama. Ele colocou os cotovelos na grade inferior e fitou Robin.

— Uma parte de mim preferia que ela não tivesse feito isso.

Kathryn lhe lançou um olhar intimidante.

Ele entendeu a mensagem.

— Sabe — disse ele, parecendo estar na defensiva —, alguns de nós não são bons com assuntos difíceis. Eu jogo tênis. Eu ensino crianças. Administro escolas. Eu não sou bom com questões de família. Todas as minhas mulheres... quero dizer, minhas ex-mulheres... podem confirmar isso. Portanto eu me limito às coisas leves, e talvez isso seja um defeito de caráter. Mas o meu pai morreu quando eu era pequeno. Portanto eu sabia que também morreria jovem, mesmo antes de descobrir sobre o meu coração. Nós nunca saberemos ao certo se o meu pai também tinha o problema, mas ele era um fazendeiro. O trabalho dele era tão físico quanto o de qualquer atleta. Mas essa não é a questão. Eu não posso me estressar por causa das coisas em que fracassei. Eu sou quem eu sou. Eu jogo tênis. É isso que eu faço.

Kathryn tinha uma das mãos sobre o coração. Se substituísse a palavra *corro* por *jogo tênis*, ele poderia estar citando o diário de Robin. Ela havia sentido tristeza ao ler aquilo, e agora sentia a mesma tristeza ouvindo Peter falando.

— Portanto eu aceito a realidade da coisa — continuou ele. — As pessoas têm limitações.

— Mas não é importante nossa gente tentar se expandir?

— É, sim. Por isso que estou aqui. — Ela não teve resposta. — Mas isso não muda quem eu sou — insistiu ele. — Se eu tivesse me casado com você naquela época, é claro que eu teria conhecido Robin, mas todos nós teríamos sido infelizes. Em vez disso, olha só você. Casada com o mesmo sujeito todos esses anos? Você sabe como isso é especial?

Ela sabia. Segurando a mão de Robin, levou-a até a própria garganta.

— Eu fico feliz de a Molly ter me ligado — disse ele, endireitando-se. — Estar aqui é a coisa certa para mim. Se eu soubesse disso depois, eu teria me sentido mal. — Ele fez uma pausa, olhando de um aparelho para o outro. — Isso é muito intimidador.

— Você acaba se acostumando. Você se acostuma à situação como um todo. Você vai do estado anestesiado às lágrimas e de volta à anestesia.

— O que você vai fazer? — perguntou ele num tom solene o suficiente para explicitar o que queria dizer.

Ela fez que não com a cabeça — *eu não consigo falar sobre isso* — e se agarrou à mão de Robin. Então pigarreou.

— Então, você ainda ama jogar tênis?

— Amo. E eu jogo bem.

— Você sente falta da adrenalina das competições? — perguntou ela, já que Robin havia se perguntado o mesmo.

— Eu sinto falta de ganhar. Eu não sinto falta de perder. Quando você começa a perder mais do que ganha, sabe que está na hora de parar.

— Você se sentiu um fracassado quando parou?

— Se eu tivesse me permitido pensar nisso, a resposta teria sido sim; mas eu já estava começando a minha escola. Cerque-se de crianças que acham que você colocou a lua no céu e você não vai se sentir um fracassado.

— Você já quis fazer alguma outra coisa? — Ele fez uma cara de quem diz *quem, eu?* — Alguém já sugeriu a você que fizesse outra coisa? — indagou Kathryn, perguntando-se se ela deveria ter sugerido isso a Robin.

— As minhas mulheres. Muitas ideias diferentes de como se ganhar dinheiro.

— E a sua mãe? Ela ainda está viva?

O rosto dele se suavizou.

— É claro que está. Ela quer que eu seja feliz.

— Eu queria que a Robin fosse feliz — refletiu Kathryn. Ela não conseguia esquecer o diário de Robin.

— E ela não era?

— Quando ela corria. Mas ela se sentia incomodada porque correr era a única coisa que sabia fazer direito, pelo menos foi isso que ela escreveu no diário. Robin olhava para nós e achava que tinha obrigação de fazer mais alguma coisa.

— Você a pressionava?

— Não. Mas eu sempre a vi como uma corredora. Eu nunca a encorajei a fazer outras coisas. Talvez esse tenha sido o problema. Ela começou a achar que não conseguia *fazer* essas outras coisas e a se preocupar com o que aconteceria quando não pudesse mais competir. Se eu soubesse que ela estava preocupada com isso, eu teria dito que pouco me importava o que ela fizesse, contanto que ela fosse feliz.

— Isso é típico das mães... a felicidade.

— Eu não tive oportunidade de dizer isso a ela. Robin não compartilhou esses pensamentos comigo.

— Eu fiz doze anos de terapia antes de conseguir compartilhar os meus.

Ela deveria ter conversado com você, pensou Kathryn, e, sentindo-se responsável pela falta de contato, disse em voz baixa:

— Talvez você possa dizer a ela algumas das coisas que aprendeu com o seu terapeuta. Ela vai escutar. É muito importante. — Com todo o cuidado, ela pousou a mão de Robin. — Eu vou deixar você sozinho com ela, Peter. Por favor, diga a ela o que você acabou de me falar?

Molly estava esperando do lado de fora do quarto. Charlie e Chris também estavam lá, mas nenhum dos dois tampouco quis entrar no quarto de Robin. Charlie parecia preocupado quando Kathryn saiu, mas Molly se sentiu pior. Ela quem trouxera Peter ali.

Kathryn fez um gesto breve indicando a Charlie que ela estava bem, mas foi para Molly que ela se voltou.

— Eu perdi o sono por causa disso — disse ela com aspereza na voz.

O coração de Molly desabou.

— Desculpa. É que a Robin foi tão insistente...

Kathryn respirou fundo. Encostando-se à parede ao lado de Molly, ela cruzou os braços e perguntou:

— Então, o que você achou dele?

A aspereza foi abrandada. Aliviada por isso, e sentindo-se prestigiada pela pergunta, Molly respondeu:

— Ele parece legal. Como ele foi com a Robin?

— Foi tudo bem. Você acha que ela teria gostado dele?

— Não como ela ama o papai — disse Molly com uma nota de lealdade.

Charlie deve ter sentido que as duas precisavam ficar sozinhas, já que discretamente conduziu o filho pelo corredor. Molly ficou grata. Já era difícil falar de Peter com Kathryn, mas era ainda mais difícil se Charlie estivesse ouvindo.

— Será que ela entenderia? — perguntou Kathryn.

Molly levou um minuto para entender a pergunta.

— Entender que a senhora esteve com Peter? Meu Deus, óbvio que entenderia. A senhora pode ter tido vergonha por ter estado com outro homem além do papai, mas a minha geração não é assim. Ele é bonito até hoje, e bem charmoso. Eu não te culpo por ter ficado com ele, mãe. O fato de tudo isso ter sido um *segredo* foi um choque, ainda mais porque a senhora sempre foi muito severa com a gente no que dizia respeito a homens.

— Você entende por quê? — perguntou Kathryn, suplicante.

— Entendo. Agora, eu entendo. Se a gente soubesse do Peter, talvez tivéssemos entendido antes.

— Como é que eu poderia ter contado a vocês e ainda tentado impedir que vocês fizessem o que eu fiz, sem sugerir com isso que Robin foi um erro? Ela não foi um erro, Molly. Eu também cresci com as fadas de Nana. A concepção de Robin teve um propósito. Ela me deu foco. Ela me preparou para amar o seu pai.

Robin certamente acreditava naquelas fadas.

— Então a senhora leu o conteúdo do CD? — perguntou Molly.

Kathryn assentiu.

— Não foi uma leitura muito divertida. Mas foi esclarecedora. Eu nunca soube de nada daquilo.

— Nenhum de nós. A senhora não pode se martirizar por isso.

— Ele também já sentiu um pouco do que ela sentia.

— Que a competição é uma droga?

Sorrindo, Kathryn segurou a mão de Molly.

— Hum... Isso, e a questão de saber fazer só uma coisa. Os dois eram inseguros quanto a isso.

Molly amava o toque da mãe. Ele sugeria perdão, até mesmo aprovação. Seu coração egoísta se sentiu cheio no que deveria ter sido uma situação extremamente melancólica.

— E como ele lida com isso?

— Ele deixa pra lá. Ele se permite ser bom em uma coisa e inapto em outras. — Entrelaçando os dedos com Molly, ela franziu o cenho. — Ele aceita quem ele é.

— A senhora aceita quem a Robin é.

— Será? Eu não deixei que ela fosse praticamente mais nada. — Os olhos dela encontraram os de Molly. — Talvez eu não a amasse o suficiente.

— Meu Deus, mãe, é claro que você amava.

— Ela disse que eu não confiava nela. Talvez estivesse certa.

— A senhora queria que ela fizesse aquilo que Robin fazia de melhor.

— Talvez eu não tenha conseguido deixar pra lá.

— Será que isso a teria motivado a fazer algo diferente?

— Talvez não, mas ela deveria ter tido essa oportunidade. Eu me gabava porque ela corria tão bem, mas eu deveria ter me gabado *dela*. Eu deveria ter deixado Robin à vontade e a amado por *tudo* o que ela fazia.

— É assim que eu me sinto em relação à Nana — deixou escapar Molly. Kathryn olhou alarmada para a filha. A comparação era forte demais para ignorar. — Ela é quem é, uma pessoa diferente de quem ela era antes. Quando eu abro mão de quem eu quero que ela seja e a amo como é, eu me acalmo.

— Nana é uma caixa de Pandora totalmente diferente.

Molly *odiava* aquela expressão.

— Ela é a pessoa mais doce do mundo e está presa em algum lugar entre essa vida e a próxima. A senhora fica aqui com a Robin por horas, mesmo com os exames mostrando que ela não está mais aqui de fato. Mas e a Nana? Ela *está* aqui. Ela ainda é a sua mãe. Por que a senhora visita Robin e não ela?

Soltando a mão de Molly, Kathryn cruzou os braços.

— Eu não consigo falar sobre isso agora.

Dá um tempo pra ela, gritou uma parte de Molly, mas a outra não escutou. Uma janela havia sido aberta.

— Então quando? A Nana tem momentos de lucidez. Devemos esperar até que esses também acabem? O cérebro dela ainda não está totalmente morto, mãe.

Kathryn estava pronta para discutir quando Peter saiu do quarto. Endireitando-se, ela se voltou para ele. Molly não podia ver o rosto dela, mas viu o de Peter. Ele parecia chateado.

— Você disse a ela? — perguntou Kathryn.

Ele assentiu.

— Eu não sei o que ela escutou.

— Isso não importa. Pelo menos você falou.

Ele assentiu. E olhou para Kathryn por um minuto, e depois para Molly. Kathryn manteve os braços cruzados.

— Você conhece a minha filha. — Ela levantou o queixo na direção de Charlie e Chris, que se aproximavam. — Meu marido. Meu filho.

Os homens se cumprimentaram.

Então eles ficaram ali, todos eles, num silêncio embaraçoso. O que fazer agora? Sentindo-se responsável, Molly perguntou a Peter:

— O senhor gostaria de fazer um tour da vida da minha irmã?

Ele pareceu aliviado.

— Gostaria, sim.

Molly estava satisfeita consigo mesma. Robin teria gostado de mostrar a Peter os lugares que faziam parte de sua história.

Deixando os pais no hospital, ela começou pela casa dos dois. Dali, mostrou as escolas onde Robin havia estudado, o clube onde ela malhava e a pista onde treinava. Ela deu uma volta de carro por Snow Hill, mas eles não entraram.

— O pessoal fica perguntando muito sobre a Robin — explicou ela em voz baixa. Ele pareceu entender.

Então ela foi até a casa. Quando eles viraram na estradinha de terra, Molly esperou escutar um *uau, que lugar lindo!*, mas, se ele notou as rosas, a hidrângea ou o carvalho, não mencionou. Estava pensativo. Talvez fosse um momento emotivo para ele.

Quando eles entraram, ela lhe mostrou os diferentes cômodos da casa. E deixou o quarto de Robin por último, mas, quando chegaram lá, ele começou a espirrar. Tinha alergia a gatos.

Não foi uma ideia tão perfeita assim, pensou Molly, embora tenha se desculpado inúmeras vezes. Mesmo assim, ele parecia determinado a dar uma olhada no quarto, e ela se sentiu culpada por já ter empacotado grande parte das coisas de Robin. Pensando que Peter talvez quisesse levar algum dos pertences da irmã, ela apontou para uma caixa de lenços de papel e foi até a cozinha. Na bancada, ao lado do celular de Robin, estava a pochete que a irmã usara na segunda à noite. Molly a havia trazido da UTI. A carteira de Robin estava dentro.

A carteira continha mais cartões do que qualquer outra coisa — um VISA, dois cartões de loja e um cartão do plano de saúde. Havia também o cartão da USATF e a carteira de habilitação. Ambos tinham fotos. A foto da carteira de motorista havia sido tirada há menos de um ano e a favorecia. Como a maioria das fotos de Robin. Essa havia captado sua expressão descontraída, e Molly achou que Peter iria gostar.

Molly estava prestes a seguir o som dos espirros dele quando viu o pequeno coração que designava Robin como doadora de órgãos.

Uma doadora de órgãos. Por vontade própria.

Com o coração acelerado, Molly colocou a habilitação da irmã no bolso. Ela decidiu dar o cartão da USATF a Peter. Ele o examinou e, parecendo genuinamente emocionado, agradeceu. Em seguida, os dois se dirigiram para o jipe mais uma vez.

— Acho que isso é tudo — disse Molly. — O senhor... gostaria de ver Robin mais uma vez?

Kathryn talvez não gostasse disso, mas Molly não sabia o que dizer. Ela o havia chamado. Para quê? Uma visita de uma hora?

Ele espirrou uma última vez e assoou o nariz.

— Não. Está bem assim. Mas acho que vou ficar na cidade uns dois dias. Já que estou aqui. — Enfiando o lenço no bolso, ele pareceu cauteloso. — Quanto tempo... A sua mãe disse o que pretende fazer?

— Ela se recusa a tocar no assunto.

Mas Kathryn não havia visto a carteira de habilitação de Robin. Ela havia votado contra a doação de órgãos quando os médicos mencionaram. Isso na quinta de manhã. Uma vez que soubesse o que Robin sentia a respeito, isso poderia mudar.

— Eu reservei um quarto no Hanover Inn — disse ele numa voz ainda ligeiramente anasalada. — Você poderia me deixar lá?

Molly fez um gesto convidando-o a entrar no carro e o levou até o hotel. Quando chegaram, embora estivesse intensamente consciente da carteira de motorista em seu bolso, ela relutou em se despedir. Imaginando que Robin teria sentido o mesmo, sugeriu que almoçassem juntos.

Peter pediu um hambúrguer artesanal de tamanho considerável. Robin talvez tivesse questionado a escolha e passado algum tempo argumentando. Molly? Ela não conseguia pensar em nada para dizer, mas não tinha certeza se Peter havia notado isso. Ele parecia perdido nos próprios pensamentos. Foi uma refeição silenciosa.

Quando terminaram, ele pegou um cartão de visita e anotou um número na parte de trás.

— Aqui está o meu celular. Você me liga se alguma coisa acontecer?

Molly pegou o cartão e olhou para o número. Sua mãe talvez ficasse contrariada. E poderia achar que Peter não tinha o direito de manter contato. Mas Robin teria pegado o cartão.

Colocando-o na bolsa, Molly foi para o hospital. Kathryn estava sozinha. Parecia que ela tinha passado algum tempo chorando de novo.

Molly hesitou, perguntando-se se a habilitação de Robin iria ajudar ou piorar. Mas aquilo era algo que não podia ignorar. Tirando o pequeno cartão plastificado do bolso, ela o deu a Kathryn.

CAPÍTULO 18

Kathryn levou um minuto para entender o que Molly queria com aquilo. Ela havia visto a habilitação de Robin antes. Confusa, olhou para Molly, que apontou para o pequeno símbolo. Quando ela entendeu o significado, o coração de Kathryn começou a bater com força.

Estranhamente amedrontada, a mãe perguntou:

— Você sabia disso?

— Acabei de descobrir. Eu peguei a carteira de Robin porque achei que Peter talvez quisesse uma pequena recordação dela. Foi então que eu vi o símbolo.

Kathryn examinou o documento novamente.

— Mais uma coisa que eu não sabia — murmurou ela, olhando para Molly. — Ela não pensou em mencionar isso à família antes de se cadastrar numa coisa dessas?

— Não é nada de mais, mãe. É algo politicamente correto hoje em dia. Os amigos dela provavelmente fizeram a mesma coisa.

— Você fez? — perguntou Kathryn.

— Não, mas eu não sou chegada a iogurte e chá de ervas — disse Molly em voz branda. — Mas é uma boa prática, como boicotar casacos de pele ou se recusar a comer vitela. Eu sou verde quando se trata de plantas, mas não faço essas outras coisas. Não sei por quê.

A resposta era óbvia para Kathryn.

— Você não faz nada disso porque a Robin faz. — Ela olhou para a carteira de novo. — Eu queria que ela tivesse me dito.

— Ela deve ter achado que viveria mais tempo do que a senhora.

— Eu também — refletiu Kathryn, sentindo, de novo, a dor da injustiça de tudo aquilo. Rancorosa, ela disse: — Você ia mesmo dar isso a Peter?

— Robin não vai mais precisar dela, mãe.

— Mas vai sair dando as coisas dela assim tão rápido?

— Ele está aqui agora. Ele veio até aqui. Ele não vai ficar muito tempo.

— Ele disse isso?

— Não. Mas ele sabe que não é bem-vindo.

— Não é que ele não seja bem-vindo — disse Kathryn, tentando entender exatamente o que sentia. — Eu fiquei feliz de ele ter vindo. Você estava certa em ligar para ele. Robin realmente queria isso. Além do mais, ele ter vindo completa um ciclo. Eu só não quero me sentir pressionada. — Os olhos dela se voltaram para a habilitação novamente. Ela a examinou, e então olhou para Robin. Ela ainda respirava. Ainda estava viva. Ainda estava ali. Sua filha. Como colocar um fim nisso? — Eu não sei o que fazer.

— Talvez se a gente soubesse sobre isso, a gente poderia tomar uma decisão mais facilmente. A senhora quer que eu procure me informar melhor?

Kathryn perguntou logo:

— Sobre o quê?

— Sobre a doação de órgãos. Procurar saber o que isso envolve.

— Ainda é *cedo* demais.

— Isso não significa que vamos tomar uma decisão. É só para a gente ficar sabendo.

— Ninguém vai poder usar o coração dela.

— Tem outros órgãos. Nós não deveríamos explorar as opções?

Mas qualquer opção envolvia terminar a manutenção artificial da vida de Robin. Kathryn deu um suspiro estremecido.

— Pensar sobre isso me deixa exausta.

Molly estava obviamente chateada.

— Desculpa. Eu achei que poderia ajudar.

— Porque nos diz o que Robin quer?

— Porque estaríamos fazendo algo de bom.

Mas Kathryn tinha muito medo de cometer um erro.

— E se a Robin tivesse outra coisa completamente diferente em mente quando se ofereceu para ser doadora de órgãos? E se ela estivesse pensando num acidente repentino, como uma batida de automóvel, em que você morre de imediato? Ou, Deus me livre, um assassinato? — Ela deu um suspiro cansado. — O que eu estou falando? *Deus me livre, um assassinato?* Um acidente de carro já é horrível. Toda mãe tem medo disso, ainda mais quando os filhos começam a dirigir. Mas um assassinato é o maior pesadelo de todas as mães. Ou pelo menos elas acham que é. — Ela olhou para Molly. — Isso é pior. Essa decisão? Como é que uma mãe *toma* uma decisão dessas? — Ela não esperava que Molly soubesse a resposta, mas ainda assim ficou surpresa com o silêncio da filha. — Não vai falar nada? — perguntou com um sorriso triste. — Onde está a sua veemência?

— É difícil ser veemente aqui.

— Ou seria o vestido? Você parece muito madura.

— Eu me sinto muito madura. Algo assim acontece, e *todo mundo* se sente velho. Eu não discordo da senhora, mãe. Isso *é* pior. Eu só estou tentando ajudar.

Kathryn fitou a filha mais nova — os olhos castanhos perturbados, o cabelo cor de areia escapando do grampo, a boca larga e melancólica. Ela era tão atraente quanto Robin, ainda que de uma forma mais suave. A língua dela, que podia ser afiada, mais do que compensava por isso. Mas Kathryn não estava reclamando. Pegando a mão de Molly, disse:

— Você ajuda. Você e Robin são dois lados de uma mesma moeda. Ela me diz aquilo que eu quero ouvir, você me diz o que eu não quero. E as duas coisas precisam ser ditas. É só que talvez tenha sido apenas mais fácil escutar sua irmã.

— Eu preciso aprender a ficar de boca fechada. Eu falo as coisas sem pensar.

— Mas não são coisas bobas. Como o que você disse sobre a sua avó. — Batendo na coxa com a mão de Molly, Kathryn reclinou a cabeça para trás. Embora fosse doloroso, ela precisava encarar a questão. — Você tem razão. Eu só não consigo lidar com isso ainda.

— Eu estava pensando que, se a senhora conseguisse se reconectar a Nana, isso ajudaria a compensar essa perda.

— Na minha cabeça, a sua avó também é uma perda.

— Ela ainda me consola.

— Sério? Você não acha que são as lembranças?

— Consolo é consolo.

— Aqui com Robin também — observou Kathryn.

Fechando os olhos, ela encostou a bochecha na mão de Robin. Não cheirava mais como sua filha — não havia nenhum resquício de creme muscular ou luvas suadas, e Robin havia parado de comer sanduíches de pasta de amendoim com marshmallow há muito tempo. Mas ela era apaixonada por eles quando pequena. Acolhendo a fuga com gratidão, Kathryn se refugiou em memórias de gangorras e balanços.

Chris estava no parquinho com Erin e Chloe. Eles costumavam andar até lá nos fins de semana, para que a bebê pudesse ver outras crianças, e havia muitas naquele sábado à tarde. Chloe estava intrigada. Enquanto ele a empurrava no balanço de bebês, a cabeça dela balançava para frente e para trás, acompanhando uma menina no balanço maior ao lado dela.

Erin se aproximou e disse em voz baixa:

— Me conta mais sobre ele.

Chris não queria falar de Peter. Ele não queria pensar em Robin. Esperava que o parquinho pudesse ser um momento de alívio.

Mas Erin havia perguntado. E ele estava sendo acusado de não querer conversar. Então disse:

— Ele foi bem simpático.

Chegou a vez de Erin empurrar o balanço.

— Foi estranho ver ele e sua mãe juntos?

— Só quando eu pensava nisso.

— Ela se comportou de forma diferente com ele?

— Tipo passando bilhetinhos de amor para ele?

Como Erin ficou em silêncio, ele olhou para ela, que parecia acusativa.

— Não foi isso que eu quis dizer — murmurou ela. — Eu estou tentando imaginar o que ela teria sentido ao vê-lo pela primeira vez depois de todos esses anos.

— Ela não falou nada nesse quesito. Pelo menos não para mim. Talvez tenha conversado sobre isso com a Molly. O papai e eu estávamos no fim do corredor. .

— Eu não consigo nem pensar em como alguém pode guardar um segredo como esse. Eu não sei como alguém consegue viver com medo de que um segredo seja descoberto.

— O meu pai sabia.

— Mas a Robin não. Como você acha que ela se sentiu quando recebeu aquele telefonema?

— Surpresa?

— Você ficou surpreso. Ela deve ter se sentido muito pior. Chocada, amedrontada, irritada até. Não consigo me imaginar escondendo algo assim de Chloe.

— Bem, você não é a minha mãe. Você não passou pelo que ela passou. Às vezes, a gente faz coisas que preferiríamos não precisar fazer.

Como *isso* era verdade...

— O tiro saiu pela culatra — disse Erin, empurrando o balanço mais uma vez. — Imagina o seu *pai* vendo o Peter lá. Uma coisa é se encontrar com alguém que a sua esposa conheceu, mas alguém com quem ela teve um caso? Isso deve ser *humilhante.*

Chris lhe lançou um olhar desconfortável. Quem a escutasse falando poderia achar que ela sabia sobre Liz e o estava instigando a confessar.

— O que houve? — perguntou ela na inocência.

Ele fez que não com a cabeça e freou o balanço.

— Está na hora da caixa de areia — disse ele a Chloe enquanto a tirava do balanço.

Erin persistiu.

— Por que você me olhou daquele jeito?

Chris colocou Chloe na caixa de areia e, surrupiando um baldinho, colocou a mão da filha numa pá e a ajudou a enchê-lo de areia.

— Fala comigo, Chris — disse Erin.

— Isso aqui é um parquinho. Não é lugar para conversas sérias.

— Eu não estou criticando a sua mãe. Só estou tentando entender mesmo. Você deve estar sentindo muitas coisas.

— Você não tem ideia — murmurou ele.

— Então me conta — implorou ela.

Comprimindo a areia do baldinho, ele a nivelou e então disse:

— Olha para mim, Chloe. Olhe o que o papai faz. — Ele virou o baldinho rapidamente e o levantou mais devagar, mas a areia estava seca demais para manter a forma. — Ah... Precisamos de água.

Ele olhou para o bebedouro.

— Do que eu não tenho ideia? — perguntou Erin, mas ele pegou o balde e o levou até o bebedouro. Segundos mais tarde, voltou e pingou água na pilha de areia desmoronada.

Quando Chris levantou o olhar, viu que Erin havia se levantado e estava se afastando. Ele não estranhou até que a viu passar direto pelo carrinho de bebê, atravessar o portão do parquinho e começar a andar pela rua.

Consternado, ele largou o baldinho e pegou Chloe, que começou a chorar no mesmo instante. Tentou acalmá-la com palavras suaves enquanto a colocava no carrinho. Como isso não funcionou, ele pegou uma mamadeira na parte de trás. Então começou a empurrar o carrinho o mais rápido que podia. Erin já havia se afastado bastante e estava virando a esquina quando ele a alcançou.

— O que houve? — perguntou ele.

Ela se virou e o encarou.

Chris levantou a mão numa tentativa de aplacar a ira da esposa, mas a baixou rapidamente. Não era ela que estava errada.

— Eu estou com um problema — disse ele.

— Me conta uma novidade.

— Eu conheci a Liz Tocci quando estava na faculdade.

Erin teve um sobressalto.

— O que *isso* significa?

— Eu a conheci.

Erin ficou pálida.

— Você... teve um *relacionamento* com ela?

— Foi coisa de semanas. Nós terminamos logo depois que eu comecei a sair com você, mas houve uma breve sobreposição.

— Você estava dormindo com nós *duas*?

— Não. Eu terminei com ela antes que nós dois começássemos a dormir juntos.

Erin engoliu em seco.

— Você nunca me contou isso antes.

— O que havia para contar? O relacionamento tinha terminado.

— *Liz Tocci?* Ela tem idade para ser sua *mãe.*

— Ela só é dez anos mais velha do que eu.

— E você achou isso legal?

Ele tentou pegar a mão dela, mas Erin a afastou. Sentindo nojo de si mesmo, disse:

— Foi divertido. Eu me senti bem. Eu estava no último ano da faculdade, cheio de gás. Eu não me orgulho disso, Erin. Por isso eu nunca te contei.

— Mas você a trouxe para trabalhar em Snow Hill.

— Não foi bem assim. Ela queria sair da cidade e ouviu de um dos nossos fornecedores que nós estávamos procurando um profissional de design. Ela me ligou. Arranjei um encontro entre ela e a minha mãe. O meu envolvimento acabou por aí.

— Mas você deu boas referências dela.

— Isso também não é verdade. Ela conseguiu o emprego por conta própria. As credenciais dela eram boas.

— Como foi que você teve coragem de *trazê-la* para cá? — gritou Erin, parecendo magoada.

Chris havia sido totalmente ingênuo. Ou talvez tivesse sido indiferente. Qualquer uma das opções era patética. Era o tipo de coisa que ele não queria discutir com alguém que amava tanto; mas seu pai não dissera que compartilhar sentimentos era difícil? *Se alguém discorda, você se sente ofendido; em especial quando se trata da pessoa que você ama. Mas a solução não é se fechar.*

Então ele forçou as palavras a saírem.

— Para ser sincero, eu pensei: *trata-se de alguém que eu conheço, uma velha amiga, e se ela tem capacidade para fazer o trabalho, tudo bem.* Depois que nós dois terminamos, nunca mais houve *nada* entre nós. Eu só não pensava nela dessa forma.

— Então qual é o problema agora?

Chris se inclinou para frente. Chloe estava dormindo, a mamadeira pela metade, caída em seu colo. Endireitando-se, ele olhou para a esposa.

— O problema é que Molly a demitiu, e ela quer se vingar. Ela diz que se não for readmitida, vai fazer um estardalhaço sobre o nosso relacionamento.

— O que ela pode fazer?

— Criar problemas entre você e eu. Ela vai te mostrar uma foto daquela época e outra da conferência de design desse ano e então insinuar que nós estávamos juntos.

— Fotos da conferência *desse* ano?

— A Snow Hill tem uma barraca lá, e eu sou um Snow. Eu também tirei fotos com Tammy, Deirdre e Gary. Por Deus, elas estão todas penduradas no mural perto da sala da minha mãe, e a foto com Liz é exatamente igual às outras. Eu não estava com ela, Erin. Você é minha esposa. Eu escolhi você porque te amo. Eu amo a Chloe. Eu amo a minha vida. Liz Tocci é uma pessoa rancorosa. Aparentemente a vida dela não saiu como ela queria.

Erin o fitou por um bom tempo. Por fim, ela pegou o carrinho e começou a empurrá-lo, caminhando numa velocidade comedida.

— E então? — perguntou ele, andando ao lado dela.

— E então, o quê?

— Você está bem?

— É claro que eu estou bem — disse ela com raiva. — Você achou que eu ia enlouquecer, bater boca, chorar, pedir um divórcio só porque você esteve com outra pessoa antes de mim? Eu estou irritada porque você demorou tanto tempo para me contar, só isso. Foi *tão difícil* assim?

— Foi. Eu me sinto um bosta.

— E você deveria. Você estava errado. Mas eu sou uma pessoa sensata, Chris. Se você tivesse me contado sobre ela quando nós começamos a namorar, não teria tido problema algum.

Ela começou a empurrar o carrinho mais rápido. Ele apertou o passo. Erin parecia zangada. Isso o deixava nervoso.

Depois de algum tempo, ela diminuiu novamente a velocidade.

Ele continuou olhando para ela.

— A Liz não significa nada para mim.

Quando Erin assentiu, ele perguntou:

— Você acredita em mim?

— Em vista da dificuldade que você tem para falar e do que você acaba de conseguir dizer, sim, eu acredito em você.

Ela lançou um olhar severo para ele, mas lhe deu o braço.

A recompensa o incentivou a falar mais.

— Você estava certa. As coisas mudaram depois que nos casamos. Mas os problemas também mudaram. — Eles continuaram andando. O silêncio dela se tornou um encorajamento. — Eu sou um bom profissional, e eu achava que me comunicava como o meu pai fazia em casa. Pelo visto, eu não sabia o que ele fazia. — O braço dela se entrelaçou ao dele de forma mais confortável, mas ela continuou calada. Então ele disse: — Na verdade, ele conversava quando ele e a mamãe estavam sozinhos. Como é que eu ia saber? Um diploma de contador não inclui cursos sobre como conversar com sua esposa. Não é que eu não queira que você saiba das coisas, Erin. Eu só não gosto de falar.

— Mas você não se sente melhor quando fala?

Era verdade. Freando o carrinho, ele a puxou para si e lhe deu um abraço apertado.

— Coloca para fora — disse ela.

Mas sentir-se melhor quanto a Liz deu lugar a outras emoções.

— Minha irmã está morrendo. E eu não sei o que fazer. — Erin massageou as costas dele. — Ela era uma boa irmã — continuou ele. — Nem sempre eu gostava do que ela fazia, mas ela me amava. Você se lembra do brinde dela no nosso casamento? De como ela interrompeu uma viagem quando a Chloe nasceu? E a Chloe não vai conhecer a tia dela.

Ele sentiu um nó na garganta. Ele ficou calado por algum tempo, mas Erin pareceu entender. E continuou abraçada a ele, no meio da calçada. Ele não pensou em mudar de lugar.

— Eu acho que eles deveriam desligar os aparelhos. Mas talvez eu esteja errado. Se Chloe estivesse deitada lá, daquele jeito, eu ia querer mantê-la viva o máximo de tempo possível.

— Se ela não estivesse sofrendo.

— A Robin não está sofrendo. Ela está confortável. Parece horrível, mas nós estamos nos beneficiando disso. Se ela tivesse morrido na segunda-feira, a gente não teria descoberto sobre o Peter. Molly não teria ficado estressada a ponto de demitir Liz. Liz não teria me ameaçado e você e eu não estaríamos conversando. — Afastando-se de Erin, ele disse: — Eu não sei o que fazer.

— Você está lá. Você está em Snow Hill. Isso é o suficiente.

Ele levantou a cabeça.

— Você também está em Snow Hill. O papai quer te contratar.

— Você quer isso?

— Se for o que você quer.

— Você me quer lá?

— Você quer estar lá?

— *Chris.*

— Sim, eu quero você lá. Trata-se de um negócio de família, e você é da família. E você é boa.

— Em quê?

— Em qualquer coisa que envolva diplomacia. Você é diplomática.

Erin fez um som de desprezo.

— Nem sempre. Eu parabenizei Molly quando ela demitiu Liz. O que você pretende fazer com relação a ela, Chris?

— Vou ligar para ela. Eu já conversei com o papai. Ele não quer que Liz seja readmitida. Vou oferecer uma rescisão generosa.

— Talvez outra pessoa devesse ligar.

Chris certamente não queria fazer isso. Mas ele concordava com o pai.

— Eu fiz a burrada. E eu que tenho que consertar as coisas. Essa decisão é minha. Ela precisa saber disso.

Ele esperou só até chegarem a casa para localizar o número dela na lista telefônica de Snow Hill e fazer a ligação.

— Você demorou um bocado — disse Liz quando escutou a voz dele. — Imagino que a espera será recompensadora. Você sabia que a sua irmã trocou a fechadura da minha sala? Eu estive lá hoje de manhã e não consegui entrar! Eu gostaria de uma chave nova.

Ainda que Chris não tivesse discutido a situação com Molly, Charlie e agora Erin, a arrogância na voz de Liz teria sido a gota de água.

— Você não vai ganhar uma chave, Liz. Você não vai ser readmitida.

— Como é que é? — perguntou ela no mesmo tom afetado.

— Nós vamos te dar quatro semanas de salário e dois meses de cobertura no plano de saúde.

— Vocês vão me *dar* isso? — Ela riu. — Acho que você não me entendeu. Eu posso destruir a sua vida, Chris.

— Eu acho que você já foi neutralizada — disse Chris com prazer. — A minha família inteira sabe que nós dois estivemos juntos. Minha mulher também. E, para ser sincero, eu acho que ninguém mais importa. Quatro semanas de salário, dois meses de cobertura no plano de saúde.

Houve uma pausa.

— Você está pronto para ver as fotos no jornal?

Ele afastou o celular da boca.

— Fotos no jornal? — perguntou ele a Erin em voz alta. — Da conferência de design de Concord? — Ele estava começando a se divertir. — Isso seria uma boa publicidade para a Snow Hill, você não acha? — Então voltou a falar com Liz: — Boa ideia, Liz. A minha esposa está substituindo o meu pai. Você sabia que ela já trabalhou com relações públicas? Nós vamos divulgar a história nos jornais na segunda de manhã, junto a algumas outras fotos. Talvez eles não publiquem. Mas é uma boa ideia. Obrigado pela sugestão.

O telefone de David tocou. Ele havia se vestido para correr, mas estava procrastinando. Não se exercitava desde segunda à noite.

— Alô.

— Aqui é Wayne Ackerman. Você está em casa?

— Aham, é claro, dr. Ackerman. Está tudo bem com Alexis?

— É sobre isso que eu quero conversar. Estarei aí em dez minutos.

Ele desligou antes que David pudesse lhe dizer onde morava, embora seu endereço certamente estivesse no cadastro dos funcionários da escola.

O apartamento dele era pequeno e estava bagunçado. Sabendo que não conseguiria fazer muita coisa em dez minutos, desceu as escadas e saiu do prédio. David estava no estacionamento quando o BMW roncou no final da rua.

Ackerman estacionou e saiu do carro. Ele vestia calça cáqui e camisa preta.

— Obrigado. Eu sei que hoje é sábado.

David gesticulou indicando que não havia problema.

— Como a Alexis está?

— Minha filha estava muito enfraquecida, por isso ela desmaiou. Ela já está se sentindo mais forte. A questão é que nós vamos ter que lidar com algumas questões, mas espero que você possa nos ajudar.

— É claro. Alexis é uma menina extraordinária.

— Nós queremos minimizar o estresse, e no momento ela está estressada com relação ao que as pessoas estão dizendo. O diagnóstico oficial é exaustão. Alexis tem gastado energia demais. E ficará sem ir à escola por uma ou duas semanas para se recuperar. Você acha que poderia pegar as tarefas dela e trazê-las até a minha sala todos os dias? Ou o que é ainda melhor, você poderia levá-los até a nossa casa depois que ela tiver alta? Seria bom para ela ter contato com alguém da escola.

O que ele queria dizer, David sabia, era que seria bom se a escola soubesse que um de seus funcionários estava cuidando da situação. Isso evitaria que outra pessoa fosse até lá e descobrisse a verdade. Com David como o único intermediário, as poucas notícias que vazassem podiam ser controladas.

David não estava satisfeito por ser usado dessa maneira. Isso o colocava numa posição terrível. Mas que escolha ele tinha?

— Eu posso fazer isso — disse ele educadamente.

— Você será o nosso porta-voz. As pessoas vão te procurar quando quiserem saber como ela está.

— Aham.

— Se tiver alguma dúvida, pode me ligar. O objetivo é que planejemos bem as coisas para que o retorno de Alexis à escola seja o mais tranquilo possível.

— Um bom objetivo — disse David.

Dando um passo para trás, ele observou enquanto o diretor se afastava de carro. Então ele foi correr. E correu vigorosa e rapidamente, socando os pés contra o pavimento como forma de punir a si mesmo por ter sido um covarde; mas quando chegou ao estacionamento, começou a analisar os fatos. Alienar o dr. Ackerman prejudicaria Alexis. *Ela* sabia que David estava ciente da verdade. No momento certo, talvez a menina se abrisse. Por ora, ele se enquadraria às regras do jogo.

Frustrado por ter tido que racionalizar isso, o humor dele não estava dos mais receptivos quando uma buzina o fez parar no momento em que estava prestes a entrar em casa. Era Nick Dukette, que não tinha o cadastro da escola para obter o endereço de David, mas que o havia conseguido mesmo assim.

Suado e desgrenhado, David ficou parado com as mãos na cintura esperando Dukette se aproximar. Ele tinha nas mãos um envelope grande de papel pardo.

— Os papéis que prometi — disse ele, entregando o envelope a David.

— Você foi rápido.

— Eu estou trabalhando nisso há um ano. E ainda não acabei. Mas o que está aqui dá uma ideia do que eu estou fazendo. — Ele abaixou o tom de voz: — Alguma novidade sobre a situação de Robin?

David fez que não com a cabeça.

— Ela ainda está por dependendo dos aparelhos?

— Que eu saiba, sim. Olha, eu não sei se vou conseguir fazer alguma coisa com isso aqui. Eu não sou bem-quisto na minha família.

— Tem mais gente visitando a Robin? Amigos, outros corredores?

— Eu não sei.

— Você?

— Não. Por que você está perguntando?

David não tinha nenhuma intenção de facilitar as coisas.

Nick examinou o cascalho, depois as árvores.

— É difícil comer, dormir, seguir adiante... — Ele olhou para David. — Você já amou alguém?

— Ainda não.

— Bem, é horrível — exclamou ele com uma crueza que emprestava autenticidade às palavras. — Como é possível pensar numa pessoa o tempo todo? Eu não consigo entender. E o pior é que provavelmente a gente não era feito um para o outro. Duas estrelas. A combinação pode ser letal. Mas eu imaginei que Robin não fosse correr para sempre, e então tudo ficaria bem. Mas agora ela está respirando por meio de aparelhos. Como é que eu convivo com isso?

Ele parecia prestes a chorar. David não queria ver isso. E também não queria acreditar que nada a respeito daquele homem fosse honesto.

Porém, ali em pé, tentando controlar as emoções, Nick Dukette parecia sincero.

Cedendo um pouco, David disse:

— Escuta, eu vou ler o que você escreveu. Posso te contatar mais tarde?

Nick sequer pareceu aliviado. Ele continuou desolado.

— Claro. Meu número está aí dentro. — Ele olhou para as árvores, então de novo para David. — Você não tem por que gostar de mim. Nenhum motivo para *confiar* em mim. Você sabe o que os jornalistas fazem. Mas isso não é para o jornal. Eu não piso na redação há dois dias. Eu nem sei quando eu vou voltar. Eu não me *importo*. Mas estou te implorando, se você souber alguma notícia de Robin, se alguma coisa mudar, você me avisa?

David assentiu.

CAPÍTULO 19

Molly gostava de se manter atualizada sobre os estudos mais recentes de horticultura. Novas pragas eram descobertas, novos tratamentos. Ela acreditava que, se estivesse familiarizada com ambas as coisas, estaria pronta para agir caso suas plantas ficassem doentes.

E naquele momento sentia a mesma coisa com relação à doação de órgãos. Familiarizar-se com o processo facilitaria as coisas quando chegasse a hora. Kathryn não era capaz de pensar nisso ainda; mas quando estivesse pronta, Molly queria ajudar de alguma forma.

Se não fosse sábado, teria ligado para a assistente social que estivera na reunião de quinta-feira. A segunda escolha era sua enfermeira favorita entre as que cuidavam de Robin. A mulher era uma gordinha simpática, com traços físicos tão suaves quanto sua natureza afetuosa. Quando Molly perguntou se elas podiam conversar, a enfermeira a conduziu até um quarto vazio.

— Doação de órgãos — disse Molly. Porém acautelou logo em seguida: — Por favor, não fale nada disso à minha mãe. Ela ainda não está pronta. Faz apenas dois dias que isso se tornou uma alternativa. — Hesitante, olhou para a enfermeira. — Quanto tempo costuma demorar?

— Depende da pessoa. Sua mãe e sua irmã eram bastante próximas.

Molly fez um som de concordância. *Bastante próximas* era um eufemismo.

— Sua mãe não quis conversar com um padre nem com um pastor — observou a enfermeira.

— As aflições dela não são de ordem religiosa, são pessoais. Ela não está pronta para desistir de Robin... não que eu esteja — acrescentou Molly rapidamente —, mas a Robin se cadastrou como doadora de órgãos. Você pode me falar como isso funciona?

— É claro. Na verdade, é muito fácil. Quando chegar o momento, você avisa para a gente. Nós contatamos o banco de órgãos da Nova Inglaterra, que envia representantes até aqui para conhecer vocês. Eles explicam o processo e obtêm seu consentimento. Eles são muito experientes com isso, Molly. Aconselham as famílias com relação às emoções envolvidas.

— E que emoções são essas?

— Ahh — suspirou a mulher —, elas variam. Alguns membros da família ficam com raiva; eles não querem fazer isso. Outros ficam ressentidos porque outro indivíduo poderá viver, enquanto o seu familiar vai morrer; a maioria das pessoas fica abalada por perder um ente querido. Algumas vezes, a doação de órgãos pode ser um consolo. Algumas famílias têm vontade de conhecer os receptores, outras preferem não saber de nada.

Molly estava curiosa.

— Nós conseguiríamos os nomes?

— Não. As leis de privacidade impedem isso.

— Mas eu já vi vídeos de receptores se encontrando com as famílias doadoras.

— Quando um receptor deseja agradecer à família doadora, o banco de órgãos pode colocar os dois em contato, mas só se a família doadora estiver de acordo. Na maioria dos casos, o anonimato prevalece. Os representantes do banco de órgãos talvez digam: "Nós temos sete pacientes em Boston esperando por corações, seis esperando por rins", e assim por diante, mas eles não fornecem dados específicos.

— Então o receptor seria da Nova Inglaterra?

— Não necessariamente. O banco local trabalha em conjunto com uma rede nacional para conseguir órgãos para os receptores certos. Se o paciente adequado estiver no Noroeste Pacífico, o órgão vai para lá.

— Nós podemos especificar um receptor? — perguntou Molly, pensando que, se Kathryn pudesse ouvir as histórias, ou até mesmo se encontrar com as pessoas que estavam esperando por transplantes, ela poderia ser convencida.

Mas a enfermeira deu um sorrisinho.

— A menos que se trate de um membro da família doando, digamos, um rim a um parente, nunca se faz isso. Você pode imaginar a confusão? Acusações de favoritismo, processos judiciais alegando discriminação? Uma vez ou outra, você ouve falar de uma pessoa famosa sendo colocada no topo da lista de espera. Mas, de modo geral, isso é um rumor, não um fato. Os bancos de órgãos são dedicados à imparcialidade.

Na verdade, isso estava certo, decidiu Molly. Robin ia querer que seus órgãos fizessem o maior bem possível.

— Quanto tempo leva para que a coleta seja feita depois que a pessoa morre? — perguntou Molly, pela primeira vez indo além da decisão propriamente dita. Embora a pergunta precisasse ser feita, ela sentiu calafrios.

Molly deve ter demonstrado seu mal-estar, já que a enfermeira colocou o braço em seu ombro.

— O mais rápido possível. No caso de alguém como a sua irmã, logo que uma decisão seja tomada no sentido de desligar os aparelhos, o processo começa. Receptores são localizados, muitas vezes hospitalizados mesmo antes que o processo de desligamento dos aparelhos seja concluído. Assim que o óbito é confirmado, um médico realiza o procedimento. E os representantes do banco de órgãos levam o órgão até o receptor.

Tudo parecia muito direto e eficiente, embora Molly não pensasse assim quando se tratava de Robin.

— Depois que vocês desligarem os aparelhos, quanto tempo...

— Até que o coração dela pare? — completou a enfermeira em tom afetuoso. — Sem atividade cerebral? Não muito tempo.

— Ela vai sentir dor?

— Não, ela não vai sentir nada.

Molly engoliu em seco. O fim parecia tão próximo...

— Então, quando isso acontecer, quando o coração dela parar, ela vai ser transportada do quarto?

— E levada para uma sala de cirurgia.

— E depois? Ou seja, no enterro, nós vamos ver alguma coisa?

— Você quer saber se ela vai ficar desfigurada? — perguntou a enfermeira, compreensiva. Ou ela estava acostumada à pergunta ou simplesmente sintonizada aos pensamentos de Molly. — Sua irmã não ficará desfigurada. Todo o processo é realizado com muito cuidado, de modo que, mesmo com o caixão aberto, o ente querido fica com sua aparência de sempre.

Molly assentiu. Os olhos dela encontraram os da enfermeira.

— Se eu estou tendo dificuldades com isso, eu já posso ver como vai ser para a minha mãe.

— Ela é uma mulher forte. Só precisa do tempo dela.

Kathryn sabia que o tempo era escasso. Nada, absolutamente nada a respeito do estado de Robin tinha mudado, e, mesmo assim, Kathryn não tinha o menor controle da vida da filha. Passando as mãos no cabelo escuro de Robin, Kathryn tentava restaurar algo da aparência de uma corredora fisicamente ativa; no entanto, a testa da filha estava fria demais; as pálpebras, muito paradas. A cada dia, ela se tornava menos a Robin que Kathryn havia criado.

Ou talvez a mente de Kathryn estivesse se ajustando. Aceitando.

Uma parte dela tinha medo de que fosse esse o caso.

Com os cotovelos na beirada da cama, ela segurou a mão de Robin e, beijando-a, examinou o rosto da filha.

— Eu te amo — sussurrou.

Kathryn queria dizer mais, mas sentiu um nó na garganta; e, quando achava que já havia esgotado as lágrimas, seus olhos se encheram de novo.

Charlie tocou seu braço.

— Vamos andar um pouco — sugeriu ele, carinhoso.

Mas Kathryn continuou olhando para Robin. Ela não disse nada. Robin já não podia ouvir. A mãe aceitara isso, embora a ideia lhe trouxesse mais lágrimas. Enxugando-as, ela se levantou. O braço de Charlie foi um apoio sólido enquanto eles atravessavam o corredor.

Conduzindo-a para o saguão, ele apontou para fora. Na extremidade esquerda estava o rio, mas mais perto, num trecho gramado bem para cá do escarpado, havia um cartaz: *Estamos orando por você, Robin*. Mais próximo, alguns amigos de Robin estavam sentados em círculo.

— Outros amigos trouxeram cartazes — disse ele —, mas esse é o primeiro grupo que encontra o local perfeito. Eu tenho recebido ligações da imprensa. Por enquanto, eles estão segurando a história.

Estamos orando por você, Robin. Kathryn começou a chorar de novo. Ela apertou o rosto contra o braço de Charlie até recobrar o controle.

— Eu não sou de fazer isso — sussurrou ela por fim.

— De chorar? — perguntou Charlie, aproximando-a mais de si.

— De perder as estribeiras.

— Você está agindo como qualquer mãe. E você está exausta.

— Eu estou arrasada; rasgada de um lado, rasgada do outro. O definitivo nunca foi tão *definitivo* antes. O que eu devo fazer, Charlie?

— Ah, querida. Eu não posso tomar essa decisão por você.

Isso lhe pareceu injusto.

— O começo da vida, o fim da vida; por que a decisão sempre tem que ser da mãe? Quando fiquei grávida, fui obrigada a decidir se teria o bebê sozinha ou se faria um aborto. Peter não me deu nenhuma opinião. Era só eu. A escolha foi minha.

— Pelo menos havia escolhas.

— E as duas eram assustadoras. Escolher abortar é doloroso, mesmo quando isso é feito pelos motivos certos. Depois eu teria sofrido durante anos, e jamais teria conhecido Robin. Essa escolha é pior ainda.

— É o preço de se ter uma vida que valha a pena ser vivida. As escolhas são fáceis quando não se tem nada a perder. Você preferia ter vivido aquele outro tipo de vida? — Ela estava se sentindo perversa o suficiente para dizer *sim*, quando ele acrescentou: — Você não iria conseguir, Kathryn. Essa não é a sua natureza. Eu sempre amei a sua determinação, a garra com que você encara os desafios.

— Mas agora eu estou desistindo — disse ela, censurando a si mesma. Essa era a parte assustadora de aceitar o que estava acontecendo. Desistir era uma forma de traição.

Charlie respondeu com uma força surpreendente:

— Não, Kathryn. Se alguém lutou nesses últimos dias, esse alguém foi você. Não é sobre desistir. — Ele abrandou a voz. — Trata-se de aceitar, e eu digo isso da forma mais positiva possível. Em algum momento, você decidirá que não há mais nada a se fazer e que tentar agarrar-se a Robin só vai te trazer ainda mais lágrimas.

— Você já chegou a esse ponto? — perguntou Kathryn.

Ele ficou em silêncio, com os olhos perturbados.

— Eu quero me lembrar de Robin como ela era. Isso só vai acontecer quando tudo terminar.

— Esse motivo é suficiente para desligar os aparelhos?

— Sozinho, não.

— E que motivo seria suficiente?

Ela estava buscando algo. Algo concreto. Uma razão para descansar nos anos vindouros.

— Você ter alcançado a paz com relação à situação.

Aquilo não era concreto, pensou ela. Era *nebuloso*. Dito por Charlie, no entanto, tratava-se de um desafio.

— Mas Robin não está sentindo dor — argumentou Kathryn, frenética. — Ela não está sofrendo. Deve haver uma razão para isso, para o fato de podermos manter o coração dela batendo por tempo indeterminado mesmo quando seu cérebro está morto.

— Algumas pessoas fazem isso para ganhar tempo, até que uma cura milagrosa seja descoberta.

— Você acredita em milagres — lembrou ela, perguntando-se se ao menos uma pequena parte dele estaria disposta a esperar. Isso já serviria com esperança.

— Milagres dentro do razoável — esclareceu ele. — Quando a probabilidade de que determinada coisa aconteça é pequena e aquilo acontece, chamamos isso de milagre. Porém, no caso de Robin, não existe probabilidade. Eu pesquisei na internet, Kath. Eu me informei com amigos que conhecem médicos. Nenhum desses médicos acha que exista a mínima chance de recuperação com resultados de exames como os dela. Sim, nós estamos ganhando tempo, mas isso é para o *nosso* bem, não o de Robin.

— Para o meu — murmurou Kathryn. — Robin tem sido grande parte da minha existência. Eu não consigo me imaginar sem ela. Uma vez que essa... esta vigília terminar, uma vez que eu parar de vir aqui todos os dias, vou ter um buraco imenso na minha vida.

— Ele vai fechar. Você vai tapar com outras coisas.

Ela não conseguia imaginar aquilo. Sua mente estava entorpecida.

O sol havia começado a baixar, mas os amigos de Robin continuavam no gramado.

— Alguém deveria agradecer a eles.

— Molly está lá embaixo.

Kathryn tentou vê-la, mas sua vista estava muito cansada.

— Ela está me pressionando com relação à doação de órgãos.

— Pressionando, não — acautelou Charlie com carinho —, apenas dizendo que Robin tinha interesse.

Era precisamente isso que Kathryn não podia ignorar. Se tinha aprendido alguma coisa nos últimos dias sobre o seu relacionamento com a filha mais velha, era que a honestidade estivera em falta. Aquilo, sim, era honesto. Ela não podia negar o que estava naquela carteira de habilitação; e o mesmo podia ser dito quanto ao conteúdo dos diários de Robin.

— Aquilo que você disse antes, sobre se lembrar de Robin do jeito que ela era... Você conseguiria fazer isso se os órgãos dela fossem removidos? — perguntou ela.

— É claro que sim — disse ele, determinado. — Você se lembra da minha mãe? De como ela sofreu antes de morrer, de como parecia tão magra e acinzentada depois de tantas cirurgias? Eu não me lembro dela daquele jeito. Eu a imagino como ela era antes de ficar doente. Vai ser assim com a Robin também. Quanto aos órgãos, a verdade é que, se ela os mantiver, eles voltarão à terra mais cedo. Permitir que outras pessoas os usem prolongará a vida delas.

Era um pensamento reconfortante.

— Então você é a favor da doação de órgãos?

— Provavelmente. Mas isso pode ser feito na semana ou no mês que vem. Não precisa ser hoje.

Olhando para o norte, para depois do gramado, para um conjunto de vidoeiros que estavam começando a ficar amarelos, ela sussurrou:

— Eu fico torcendo, e isso é algo horrível de se dizer... mas fico torcendo para que um dos aparelhos deixe de funcionar e o alarme não toque e ninguém venha, e aí não tem mais decisão para eu tomar. Isso me torna uma péssima mãe?

— Não, querida. Você é humana. Isso é difícil.

Ela queria perguntar quando aquilo se tornaria mais fácil, mas ele já havia respondido à pergunta. A situação se tornaria mais fácil quando ela ficasse em paz com o que estava acontecendo. Kathryn estava chegando lá. Mas quanto mais se aproximava, mais temerosa ficava.

Kathryn se lembrou de um momento distinto, no início de seu trabalho de parto com Robin, quando percebeu que na verdade teria que empurrar um bebê para fora do seu corpo através de uma abertura extremamente pequena. O que ela sentira então, apenas horas antes de dar à luz, tinha sido pânico.

Com a morte se aproximando, ela sentia a mesma coisa.

Molly não tinha planos de sentar-se com os amigos de Robin. Estivera passeando pelo escarpado para passar o tempo até que David chegasse, e ali estava o grupo, acenando para que se juntasse a eles, abraçando-a, convidando-a a se sentar. Quando ela se preparou para as perguntas inevitáveis, nenhuma foi feita. Aqueles amigos conheciam a situação. Em vez disso, eles focaram nas lembranças, e as lembranças eram boas. Molly chegou até mesmo a rir com eles de algumas.

Quando viu David no pátio, no entanto, ela se despediu correndo. Afinal, tinha uma missão.

— Isso deveria te deixar feliz — disse ele, olhando para o cartaz.

— Deixa, sim. Você conseguiu encontrar o seu amigo?

Apontando o queixo para o prédio e pousando a mão no braço de Molly com suavidade, ele a conduziu de volta ao hospital. Juntos, subiram um lance de escadas e foram até o fim do corredor, chegando à mesa das enfermeiras, onde David a apresentou a John Hardigan. Um dos médicos do hospital, John tinha quarenta e poucos anos. David fora o professor do filho dele dois anos antes. Eles haviam se tornado amigos e às vezes corriam juntos.

John os conduziu até o pequeno saguão. Quando a porta se fechou, ele acautelou:

— A doação de órgãos é algo muito pessoal. O que vocês gostariam de saber?

— O que você puder me dizer — disse Molly.

O médico olhou para David.

— Pode falar — insistiu Molly. — Por favor.

Isso pareceu ser tudo de que o homem precisava para perceber que ela estava falando sério.

— A doação de órgãos é o ingrediente do qual os sonhos são feitos — começou ele. — Literalmente. Pegue um ano qualquer: mais de quatro mil pessoas vão estar esperando por dois mil corações doados, e quatro mil indivíduos esperando por mil pulmões. Fígados? Dos dezoito mil doentes que estão esperando, é provável que seis mil consigam e outros dois mil morram na fila de espera. E os números são ainda mais altos quando falamos de rins: das sessenta mil pessoas que estão esperando, quinze mil conseguem e quatro mil morrem na fila de espera. Aliás, o índice de sobrevivência nesses transplantes é impressionante, chegando muitas vezes aos oitenta e cinco por cento.

Molly não disse nada. Não tinha como argumentar com números assim.

— Agora mesmo, aqui no Dickenson-May — continuou ele —, nós temos uma mulher com fibrose pulmonar, provavelmente a causa foi uma infecção. Ela tem 35 anos, é jovem demais para essa doença, e tem dois filhos. A fibrose pulmonar ocasiona a formação de tecido cicatricial nos alvéolos, dificultando a respiração. Isso limita o paciente a uma vida sedentária, o que leva a outros problemas futuros. Um pulmão lhe daria uma nova perspectiva de vida.

"E também temos um rapaz de vinte e poucos anos que contraiu hepatite de uma transfusão de sangue quando criança. Ele tem infecções crônicas no fígado, e por isso é hospitalizado diversas vezes por ano, mas ainda assim ele conseguiu se formar pela Universidade de Dartmouth em junho. Ele quer se dedicar à pesquisa médica. E só precisa de metade de um fígado. Outro paciente poderá usar a outra metade, e os dois sobrevivem."

— Metade? — perguntou Molly.

— Só metade — confirmou o médico. — O fígado mesmo é autorregenerativo. E ainda temos as crianças do andar de cima. Uma delas é uma menina de sete anos que tem doença renal cística. Não preciso nem dizer o que um rim significaria para ela.

Ele continuou falando de modo genérico acerca de casos que havia visto, em que um coração, um pâncreas ou até mesmo um intestino doado havia salvado uma vida. Ele falou de doadores e de famílias de doadores, além de novas técnicas que estavam sendo testadas.

Quando ele terminou, Molly havia ouvido o suficiente para entender por que Robin havia se registrado como doadora. E então David lhe contou sobre Dylan Monroe.

— Ele é uma graça — disse ele. Molly e David estavam no pátio dos fundos do hospital agora, terminando de jantar. Como o horário de visitas estava quase terminando, havia apenas um punhado de pessoas ali. — Dylan é um geniozinho da música: o garoto ouve uma música e a toca de ouvido. Ele tem dificuldade na parte acadêmica. Seu aprendizado é lento, mas, quando Dylan consegue pegar a matéria, a coisa anda. O mesmo com esportes. O menino é uma negação. O que o atrapalha é a visão, e por isso a música é essencial na vida dele. Seus ouvidos são mais importantes do que os olhos. Ele usa óculos de lentes muito grossas, mas o problema na córnea torna o mundo dele confuso e embaçado. Quando tiver idade suficiente, Dylan será submetido a um transplante de córnea. Até lá, o garoto precisa se esforçar em dobro. Não é uma questão de vida ou morte. Tecnicamente não se trata sequer de uma doação de órgãos, já que a córnea não passa de um tecido. Mas, se você o visse tentando acompanhar os amigos, você ficaria muito emocionada.

— Minha mãe se comoveria com a história dele — disse Molly.

— Você pode contar a ela?

— Não. Mas eu vou ter que fazer isso, já que ninguém vai. — Deixando o frango que restava no prato, Molly pousou o garfo. — É engraçado, a Robin era egocêntrica em algumas coisas e totalmente altruísta em outras. Ela adorava dar aulas, adorava trabalhar com crianças que precisavam de ajuda. E a doação de órgãos? Você está certo. No caso do menino que precisa de um transplante de córnea, talvez não seja uma questão de vida ou morte, mas ela se importaria com ele também.

David se recostou, dando um sorriso.

— O que foi? — perguntou ela.

— Lembra quando eu te ajudei a empacotar as coisas na quinta-feira e você me perguntou o que eu tinha aprendido sobre Robin? Eu aprendi mais sobre você. O que você acabou de dizer confirma isso. Você amava a sua irmã. Reconhece os defeitos dela, mas você admirava muito a Robin. Você tem sido leal em tudo o que tem feito essa semana.

— *Depois* de ter deixado Robin na mão — lembrou Molly. — Eu nunca vou conseguir me perdoar por isso.

— Vai, sim — disse ele, pegando a bandeja dela e levando ambas até a lixeira.

— Como é que você sabe? — perguntou ela quando ele voltou.

— Porque você é uma pessoa prática.

— Prática? — Eles começaram a andar em direção ao hospital. — Eu? Eu sou emotiva. Eu perco o controle. Eu faço as coisas sem pensar.

— Mas quando você consegue se acalmar e pensar sobre o que fez, você é prática. Você está fazendo coisas que ninguém mais na sua família pode fazer, isso porque alguém precisa fazê-las. Você vai contar à sua mãe o que aprendeu sobre transplantes porque isso vai facilitar a tomada de decisão dela. Você vai se perdoar por não ter ido com Robin à corrida porque ela teria tido o infarto com ou sem você lá... Da mesma forma que isso teria acontecido se eu tivesse saído para correr mais cedo ou corrido mais rápido.

Ele abriu a porta.

Molly entrou.

— Então você já se perdoou?

— Intelectualmente. Eu ainda tenho que lidar com a questão emocional. Isso não significa que eu não sinta muito o fato de não ter chegado lá mais cedo. Mas eu não cheguei. — Os olhos dele encontraram os dela. — Você vai subir de novo?

Molly assentiu.

— Eu preciso conversar com a minha mãe. — Ela entrou no elevador. — Você está indo para casa?

Ele viu a hora e entrou no elevador também.

— O horário de visita termina em cinco minutos. Eu quero dar um pulo no quarto da minha aluna. Se os pais dela estiverem lá, não vou entrar. Eu não sou masoquista.

Ele apertou o botão do andar dela e depois o seu. A porta se fechou.

— Obrigada — disse Molly em voz baixa.

— Apertar o botão do elevador é moleza.

— Não. Obrigada por pedir ao seu amigo para que conversasse comigo. Obrigada por escutar os meus dramas, por me ajudar a encaixotar as coisas e por massagear o meu ego. Você tem sido a única coisa boa nessa semana.

O que era um eufemismo.

— O sentimento é mútuo — disse ele, abrindo os braços.

Abraçar David era tão natural para Molly como andar sob o sol, regar plantas, acariciar gatos. Ela não o via mais como o Bom Samaritano que encontrara Robin. Eles tinham tanto em comum. Num período incrivelmente curto e estressante, ele havia se tornado um amigo próximo. Isso a fazia se sentir muito, muito bem.

O elevador parou. A porta se abriu.

— É o meu andar — disse ele.

Sorrindo, ela continuou olhando para ele até que a porta o tirasse de vista. Quando a porta se abriu novamente, no andar de Robin, seu sorriso havia desaparecido.

David tinha sido sincero com Molly. Foi andando casualmente pelo corredor, preparado para passar direto pelo quarto de Alexis se os pais dela estivessem lá. Somente quando a viu sozinha foi que ele parou. Ela olhou para o professor e sorriu.

— Oi, sr. Harris. Pode entrar. — Alexis se aprumou. — Última oportunidade. Eu vou para casa amanhã de manhã.

— É mesmo? — perguntou David enquanto se aproximava da cama. — Que notícia boa. Como você está se sentindo?

— Gorda — disse ela, dando tapinhas na barriga. — Eles têm me feito comer quantidades *enormes* de comida. Mas isso vai acabar assim que eu chegar em casa. Quero dizer, eu só precisava de mais um dia de descanso.

Eles querem que eu descanse mais em casa e disseram que eu devo demorar a voltar a dançar. Foi o que o médico disse. Mas meus pais sabem que isso é bobagem.

Era isso que David temia. Mas, mesmo desconsiderando quem era essa aluna em particular, ele havia ensinado por tempo suficiente para saber que jamais deveria contradizer os pais de um aluno.

— Estou muito feliz por você, Alexis. Eu vou levar os seus deveres na sua casa, e se houver alguma outra coisa que eu possa fazer...

— Diga a todos que eu estou bem. Eu não estou bem?

Ele examinou o rosto da menina. Suas olheiras estavam ligeiramente mais claras.

— Você está com uma aparência mais descansada — comentou ele.

— Ah, eu estou *muito* mais saudável. Por favor, diga isso a todo mundo na escola. Os médicos dizem que minha saúde está perfeita. Isso tudo não passou de um alarme falso, e eu não estou te culpando, sr. Harris. A enfermeira que me trouxe para cá. Ela deu uma exagerada na reação.

David poderia ter observado que os médicos a internaram por dois dias. Mas, de novo, ele não era pai dela.

— Bem, é sempre bom se cuidar — disse ele. — Então você me avisa se precisar de alguma coisa?

Ela sorriu e assentiu.

— Obrigada, sr. Harris. Agradeço muito a sua ajuda.

Por melhor que David tivesse se sentido instantes antes com Molly, ele se sentiu mal ao sair do quarto de Alexis.

Então viu Donna Ackerman. Ela estava encostada à parede não muito longe da porta da filha, fazendo muxoxo, as mãos nos bolsos. Pela forma como se aprumou e pelo seu ar de expectativa, David sabia que ela estava esperando-o.

Quando ele se aproximou, ela perguntou:

— Ela te disse que está indo para casa amanhã?

— Disse, sim. Ótima notícia, sra. Ackerman.

Mas a mulher estava fazendo que não com a cabeça.

— Ela vai para um centro especializado nisso.

David estava aliviado, mas surpreso.

— Ela disse que os médicos deram boas notícias.

— Isso não é verdade. Ela só escuta o que quer. O senhor sabe que ela tem um problema.

David hesitou. Mas Donna parecia querer a verdade. Então ele disse em voz baixa:

— Sim.

— Bem, eu sou muito grata a você por isso. Você teve tato. Duvido que tenha sido fácil. — Era o mais próximo que ela se permitia chegar de uma crítica ao marido. — Não há uma solução rápida para esse problema. Provavelmente Alexis vai passar umas duas semanas lá e continuar a terapia depois disso. Mas ela gosta de você, David. Você é o elo entre a minha filha e a escola. Alexis vai precisar do seu apoio.

— Qualquer coisa que vocês precisarem — disse David.

— Qualquer coisa? Então tá. Como é que eu digo isso a ela? — perguntou a mulher, indo direto ao ponto. — Eu criei quatro meninos. Nunca tive esse tipo de problema. Você sabe lidar com adolescentes. Ela não faz ideia do centro.

— Ah, eu não sei. — David acautelou. — Pode ser que a Alexis estivesse apenas se vangloriando quando falou comigo. Nessa idade, as crianças ficam divididas. Eu a ouvi usar a palavra anorexia muitas vezes. Eu seria direto. Ela é inteligente demais para ser tratada de qualquer outra forma.

Donna ficou em silêncio. E então suspirou.

— Eu estava achando que você ia falar isso — disse ela, e, fazendo um muxoxo novamente, entrou para ver a filha.

No instante em que Molly entrou no quarto de Robin, ela soube que não ia falar com a mãe sobre doação de órgãos. Kathryn estava visivelmente aflita. Encostada à janela, observava Robin, as mãos apoiadas no peitoril. Olhando para a direção de Molly, ela retirou uma das mãos, mas colocou-a imediatamente de volta, parecendo precisar do apoio. Seus olhos voltaram para a cama.

Alarmada, Molly olhou para lá também.

— Aconteceu alguma coisa?

— Não — respondeu Kathryn com a voz áspera e pigarreou em seguida. — Tudo está exatamente igual.

— A senhora está passando mal, mãe?

Kathryn tirou as mãos do peitoril e cruzou os braços.

— Só um pouco emotiva.

Ela havia chorado. Estava aparente. Os olhos vermelhos e as profundas rugas de cansaço deixavam a mãe fragilizada.

— Eu não deveria ter trazido Peter — disse Molly. — Isso só causou mais complicação.

— Não é ele, é isso — disse Kathryn sem desviar os olhos de Robin. — Eu fico bem num minuto e entro em pânico no outro. Eu sinto que o tempo está se esgotando.

— Eles vão deixar as máquinas ligadas...

— O tempo está acabando — repetiu Kathryn.

Molly estava preocupada.

— Cadê o papai?

— Eu falei para ele ir para casa. Ele estava exausto.

— Você também está. Vai para casa, mãe, por favor? Nada vai mudar. Robin vai estar aqui amanhã de manhã.

— Toda noite é preciosa.

Molly tentou uma abordagem diferente:

— A Robin morava em casa? Não, ela não queria dormir debaixo do seu nariz. Talvez ela queira dormir sozinha agora.

Os olhos de Kathryn se encheram de lágrimas.

— *Já deu* isso de falar sobre o que Robin gostaria de fazer! — explodiu ela, apertando um dos dedos contra os lábios. Um minuto depois, ela cruzou novamente os braços. — Isso é o que *eu* quero, Molly. Além disso — acrescentou ela —, eu não acho que conseguiria dirigir agora.

— Eu posso te levar — ofereceu Molly, sentindo-se pior naquele momento por Kathryn do que por Robin. — O pai pode te trazer amanhã.

Por um minuto, Molly achou que a mãe estava quase cedendo. Mas Kathryn apenas fez que não com a cabeça.

— Não. Eu preciso ficar aqui.

***

Minutos depois que Molly saiu do *quarto, no entanto, Kathryn mudou de ideia. Não, eu não preciso fazer isso*, pensou. *Não é isso o que eu quero. Eu quero a minha mãe.*

O pensamento a surpreendeu, mas ela não conseguiu se livrar dele. Queria Marjorie — queria colocar tudo para fora e chorar nos braços da pessoa cuja obrigação era ouvir. Não importava que Kathryn fosse velha ou independente. Ela precisava da mãe.

Tirando a bolsa da cadeira, ela a vasculhou à procura das chaves. Um pente caiu. Enquanto o pegava no chão, Kathryn esbarrou no suporte do soro. Agarrando-o, ela se estabilizou e, misericordiosamente, o soro continuou a pingar.

Finalmente com as chaves na mão, ela beijou o rosto de Robin.

— Já volto. Vou visitar a Nana.

Fazia sentido sair para fazer aquilo.

Ela parou perto de um grupo de enfermeiras, imaginando que, se soubessem que Robin estava sozinha, a checariam com mais frequência. Enquanto o elevador descia, no entanto, Kathryn desejou que houvesse uma câmera no quarto. Pelo que ela havia visto, as enfermeiras *nunca* entravam no quarto. Elas podiam monitorar os aparelhos do seu posto.

A porta do elevador abriu. Kathryn estava prestes a apertar o botão e voltar para o quarto quando pensou em Marjorie de novo. Ela precisava da mãe. Era algo irracional, obviamente. Marjorie não diria nada que fosse ajudar. Ela não saberia *do que* Kathryn estava falando. Não saberia *quem* Kathryn era, ponto final.

No entanto, ela continuou a andar na direção do estacionamento. A noite tinha caído, mas grandes lâmpadas iluminavam os carros. Já não restavam muitos veículos ali. Mesmo assim ela levou um minuto para encontrar o dela, que estava estacionado onde o havia deixado naquela manhã. Desajeitada, Kathryn deixou as chaves caírem e precisou pegá-las no chão antes de, enfim, abrir a porta. Ao entrar no carro, nem conseguia respirar direito. Sentia-se sufocada

Ela estava aborrecida. Estava cansada. Estava com medo.

Abrindo a janela, Kathryn respirou fundo e ligou o carro. Deu marcha-a-ré e saiu do estacionamento. A estrada principal estava escura. Somente quando um carro buzinou e a ultrapassou, mergulhando-a de volta à escuridão, foi que percebeu que não havia ligado o farol.

A omissão a deixou abalada. Sua mãe tinha Alzheimer. Ela se perguntou se aquilo seria um sinal precoce da doença. Mas *não podia* ser, não com tudo o que havia acontecido naquela semana. Nenhum Deus seria tão cruel.

Desolada, começou a chorar. Com a visão turva, ela passou a dirigir mais devagar, segurando o volante com força, mas ainda assim quase bateu numa grande caixa de correios em formato de flor. *Pare o carro*, disse uma pequena voz. Mas ela fez uma curva fechada rápido demais. O carro saiu da estrada e entrou por um descampado. Ainda com o pé no acelerador, ela tentou corrigir o erro. Em vez disso, perdeu completamente a direção e bateu numa árvore.

CAPÍTULO 20

Kathryn estava com falta de ar. Levou um minuto para levantar a cabeça e outro para mover os braços e as pernas. Nada doía.

O carro não teve a mesma sorte, a julgar pelo barulho que estava fazendo. Querendo silenciá-lo, ela desligou o motor, mas, quando tentou ligá-lo de novo, ele se recusou a pegar.

Um dos faróis ainda estava aceso. Saindo do carro sob os galhos baixos, ela usou a luz para ver o que havia feito. A frente do carro estava amassada contra a árvore em diversos ângulos diferentes. Não saía fumaça, apenas um cheiro estranho e doce de anticongelante e grama.

Com um pequeno atraso, seus joelhos começaram a tremer. Cambaleando de volta para o carro, Kathryn se sentou por um minuto para recuperar o controle. O dano poderia ter sido pior — para ela, para um passageiro, até mesmo para o carro —, mas teve dificuldade de se sentir grata. Era mais uma coisa em cima de todas as outras.

E qual é o nobre propósito de um acidente agora, Charlie?, pensou Kathryn. *E a sua fada, mãe?*

Pelo menos ela não estava chorando. Já era um progresso.

Estava tirando o telefone da bolsa quando viu um carro passar correndo sem parar — mas também ela devia estar a uns seis metros da estrada e seu único farol estava apontado na direção contrária. Um passante não a veria. Ela tampouco podia ver nenhuma casa de onde estava. Mas havia aquela caixa de correio em formato de flor ali perto.

Ia precisar de um reboque. Mas para quem deveria ligar? Ninguém estava machucado, não havia nenhum outro carro envolvido. Mas se a polícia viesse haveria perguntas, e Kathryn não estava com disposição para isso. Então começou a ligar para Charlie, mas também não estava disposta a contar a ele. Quem ela queria, percebeu Kathryn, era Molly.

A filha atendeu após apenas um toque.

— Mãe?

— Onde você está?

— Acabei de chegar em casa. Aconteceu alguma coisa?

Kathryn poderia ter rido, histérica. Por onde começar?

— Você pode vir me pegar?

— *É claro.*

— Não no hospital. Eu tive um pequeno acidente. Você vai ter de me procurar.

— *Acidente?* — gritou Molly, alarmada.

— Eu estou bem. Eu bati numa árvore.

— *Mãe...*

— Eu estou bem, Molly. De verdade. Estou me mexendo. Não estou sentindo nenhuma dor.

No curto silêncio, ela imaginou Molly se recompondo.

— Me diga onde eu te pego.

A voz dela estava falhando, como se já estivesse saindo de casa.

— Estou na South Street, a uns quatro minutos do hospital. Você sabe aquela caixa de correio em formato de flor?

— Sei.

— Eu passei por ela pouco antes de sair da estrada. Um dos meus faróis ainda está aceso. Pode parar no acostamento e você vai me ver.

— Estou entrando no meu carro agora. A senhora tem certeza de que está bem? Você ligou para a polícia?

— E colocar o mundo inteiro em polvorosa?

— Está bem — disse Molly. O motor dela deu partida. — A senhora ligou para o papai?

— Não. Ele deve estar dormindo. Ele acha que eu ainda estou no hospital.

No tempo que Charlie levaria para sair de casa, Molly já estaria lá. Além disso, era de Molly que Kathryn precisava.

No entanto, ela não contou a Molly o que queria até que a filha terminasse de expressar sua preocupação com relação ao carro, desligasse o farol solitário e conduzisse Kathryn até o jipe, quando esta perguntou, indo direto ao ponto:

— Você me leva até a casa de repouso para ver Nana?

Nem a escuridão conseguiu esconder a surpresa de Molly.

— *Agora?*

— Você queria que eu fosse.

— É, mas de dia. Já são quase onze da noite.

— Você acha que ela pode estar na cama com aquele homem? — perguntou Kathryn.

— Eu acho que ela deve estar dormindo — disse Molly com uma lógica elementar. — Nós vamos assim que clarear. Ela realmente dorme sozinha, mãe. Thomas tem o próprio quarto do outro lado do andar.

A voz da filha reconfortou Kathryn. Sentindo-se surpreendentemente calma, disse:

— É que eu estou tendo dificuldade de entender.

— Eu sei, mãe. A senhora não acha que a família dele também acha isso difícil? Mas não é como se eles fossem duas criancinhas se conhecendo pela primeira vez todo dia. Eles não se lembram do que veio antes, e não tem nenhum depois. Eles vivem no momento.

— Ela fica tão animada quando se encontra com ele — observou Kathryn.

Havia algo sobre a escuridão que tornava a discussão mais fácil. Ou talvez a batida na árvore tivesse liberado uma revoada de pensamentos outrora presos.

— É assim que ela demonstra prazer. Quer seja ele, eu, a senhora, um sanduíche... não importa. Nana não sabe a causa. Ela só sabe que alguma coisa a fez sorrir.

Lá estava a lógica elementar novamente. Kathryn estava ruminando a ideia quando Molly interrompeu sua linha de pensamento:

— Que tal eu te levar para casa?

— Não. Para casa, não.

Ela havia saído do hospital precisando da mãe, mas, se aquilo tinha de esperar, Kathryn queria fazer alguma coisa. Ser útil fazia parte da sua personalidade. Ela havia se sentido inútil a semana toda.

— Então vamos para a minha casa — sugeriu Molly. — Para a casa de Robin.

A casa de Robin parecia perfeita. Assentindo, Kathryn recostou a cabeça no apoio do banco. Depois de um minuto, começou a relaxar. Era bom ser conduzida, era bom abrir mão da responsabilidade por algum tempo.

Embora estivesse cansada, não dormiu. Kathryn levantou a cabeça quando o carro saiu da estrada principal. O caminho para a casa estava escuro, mas ela podia sentir o cheiro intenso de terra, a fragrância de flores e árvores. Era o remédio de que ela precisava.

Molly ainda pensava na casa como ele fora antes de ela encaixotar as coisas — a decoração simples, aconchegante e confortável. Vendo-o naquele momento ao abrir a porta da frente, ela se desculpou:

— Desculpa a bagunça.

Kathryn mal pareceu notar. Ela ficou vagando pela sala, tocando um peitoril da janela, uma prateleira, o sofá. Molly ficou apreensiva ao observá-la. Havia sentido que a mãe tremia quando a ajudara a entrar no carro. Kathryn parecia mais calma agora, mas isso não significava que estivesse bem. Ela poderia ter uma concussão. Era possível que houvesse alguma lesão interna. Sua mãe poderia cair e morrer a qualquer momento.

Depois de Robin, tudo parecia possível.

Mas Kathryn não aparentava estar ferida. Naturalmente surpresa, a mãe de Molly deu um pulo quando a gata surgiu de trás de algumas caixas e saiu correndo pelo corredor.

— Isso é o que eu estou pensando?

— É. — Molly se apressou em explicar: — Ela foi abusada. Eu a trouxe para cá.

— Mas você vai se mudar lá para casa na segunda-feira — argumentou Kathryn, finalmente soando como si mesma.

— Não é minha culpa, mãe. O veterinário me implorou. Ela precisava de um lugar tranquilo sem outros animais, e esse foi o único que me ocorreu.

Kathryn examinou a filha.

— Por que será que eu tenho a impressão de que o veterinário não precisou se esforçar muito para te convencer? — perguntou ela afinal, expressando mais resignação do que desaprovação. — Sua irmã não me contou que você tinha um gato.

— A Robin não sabia. Eu a peguei na segunda. Foi por isso que cheguei mais tarde em casa. Ela teve uma vida traumática. Ela é arisca.

— Não é um bom sinal. Talvez ela nunca seja muito sociável.

— Isso vai melhorar. Já deu para perceber. Ela já não se esconde tanto como no início. Ela adora a cama de Robin.

Kathryn pigarreou de forma ruidosa.

— E depois de segunda-feira que vem?

— Ela não vai ser nenhum problema, mãe. Eu já pensei nisso. Os gatos não precisam de muito espaço. Ela vai ficar no meu quarto até eu encontrar outro lugar para morar.

— Isso pode demorar.

Pela primeira vez, no entanto, Molly percebeu que teria que procurar sozinha.

— Não — disse ela com tristeza. — Sou só eu. Vai ser mais fácil encontrar um lugar menor. — Mas ele não teria o mesmo charme da casa. — Eu fico na esperança de que o sr. Field mude de ideia. — Kathryn não estava prestando atenção. — A senhora tem certeza de que não está sentindo nenhuma dor, mãe?

— Eu estou bem.

— Quer tomar um banho quente?

— Não. O acidente não foi nada. Eu não estava olhando para onde ia.

Molly suspeitou que a questão fosse mais complexa. As emoções de Kathryn definitivamente estavam fragilizadas. O próprio fato de a mãe querer visitar Marjorie evidenciava.

— É melhor eu ligar para o papai e avisar onde você está antes que alguém encontre o carro e relate o seu desaparecimento.

Como a mãe não refutou, ela fez a ligação. Charlie estava grogue até ouvir as palavras *bateu o carro*, quando ficou alarmado.

— Passa para a sua mãe — disse ele.

Kathryn fez um gesto indicando que não, mas Molly insistiu, sabendo que o pai não descansaria até ouvir a voz da esposa.

— Pronto — brincou Molly quando os pais terminaram de conversar. — Não foi tão ruim assim.

Quando a mãe a fitou, ela se ofereceu para fazer um chá.

Kathryn parecia pronta a protestar, mas se refreou.

— Acho que chá vai ser bom.

Molly apontou para uma cadeira, mas, ao se dirigir para a cozinha, a mãe a seguiu. Pelo menos não havia caixas ali, o que significava que teria que continuar empacotando até tarde da noite na segunda-feira. Por ora, porém, o chá de Robin permanecia amontoado aleatoriamente no armário.

Kathryn deu um sorriso triste.

— Sua irmã era fã de chá.

— Eu tenho tentado provar diversos tipos, achando que de algum modo fico mais perto dela. — Depois de avaliar as opções, Molly pegou uma caixa. — Vou fazer chá de jasmim e camomila. Ajuda com o estresse.

— Eu não estou estressada.

— A senhora está estressada.

— No momento, não. Você também vai tomar uma xícara?

Molly colocou água na chaleira.

— Não. Eu tentei, mãe, mas chá não é a minha praia. Eu não sou a Robin.

— Você não precisa ser a Robin.

— Mas a senhora ama a Robin.

— Eu também te amo.

— Não da mesma forma que ama a Robin.

— É verdade — admitiu Kathryn, mas seus olhos permaneceram enxutos. — Nenhuma mãe ama os filhos da mesma maneira. Cada filho é um filho.

— A Robin tem tantos pontos positivos.

— Tinha — corrigiu Kathryn em voz baixa.

Foi um momento de sobriedade para Molly, um sinal de como a mãe já estava aceitando mais a situação. O uso do passado por Kathryn era um reconhecimento da realidade. Uma pequena parte de Molly teria argumentado se a mãe não houvesse continuado.

— Você também tem seus pontos positivos.

— É?

Num minuto Molly acreditava nisso, no outro, não.

— Robin enxergava os seus pontos fortes. Ela invejava você. Lembra o que ela escreveu?

Como Molly podia esquecer? Ela já havia lido *Por que minha irmã está errada* diversas vezes. Não era o que ela esperava encontrar num diário de Robin, e Molly se entristeceu porque a irmã não estava ali para contrariá-las.

Ela colocou o sachê de chá numa caneca, mas quando a encheu de água fervente viu que Kathryn havia saído da cozinha. Apurando o ouvido, Molly escutou um ruído discreto, mas preocupante. Seguiu-o até o quarto de Robin, onde Kathryn estava chorando, abraçando o próprio tronco com um dos braços e pressionando a outra mão contra a boca. Molly a abraçou por trás.

— Quem poderia imaginar... — Kathryn soltou entre soluços.

Molly esperou até que a mãe se acalmasse, o que aconteceu quando ela notou a gata, sentada em posição de alerta no meio da cama, olhando-a atentamente.

Kathryn fitou a gata.

— Esse gato tem nome?

— Não. Vou chamar de Fada.

— Você sabe que quando você escolhe um nome, ela passa a ser sua, né?

Molly sabia. Mas aquela gata já era dela. Fada chegou junto com a partida de Robin — talvez exatamente no mesmo *minuto*, embora Molly nunca ficasse sabendo da verdade. Ela tinha certeza de que ficaria com a gata.

Kathryn não gostava muito de gatos; mas com o restante do quarto desmantelado, a cama teria que ser compartilhada. Afofando travesseiros, Molly colocou o bichinho junto à cabeceira da cama. A gata não se mexeu.

Na intenção de deixar a mãe a sós por algum tempo com as lembranças de Robin, Molly voltou à cozinha. Depois de alguns minutos, Molly voltou e se sentou na coberta de patchwork com as pernas cruzadas.

— Como você está? — perguntou, observando enquanto Kathryn bebia o chá.

— Melhor. É estranho, mas eu não sinto Robin aqui. Eu estou na cama dela, no quarto dela, mas a casa é a sua cara.

— Sempre foi.

— Eu sinto muito que você tenha de se mudar. Quer que eu ligue para o sr. Field?

Ela havia considerado aquela possibilidade entre todas as opções viáveis para tentar adiar a mudança, mas a havia descartado.

— Não vai adiantar nada — respondeu Molly. Embora estivesse desesperada, estava tentando ser realista. — Ele tem razões muito boas para precisar vender o imóvel. Eu precisaria me mudar de qualquer jeito. Robin e eu estávamos dividindo o aluguel. Eu não dou conta de pagar sozinha.

— Eu posso ajudar.

— Não. Ele precisa vender a casa e eu tenho que me conformar com isso. Me mudar não vai ser mais fácil daqui a um ano ou seis meses.

Kathryn cruzou as pernas de lado e olhou à sua volta.

— Esse lugar se parece com você. Como a Snow Hill. — Pensativa, ela tomou um gole do chá. — A Snow Hill nunca fez a Robin feliz.

Molly sabia disso, mas ficou surpresa ao ver a mãe admiti-lo.

— O que a deixaria feliz?

— Há uma semana, eu teria dito que ela correria por mais alguns anos e depois se dedicaria a ser treinadora.

— Assim como o Peter? A senhora estava pensando nele?

— Não conscientemente.

— Ele é uma boa pessoa, mãe. Solitário.

— A culpa é dele.

— Mas ainda assim, ele é solitário. Eu acho que ele ficou bastante comovido ao ver Robin.

Kathryn ficou em silêncio por alguns instantes.

— Sim — disse ela finalmente. — Eu acho que sim. Conhecer Robin provavelmente é algo que ele precisaria fazer em algum momento da vida. Isso foi uma desculpa. Você trouxe ele até aqui. Os homens são engraçados com essas coisas.

— Que coisas?

— Eles não são proativos quando se trata de questões emocionais. Se eles puderem evitar algo difícil, eles vão evitar.

— O papai não faz isso.

— O seu pai é uma exceção.

— David Harris também. Ele poderia ter passado direto por Robin, e só ligado para a ambulância. A senhora ainda preferiria que ele tivesse feito isso?

Kathryn levou um minuto para responder.

— Não. Ele queria ajudar. Se o problema de Robin tivesse sido menos severo, talvez ele tivesse salvado a vida dela. Não há como saber a gravidade da situação.

— Ele é um cara legal. Muito honesto. E sensato.

— Ao contrário de Nick.

— Ah, o Nick é tão apaixonado por Robin que não consegue *ver as coisas* direito.

— Você está defendendo o homem? — perguntou Kathryn.

— Acho que estou desculpando, na verdade — observou Molly. — Mas talvez esteja defendendo. O que eu quero dizer é que eu deixei ele me usar.

Kathryn se afundou mais nos travesseiros, pousando a caneca em sua barriga.

— Você estava ocupada demais vivendo à sombra de Robin. Ocupada demais pensando que tudo que ela tinha era melhor.

— A senhora sabia que ele ainda estava apaixonado por ela?

— O meu lado cínico já desconfiava disso.

— Mas a senhora sabe que o sentimento era só de uma via. Ela não queria ficar com ele.

— Sim — disse a mãe. — Eu sei disso agora.

Terminando o chá, Kathryn colocou a caneca na mesinha de cabeceira, desceu ainda mais o corpo e recebeu a filha nos braços.

Molly queria pensar sobre aquela admissão em particular e sobre outras coisas que a mãe estava dizendo. Mas sentiu-se acolhida pelo calor do abraço da mãe. Ela era e sempre seria filha de Kathryn. Ali era o lugar onde se encaixava melhor.

Ela não ouviu mais nada até a manhã seguinte. Kathryn continuou dormindo. Grata por poder proporcionar aquele breve repouso à mãe, Molly saiu de mansinho do quarto.

Havia seis semanas que Kathryn não ia à casa de repouso. Enquanto Molly a levava de carro, ficou repetindo para si mesma que Marjorie não tinha como saber disso; mas, ao avistar a imensa construção vitoriana, sentiu uma culpa insuportável. E medo. Ela queria que a mãe fosse a mãe de antigamente. Ela queria aquela mulher, *precisava* dela.

A enfermeira na recepção fez alarde ao vê-la, o que agravou sua culpa.

— Que bom *te* ver, sra. Snow. Já faz algum tempo. O café da manhã aos domingos é sempre um evento especial. A senhora vai se juntar a nós?

— Ah, eu acho que não — disse Kathryn. Ela não sabia ao certo como se sentiria ao ver a mãe, e também tinha Robin. Àquela altura, Charlie já estaria com ela, mas Kathryn precisava ir ao hospital. Ela nunca havia passado tanto tempo longe de Robin.

É claro que Robin não sentia falta dela. Kathryn só queria estar com a filha durante o pouco tempo que lhes restava.

— Pode subir, então — disse a enfermeira. — Ela está no saguão.

Tentando acompanhar o ritmo de Molly na escada, Kathryn se sentiu enferrujada. Esse era o resultado de passar uma semana sentada, e bater numa árvore não havia ajudado. Determinada, levantou um pé após o outro.

No meio do caminho, ela parou. A última vez que estivera ali, a dor tinha sido intensa. Agora tudo aquilo estava voltando — a tristeza, a angústia, o profundo sentimento de perda.

— Mãe? — chamou Molly suavemente do degrau de cima.

— Eu não consigo fazer isso — sussurrou Kathryn, agarrando-se ao corrimão.

De repente, Molly estava ao seu lado.

— Consegue, sim. Ela é sua mãe. Você a ama.

— Ela não é a mesma pessoa.

—A senhora também não. Nem eu. Nem Robin. Todos nós mudamos, mãe.

Kathryn olhou suplicante para a filha.

— Mas será que ela vai saber que sou eu?

— Você liga?

Uma lógica simples. Como contestar? Amor era amor. Kathryn amava Robin, embora o cérebro da filha não funcionasse mais. Com seu caráter final, aquilo era estranhamente mais fácil do que isso. Marjorie talvez a reconhecesse, talvez não. Mas sim, ainda era sua mãe.

Encontrando forças em Molly, Kathryn começou a subir novamente. Assim que as duas avistaram o saguão, ela viu Marjorie, tão bonita — tão *serena* — que Kathryn poderia ter pensado que ela não pertencia àquele lugar. Com os olhos semicerrados, Marjorie estava sentada sozinha num sofá de dois lugares, escutando uma música sacra suave. Seu cabelo grisalho brilhava, um dos lados penteado para trás da orelha, deixando um lindo brinco de pérola à vista. Estava usando um suéter azul-bebê e calça branca. Um pequeno sorriso estampava seu rosto.

Com o coração derretendo, Kathryn atravessou a sala e, ajoelhando-se, segurou a mão de Marjorie.

— Mãe?

Marjorie abriu os olhos. Eles brilharam com um pequeno lampejo de prazer.

— Olá!

Kathryn queria acreditar que o prazer no rosto da mãe vinha do reconhecimento, mas se lembrou do que Molly havia dito. Qualquer pessoa nova gerava aquela pequena fagulha. Tratava-se de uma resposta social enraizada.

— Sou eu, mãe. Kathryn.

Marjorie sorriu, mas estava confusa. Os bebês eram assim, percebeu Kathryn. Eles queriam agradar mesmo antes de saberem o que estavam fazendo. Robin fora assim. E Kathryn a amara por tentar.

Por isso, naquele momento, amou sua mãe.

— A senhora está linda, mãe — disse ela. — Estava gostando da música de domingo?

O rosto de Marjorie ficou apático.

— Domingo?

— A igreja. Nós costumávamos ir; a senhora, eu e o papai. Lembra da música da igreja?

Marjorie pensou naquilo por algum tempo antes de dizer:

— Eu canto.

— Canta, *mesmo* — respondeu Kathryn com entusiasmo, como se estivesse falando com uma criança. A recuperação até mesmo de um fiapo de memória era encorajadora. — A senhora cantou no coral por algum tempo. Você *adorava* cantar.

— Eu não sabia que Nana cantava no coral — observou Molly.

— Ah, mas ela cantava. Por muito tempo. Eu e o papai adorávamos assisti-la.

— Por que ela parou?

Kathryn hesitou. Ela não conversava com Marjorie sobre isso há muitos anos, mas talvez o assunto provocasse uma reação. Observando atentamente a mãe, ela respondeu:

— Eu fiquei grávida.

— Mas a senhora já estava com o papai na época. Quem mais sabia?

— A minha mãe sabia. Isso a deixou aborrecida.

— Mas ela *amava a* Robin.

— Em algum momento, ela fez pazes com a situação — disse Kathryn, estimulando a própria memória. — Houve um momento decisivo pouco antes do meu casamento. Lembra disso, mamãe? Eu estava correndo para lá e para cá, tentando encaixotar as coisas, já que o Charlie e eu estávamos de mudança. Eu ficava muito enjoada de manhã e tinha medo de me casar, medo de ter o bebê, medo de sair de casa. — Marjorie parecia estar prestando atenção, achando a voz da filha familiar, conjecturou Kathryn. — Tantas mudanças em tão pouco tempo. Eu a acusei de querer me ver longe de casa. A senhora disse que eu estava errada, que vocês me queriam *ali*, que a senhora não *queria* essa mudança em nossas vidas.

Marjorie sorriu, mas não disse nada. Um reconhecimento? Era difícil dizer.

— O que a senhora disse? — perguntou Molly.

— Nós ficamos discutindo por algum tempo, as duas dizendo coisas cada vez mais bobas.

— Como o quê?

Kathryn não pensava nisso há anos, e mesmo assim as palavras foram surgindo em sua memória.

— Ela disse que eu estava negando o orgulho incondicional de mãe. Eu disse que ela estava me negando amor incondicional. Nana disse que eu tinha sido descuidada. Eu disse que ela era careta. Coisas bobas, mas nós as dissemos. Então acabou. Nós simplesmente ficamos sentadas lá, olhando uma para a outra, sentindo um vínculo que não tínhamos como descrever.

Na verdade, elas falaram mais coisas, lembrou Kathryn. Quando a poeira baixou, as duas conversaram de forma civilizada sobre a inevitabilidade das mudanças, a ideia de que precisavam se desapegar do que poderia ter sido e aceitar o que era.

Kathryn pensou em Robin e sentiu um nó na barriga. No instante seguinte, no entanto, o nó se afrouxou. *Desapegar-se do que poderia ter sido... aceitar o que era.*

Ela apertou a mão da mãe contra o próprio pescoço.

— A senhora dormiu na minha cama naquela noite, exatamente como Molly fez comigo na noite passada. Lembra, mãe? — O rosto de Marjorie era inexpressivo, mas doce, ah, tão doce, e tão familiar quanto seu próprio rosto. — Mas a senhora não se lembra — refletiu ela em voz baixa. — Eu preciso aceitar isso. Estou tendo que aceitar tantas coisas esta semana... — Ela examinou a mão da mãe, os dedos finos e compridos como sempre. — Molly lhe contou sobre Robin. Como é que uma mãe enterra a filha? — Ela olhou para cima, suplicante. — Como, mãe? Por favor, me diga. Eu preciso de ajuda.

— Eu... eu... — gaguejou Marjorie, incomodada e obviamente sem saber por quê.

Molly tocou o ombro da avó, mas, em vez de se tranquilizar, Marjorie olhou para ela, preocupada.

— Eu conheço você?

— Eu sou Molly.

Os olhos de Marjorie foram de volta para Kathryn.

— Quem é você?

— Kathryn. A sua filha. A mãe de Molly. — Como Marjorie não reagiu, Kathryn disse: — Eu trabalho com plantas. Eu costumava levar o carro cheio delas à sua casa. Elas eram de Snow Hill. — Novamente em paz, Marjorie escutava, o que encorajou Kathryn a continuar falando: — A senhora devia ver a Snow Hill, mãe. O viveiro cresceu ainda mais desde a última vez que esteve lá. Nós estamos prestes a fazer uma grande reforma na estrutura principal, o negócio está indo de vento em popa, e nós já nos expandimos por uma área que jamais pensei que fôssemos usar. Fileiras e mais fileiras de árvores e plantas.

— Plantas? — perguntou Marjorie.

— Nós trabalhamos com plantas. É o que somos. Eu tenho muito jeito para plantas. Molly é ainda melhor do que eu. Ela é a minha herdeira aparente.

— Por omissão — murmurou Molly.

Chocada, Kathryn olhou para cima.

— Por que você diz isso?

— Robin era sua herdeira aparente.

— Não quando se tratava de Snow Hill. A Snow Hill sempre foi sua. — Ela franziu a testa quando Molly pareceu surpresa. — Você não sabia disso?

— Não.

— Plantas? — perguntou Marjorie novamente.

— E árvores — disse Kathryn gentilmente. — Nós vendemos pinheiros e bordos. E salgueiros-chorões, cerejeiras, oliveiras-do-paraíso e carvalhos.

— Eu gosto de plantas de sombra — argumentou Molly, suave. — Eu trabalho por trás, nos bastidores. Eu não poderia administrar a Snow Hill como a senhora.

— Mudança é algo positivo — disse Kathryn. Essa era a lição do dia, um sermão de domingo tão adequado como qualquer outro.

— A senhora disse que nunca iria se aposentar.

— Talvez eu estivesse errada.

— O que a senhora faria *sem* a Snow Hill?

— Não sei.

Ela nunca havia pensado nisso. Exausta como estava, porém, a ideia lhe era atraente. O que foi que Robin havia escrito em *Quem sou eu?* sobre como Marjorie a encorajava a apenas SER? Havia outra lição ali também.

— Nada disso é iminente. Mas você e Chris se viraram muito bem sem mim esta semana. Se Erin fizesse um pouco do trabalho que o seu pai faz, ele e eu poderíamos viajar. Nós poderíamos dormir até mais tarde. Talvez focar nossa atenção no desenvolvimento de uma Snow Hill virtual. Quem sabe?

— Salgueiros-chorões? — perguntou Marjorie, atraindo de volta a atenção da filha.

— São árvores muito bonitas, mãe. Elas gostam de água. Veja — apontou Kathryn —, há uma lá perto do córrego. Olhe como os galhos mais baixos se prostram, e quando eles balançam na brisa...

A conversa era tão tranquila e a curiosidade da mãe, tão inocente, que Kathryn sentiu uma nova calma. Nascida numa noite na casa de Molly, reforçada pela mulher que Marjorie era agora, Kathryn não podia lutar contra isso. A calma era algo bom. Algumas batalhas não podiam ser vencidas.

Então, mais uma vez pensou em Robin. Se havia uma luta que não podia ser vencida, era a daquele quarto de hospital. Sua Robin não estava mais ali. De repente, aceitar isso, lamentar e seguir adiante em direção a um lugar onde as lembranças são preciosas pareceram o melhor caminho. Charlie sabia disso. Molly e Chris também. Até Marjorie, quer ela lembrasse ou não. Robin sempre fora cheia de energia. Ela não ia querer ficar deitada numa cama sem fazer nada.

Kathryn conversou com a mãe por algum tempo. Sem saber, Marjorie ajudou. Mas Robin era filha de Kathryn, e a decisão final tinha que partir dela. Por mais que tivesse amaldiçoado o fato nos últimos dias, ela agora o via de forma diferente. A questão agora era libertar Robin. Isso era um presente.

Kathryn não disse nada enquanto saía da casa de repouso. Ela voltaria muito em breve para visitar a mãe de novo. Antes disso, precisaria encarar um desafio que não podia ser adiado. Ela esperou até que as duas estivessem na estrada e então pediu a Molly que lhe dissesse tudo o que sabia sobre doação de órgãos.

Capítulo 21

Depois de quase uma semana de espera infindável, um único telefonema deu início ao processo com uma velocidade estonteante. Agentes do banco de órgãos chegaram ao hospital numa questão de horas, e, embora fossem tão compassivos quanto Molly havia dito, conversar com eles não foi nada fácil. Kathryn, Charlie e Chris, até mesmo Erin, pareciam estoicos; ela mesma se sentiu fraca.

A decisão final é da família, repetiam os agentes. *Nós não apressaremos vocês.* Mas como não sentir a urgência? No instante em que os papéis fossem assinados, dando àquelas pessoas acesso ao prontuário de Robin, os Snow não poderiam voltar atrás.

Molly fora quem havia encorajado a doação de órgãos, mas houve momentos em que ela teria dado qualquer coisa para desacelerar o processo — já que, o que ninguém disse, mas todos no quarto sabiam, era que, uma vez que o mecanismo de coleta dos órgãos de Robin fosse desencadeado, a manutenção artificial da vida teria que cessar.

Os médicos prometeram que a morte seria rápida e isenta de dor. Uma vez que as máquinas que mantinham Robin viva fossem desligadas, seria o fim. Independente de todo o novo aprendizado de Molly, ela teve dificuldade em aceitar aquilo.

O mesmo não aconteceu a Kathryn. Calma enquanto Molly estava chorosa, a mãe ouviu em silêncio tudo o que os agentes disseram. Ela fez perguntas, talvez com a voz um pouco trêmula, mas sem jamais perder o controle. Ela assentiu indicando que compreendia enquanto os agentes falaram das emoções que a família talvez experimentasse, mas recusou a oferta de aconselhamento. Tendo tomado sua decisão, ela estava comprometida.

Molly invejava aquilo. Sua mãe havia feito um grande progresso desde aquelas primeiras horas apavorantes. Molly também, mas ela ainda precisava caminhar um pouco mais. Seu estômago estava embrulhado e suas pernas fracas, sintomas clássicos de alguém que havia atingido seu limite. Ela tentou se lembrar do mantra de Robin, mas não conseguiu. Seus olhos estavam colados à mãe.

Kathryn segurou a caneta, hesitando por um instante enquanto olhava para Charlie, e então para Chris e Molly, mas sua mensagem interior era de convicção. *Nós precisamos fazer isso. Nós amamos Robin demais pra não a deixar partir.* Seu rosto estava pálido, e embora seus olhos refletissem agonia, estavam mais claros do que haviam estado toda a semana. Por fim, ela olhou para baixo e assinou os papéis.

Minutos mais tarde, os Snow estavam sozinhos na sala de conferências. Ninguém disse nada. Molly estava arrasada. Mesmo com todo aquele seu discurso de aceitar o que não podia ser mudado, ela não queria que a irmã morresse. Chris foi o primeiro a falar. Ele falou em voz baixa:

— Quando eles vão desligar os aparelhos?

Kathryn comprimiu os lábios, e então assentiu.

— Hoje, um pouco mais tarde. Quando nós estivermos prontos.

Parecendo entender o sofrimento de Molly, ela segurou a mão da filha. Sua voz era suave.

— Eles podem usar tantos órgãos... Mas eles não vão tirar o coração. Ele será sempre nosso.

— Eu não quero isso — murmurou Molly.

— Nenhum de nós quer isso, mas é uma das poucas coisas que nós sabemos que Robin queria. Ela ia gostar de saber que estava ajudando outras pessoas. Há uma carência imensa de órgãos. Você mesma me disse. Como podemos não fazer isso?

— Mas isso significa...

— Que Robin não pode voltar — disse Kathryn, sacudindo levemente a mão da filha. — Ela só pode ficar deitada naquele quarto no final do corredor, inconsciente. Eu estive com ela a semana toda, Molly. Eu conversei e implorei e demandei. Eu *orei.* Mas ela não reage. Ela não consegue. E isso não é justo. Não é assim que ela ia querer viver. E nós também não. Sua irmã não ia querer que nós fizéssemos uma vigília interminável. Ela ia gostar de nos ver *fazendo* coisas. Robin gostaria de nos ver em Snow Hill. — Ela suavizou a voz: — Desligar os aparelhos é uma tecnicalidade. A mente dela já se foi. Seu espírito ainda está aqui, mas ele está preso à cama dela porque nós também estamos. Se queremos vê-lo livre, precisamos fazer isso por ela.

Molly viu o assentimento do pai e não percebeu nenhuma inconsistência. Sim, a alma de Robin estava no céu. Seu espírito, porém, era outra história. Tratava-se da parte dela que continuaria vivendo em todas as pessoas que ela deixava para trás. Sob esse pretexto, o que Kathryn disse fazia sentido.

Ainda assim, Molly não estava calma como a mãe. Quando Kathryn se levantou para voltar ao quarto de Robin, Molly pegou o elevador até o térreo e tirou o telefone da bolsa.

Quinze minutos depois, David se juntou a ela num banco de pedra no pátio.

— Eu me sinto responsável — disse ela depois de lhe contar sobre os papéis que sua mãe havia assinado. — Fui eu que insisti na doação de órgãos. Diz que eu fiz a coisa certa.

Cinco dias e o que parecia um éon atrás, David havia pedido a mesma coisa a Molly. Segurando a mão dela, ele devolveu o apoio:

— Você fez a coisa certa. Além do mais, era o que Robin queria. Você só transmitiu os desejos dela e forneceu informações à sua mãe. A decisão final foi dela.

— Mas será que essa é a decisão certa? — perguntou Molly.

Ela jamais se esqueceria daquele momento em que sua família repentinamente ficara sozinha na sala de conferência, como se, ao assinar aqueles papéis, Robin não fosse mais *deles.*

— A única questão é o tempo — disse David, tranquilizador e calmo ao seu próprio modo. — Você teria se sentido melhor se houvesse esperado?

Sim, pensou ela. *Qualquer coisa* para manter Robin com eles.

Mas, é claro, isso era errado. David a havia chamado de prática, e, quando a poeira baixava, ela realmente era prática.

— Sabendo que não havia esperança? Não. Isso tem pairado sobre a nossa cabeça desde que eles declararam que ela teve morte cerebral. — Desligar as máquinas. Findar a vida de Robin. — Por que estou tendo dificuldade agora?

— Porque você ama a sua irmã. — Era verdade. Ela não conseguia se lembrar da inveja, do ressentimento, mesmo do que talvez chamasse de ódio algumas vezes. Agora, havia apenas amor. — Você não é a única — disse David. Abrindo a mochila, ele tirou dela um maço de papéis.

Nick. Molly soube antes de ler a primeira página. *O coração de uma vencedora: uma biografia de Robin Snow.*

— O título não é dos mais profundos — comentou David —, e isso é apenas uma pequena parte do que ele tem, mas é um texto bonito.

Molly abriu no prefácio.

A fama pode ser cruel. O mundo dos esportes está cheio de histórias de estrelas que ascendem num minuto e caem no próximo. Em alguns casos, seus corpos falham, e eles mancam silenciosamente em direção ao esquecimento. Em outros, o desgaste é mental e o legado fica mais maculado.

Então há atletas como Robin Snow. Ela participou da primeira corrida aos cinco anos, da primeira maratona aos quinze, e, desde então, lutou para fazer o melhor. Às vezes, Robin ficava tão nervosa antes de uma corrida que chegava a adoecer; outras vezes, seu desempenho era tão prejudicado por uma lesão física que a única coisa que a fazia continuar era sua coragem. Ela alegava não ser a melhor corredora, apenas a mais determinada. A história apoia essa teoria. Em praticamente todas as maratonas que ela ganhou, ela havia sido a segunda colocada no ano anterior. Ela sempre voltava mais resistente, mais forte, mais focada.

Pergunte a Robin sobre suas maiores realizações, e ela listará São Francisco, Boston e Los Angeles. Pergunte sobre as mais satisfatórias, e ela falará da jovem em Oklahoma que só tinha corrido em estradas rurais até Robin correr ao lado dela. Ela relatará uma ocasião em que se ofereceu para treinar uma equipe em Novo México cuja treinadora havia morrido de câncer de mama duas semanas antes de uma corrida importante.

Robin Snow era uma inspiração...

Molly pousou o papel e caiu em prantos.

Abraçando-a, David a deixou chorar até que as lágrimas escasseassem, e mesmo então ele não disse nada. Sentada ali com ele no banco de pedra, Molly começou a se desapegar do sofrimento. *Inspiração* era uma palavra positiva.

Molly estava encontrando forças nisso quando David murmurou:

— Sua mãe está vindo.

Afastando-se rapidamente de David, ela enxugou os olhos e olhou para a outra extremidade do pátio. Kathryn estava perto o suficiente para ter visto que David a havia abraçado.

Ao se aproximar, no entanto, sua mãe não pareceu contrariada.

— Cheguem para lá — disse ela, carinhosa, sentando-se na beirada do banco, estendendo a mão para David. — Eu te devo um pedido de desculpa.

Molly se lembrou claramente da cena de terça de manhã.

— Eu fiquei angustiado, sra. Snow — disse David. — Eu causei uma semana difícil para a senhora e a sua família.

Kathryn acenou indicando que *não.*

— Essa semana foi um presente. Ela nos deu algo que não teríamos tido de outra forma. Nós aprendemos muito uns sobre os outros, até mesmo sobre Robin. Nós precisávamos de tempo para aceitar a morte dela. Você nos deu isso. Agradecimentos são insuficientes, mas são tudo o que tenho a oferecer agora.

Por perdoar David e por aceitá-lo, Molly jamais amara a mãe como naquele momento. Com confiança renovada, ela pegou os papéis.

— A senhora precisa ler isso, mãe.

Quando Kathryn leu o nome de Nick, ela franziu a testa.

— É para o jornal?

— Não, ele os deu a David para ler. É uma longa história — disse ela, percebendo a confusão de Kathryn —, mas eles dizem algo importante.

Levantando as páginas, Kathryn leu inicialmente em silêncio, e então em voz alta, porém branda:

— "Robin Snow era uma inspiração para atletas do mundo inteiro. Não tendo nascido campeã, ela precisou lutar para superar o medo da competição cada vez mais acirrada e as pressões crescentes de correr entre a elite estadunidense. Na medida em que se aproximava das olimpíadas e do que teria sido um clímax triunfante em sua carreira, foi a primeira a citar as muitas vantagens que tivera. Sua família estava no topo da lista." — A voz de Kathryn falhou. Respirando fundo, ela continuou a ler: — "Ela considerava o apoio deles tão importante para seu sucesso que, quando encontrava um corredor talentoso sem o apoio da família, encontrava substitutos na comunidade de corredores ou se oferecia para o papel. Robin mantinha contato próximo com mais de uma dúzia de jovens a quem havia ajudado dessa forma."

Kathryn olhou para Molly.

— Isso é verdade?

Molly ficou tão surpresa quanto a mãe.

— Deve ser — percebeu ela. — Alguns dos e-mails que recebemos são impressionantes. Essas meninas amavam a Robin.

— Eu quero convidá-las para o velório— disse Kathryn, engolindo a última sílaba da palavra.

Molly teria começado a chorar novamente se não tivesse focado a atenção em Nick.

— Dá para ver quanto ele a amava? Isso não é trágico?

— E essas são apenas as primeiras páginas — disse David. — Ele descreve corridas e eventos, e os detalhes são precisos. Eu chequei tudo. Mas quando escreve sobre o caráter de Robin, suas palavras brilham.

Kathryn estava virando uma página quando fez uma pausa.

— Por que Nick deu isso a você?

— Porque minha família é dona de um jornal. Ele tem esperança de que eu seja uma ponte.

— Eu pensei que você era professor.

— Eu sou. Mas minha família é conhecida no ramo editorial. Nick ligou as coisas.

— À sua maneira, Nick está sofrendo tanto quanto nós — declarou Molly. Ela estava fascinada pelo grau de ternura que encontrara nas palavras dele. — Talvez seja até pior para ele. Seus sentimentos não eram recíprocos. Mas eram reais. Todos aqueles sonhos e expectativas simplesmente evaporaram. Ele precisava falar de Robin, e a gente não quis escutar.

— E o resto do mundo vai? — perguntou Kathryn. Quando olhou para David, ele arqueou uma das sobrancelhas.

— Ele sabe escrever uma história cativante.

— O que a sua família faria com isso?

— Nada até que toda a biografia esteja pronta. Se eles gostarem, talvez comprem alguns trechos, mas apenas se vocês se sentirem confortáveis com isso.

— Quanto controle nós temos com relação a isso? — perguntou Kathryn com uma pontada de derrota.

— Controle total.

— Eu não tenho poder de influência sobre a sua família.

David sorriu, tranquilizando-a.

— Eu tenho. Minha mãe pode não trabalhar na empresa, mas é uma força presente. Qualquer coisa que ela vetar será excluída, e ela vetará qualquer coisa contra a qual eu argumente. Eu ainda sou o caçula dela. E eu usaria essa vantagem sem nem pensar duas vezes se vocês não aprovassem qualquer coisa que estivesse para ser publicada.

Molly sabia que era cedo demais para amar David. Depois de ter perdido Robin, a casa e até mesmo sua amizade com Nick, era provável que ela fosse uma pessoa pateticamente carente, sujeita a se apaixonar por qualquer um. Mas David não se parecia com ninguém que Molly conhecera antes. Ele era uma pessoa especial que já havia investido na família dela, e isso significava muito. A família era muito importante. Até mesmo Robin dissera isso.

Pouco tempo depois, Molly e Kathryn entraram novamente no hospital de braços dados. No momento mais obscuro, Molly, na verdade, se sentiu incentivada.

— Obrigada — disse à mãe. — A senhora foi gentil com ele.

— Eu fui sincera. Ele nos deu um presente. Foi uma semana cheia de presentes.

— Estou impressionada por te ouvir dizer isso.

Kathryn apertou o cotovelo da filha.

— Quem ficou insistindo em falar sobre o que Robin gostaria de fazer? Ela adorava dar presentes. Ele próprio é um presente, por sinal. Não apenas pelo que fez. Mas pelo que é. Ele tem te ajudado de um jeito que eu não tenho feito.

Naquele instante, Molly não podia culpar a mãe por nada.

— A senhora tinha outras coisas na cabeça.

— Isso não é uma desculpa. Eu dependo de você, Molly. Talvez eu não tenha expressado isso o suficiente, talvez eu não tivesse *percebido*. Mas agora eu percebo.

— A senhora está se sentindo sozinha — raciocinou Molly. E ela era a única filha que restava. *Por omissão* era a expressão que lhe vinha à mente, como havia acontecido naquela manhã com Marjorie. A primeira filha *por omissão*.

— Por que eu estou perdendo Robin? Não. Eu não te dou o devido valor. Você sempre foi minha substituta no trabalho. E com Nana. Você ficou por perto quando eu não conseguia suportar a dor.

— Era mais fácil para mim. Eu não sou a filha dela.

— Mas como eu pude ser tão egoísta? O problema não era Thomas. A questão era que eu não conseguia lidar com a perda. Eu amadureci essa semana. Você também.

Molly queria crer que sim. A confiança de sua mãe era tudo para ela. Mas Molly ainda não tinha certeza quanto a assumir a Snow Hill. Ela jamais havia se visto como líder. Mas, se Kathryn achava que a filha mais nova podia fazê-lo, talvez fosse verdade.

— Talvez sejam as roupas.

— Não, Molly. Não se subestime. É o que tem dentro de você. — Com a voz branda, Kathryn acrescentou: — Aí está outro presente de Robin.

— O meu amadurecimento?

— Eu ter visto isso.

— Mas o meu amadurecimento também. A senhora está certa. Eu tinha problemas com a Robin.

— Todas as irmãs têm problemas.

— Mas eu sempre a amei.

Kathryn apertou o braço da filha. Olhando para a mãe, Molly viu que, embora tivesse os olhos nos botões do elevador, eles estavam cheios de lágrimas.

Molly continuou de braço dado com Kathryn, dando e recebendo apoio, mesmo depois que elas chegaram ao andar de Robin. O pai, Chris e Erin estavam de pé no corredor, próximo ao quarto. Quando Molly e Kathryn se aproximaram. A porta foi aberta e Peter Santorum saiu do quarto.

Molly emitiu um som de espanto.

— Eu o chamei — explicou Kathryn gentilmente. — Era a coisa certa a fazer.

O gesto apagou qualquer resíduo de culpa que Molly houvesse sentido por tê-lo trazido ali.

— Obrigada — sussurrou ela. Não era só por Peter, mas também pelo que Kathryn havia dito. Tantas reparações em meio a um pesadelo... Talvez as crises fizessem isso.

Com um último aperto, Kathryn soltou o braço de Molly. Aproximando-se de Peter, ela o abraçou, e Molly ficou grata por isso também. Ele parecia devastado.

Se Kathryn disse alguma coisa a ele, Molly não ouviu, já que era sua vez de abraçá-lo, sua vez de consolar. Se eles o veriam novamente ou não depois disso era irrelevante. Por ora ele estava na vida dos Snow. Robin teria ficado feliz.

O quarto estava silencioso. O monitor do coração ainda bipava e o respirador emitia seus sons de sopro, mas Molly já não os ouvia. Ela sentia a calma da mãe. *Amar... desapegar-se...* fragmentos de pensamentos, ah, tão válidos! Ainda assim, quando Kathryn acariciou o cabelo de Robin, afastando-o da testa da filha, beijou seu rosto e disse com toda suavidade possível:

— Nós estamos todos aqui, meu anjo... você pode ir agora... está tudo bem.

Molly caiu em prantos. Ela não era a única que chorava. Mas o som de choro não abafou o clique do botão quando Kathryn o desligou.

Quando o murmúrio do ar cessou, os médicos e enfermeiras se aproximaram. Sem conseguir respirar direito, Molly observou atentamente a irmã. Eles haviam dito que ela talvez apresentasse alguma respiração residual, mas Robin não fez isso. O coração dela continuou a bater por um minuto, desenhando as últimas ondas no monitor, antes que a falta de oxigênio produzisse seu efeito. Os bipes deram lugar a um zunido contínuo; a linha do monitor ficou reta.

Abafando soluços, Molly assistiu enquanto a mãe se inclinou para frente e encostou a bochecha na de Robin. Os ombros dela sacolejavam. Charlie se aproximou da esposa e a afastou enquanto o médico auscultava Robin, desligando os monitores, removendo gentilmente o tubo de respiração. Então a equipe médica saiu do quarto, deixando Robin com a família naqueles momentos finais.

Sem o tubo preso à boca, ela se parecia mais a velha Robin, mas mortalmente parada e, nesse sentido, nem um pouco parecida com Robin. De pé ao lado da cama, Molly segurou a mão da irmã. Ainda estava morna. Molly não sabia quanto tempo permanecera assim, mas Charlie teve de fisicamente remover seus dedos antes que ela finalmente soltasse a mão de Robin. Ele a conduziu para fora do quarto, permitindo à esposa que passasse alguns minutos sozinha com a filha mais velha. E então tudo terminou.

CAPÍTULO 22

A notícia se espalhou rápido. Quando Kathryn e Charlie chegaram à casa, um pequeno cortejo de carros já estava lá. Depois de uma semana praticamente sozinha, Kathryn apreciou a companhia. Isso manteve sua mente longe dos procedimentos que estavam acontecendo na sala de operação. Era mais fácil compartilhar lembranças de sua primogênita naquele momento.

Robin teria adorado a reunião. Havia uma grande quantidade de comida e muita gente para ajudar na cozinha, de modo que ela poderia ter festejado à vontade. Graciosa, Kathryn alternava a atenção entre um amigo, um vizinho, um funcionário de Snow Hill. Alguém lhe serviu mais café, outra pessoa lhe deu um muffin. Acostumada a servir, ela se permitiu ser servida.

A presença de Peter foi um consolo, completando a família de Robin, ainda que apenas em sua mente. Ela o apresentou como um velho amigo, e seu assentimento indicava que ele havia gostado da ideia. Sem nenhuma história para contar sobre Robin, ele parecia contente em ouvir. Com tantas pessoas precisando da catarse da conversa, isso funcionou bem.

Chris e Erin haviam corrido até o apartamento deles para pegar Chloe, e Kathryn segurara o bebê por algum tempo enquanto a menina andava de um cômodo para o outro. Chloe era a personificação da inocência e da esperança. Era pequena demais para se lembrar daquele dia; mas quando estivesse mais crescida, Kathryn lhe contaria sobre a tia Robin. Ela recontaria algumas das histórias contadas hoje, lhe mostraria fotos e até leria em voz alta. *Ela participou de sua primeira corrida aos cinco anos, de sua primeira maratona aos quinze, e, desde então, lutou para fazer o melhor. Às vezes, Robin ficava tão nervosa antes de uma corrida que chegava a adoecer; outras vezes, seu desempenho era tão prejudicado por uma lesão física que a única coisa que a fazia continuar era sua coragem. Ela alegava não ser a melhor corredora, apenas a mais determinada. A história apoia essa teoria.*

Diários escritos, arquivos de computador, uma biografia autorizada — havia maneiras de manter Robin viva. Kathryn só estava começando a enxergar isso.

Quando Chloe começou a ficar agitada, ela a devolveu a Chris. Foi quando viu David. Molly estava apresentando-o a um grupo de Snow Hill, mas Kathryn tinha uma apresentação mais importante a fazer. Pegando a mão dele, ela o conduziu até Charlie.

Como apresentá-lo? David Harris? O Bom Samaritano? O amigo de Molly? Nosso futuro genro? Ela deixou de lado a última opção, embora a ideia já tivesse se enraizado em sua mente. Molly talvez tivesse acabado de conhecê-lo, mas Kathryn tinha tanta certeza quanto a David como tivera sobre Charlie trinta e dois anos antes. Ambas as histórias haviam acontecido rápido e em tempos difíceis. Além disso, com Charlie tendo aparecido bem no comecinho da vida de Robin e David, bem no final, havia certa simetria.

Enquanto Charlie conversava com David, ela viu Nick entrar pela porta da frente, aparentando estar arrasado. Ela colocou rapidamente uma das mãos no braço de Charlie.

Charlie seguiu o olhar da esposa.

— Você quer que eu lide com ele?

Não. Kathryn precisava fazer isso. Enquanto ziguezagueava entre os grupos até chegar à porta, pensou em como ele havia usado a família. Mas quando o viu ali naquele momento, olhando para ela através dos olhos cheios de dor, o jornalista não lhe pareceu tanto um aproveitador quanto um homem que havia perdido alguém próximo e amado. Ela deixou tudo isso para trás. Essa não havia sido a lição da semana? A raiva não ajudava a chegar a lugar nenhum. A negação era uma muleta. Nick talvez não fosse o homem que Kathryn queria para Robin, e sua filha talvez não o amasse, mas ele a amara.

Ela ficou diante dele apenas por um instante, com um sorriso triste, antes de abrir os braços. Ele estava sofrendo. Molly estava certa quanto a isso. E a tarefa de uma mãe era consolar.

Nick era um homem complexo, definitivamente ambicioso. Mas Robin também não era assim? Sua filha talvez vomitasse antes das corridas, mas ela corria, vencia e voltava a correr novamente. Robin queria ser a melhor. Isso não fazia dela uma má pessoa.

O mesmo com Nick.

— Sinto muito — disse ele, baixinho.

Por mais do que a morte de Robin, Kathryn decidiu acreditar.

— Eu li um pouco do que você escreveu sobre Robin, Nick. É muito bonito. Nós vamos precisar de um obituário. Talvez você pudesse trabalhar nisso com a gente?

Ele não precisou dizer nada. A gratidão no seu rosto foi resposta suficiente.

O telefone tocou. Encorajada por Charlie, Kathryn o atendeu no escritório. Era o hospital, ligando para dizer que a coleta havia terminado e que os órgãos estavam a caminho dos receptores e Robin estava sendo liberada.

Foi um momento ao mesmo tempo bom e ruim. Mas, ao desligar o telefone, a realidade do próximo passo a atingiu. Haveria um encontro na funerária naquela noite para planejar os próximos dias. Kathryn antecipava aquilo com apreensão. Ela não conseguia suportar a ideia de descer Robin à sepultura. E um futuro sem ela? Difícil de aceitar. Mas aquilo precisava ser feito.

Bastou um olhar para o marido e ele leu sua mente. Conduzindo-a até a escrivaninha, ele tirou um envelope da gaveta.

— Isso chegou na sexta-feira. É hora de renovar o CDB de Robin. Eu sempre liguei para o banco para conseguir as melhores taxas, mas o total cresceu. Isso inclui uma parte do que ela ganhou nos últimos cinco anos. Dê uma olhada.

Tirando o papel do envelope, Kathryn ficou surpresa.

— Tanto assim?

— Tem mais em ações e títulos.

Kathryn caiu na real.

— Ela nunca vai usar nada disso.

— Não diretamente. Uma bolsa de estudos para corredores no nome dela seria interessante. Talvez até mesmo uma casa.

Kathryn levou um minuto para entender. Então ela sorriu.

— Robin teria *gostado* disso.

Gesticulando para que a esposa ficasse ali, Charlie saiu do escritório. Ele voltou com Molly. Kathryn deu o extrato bancário à filha. Molly o leu. Ela pareceu confusa, o que tornou as palavras de Kathryn ainda mais doces.

— Você não viu Dorie McKay na sala? — Como Molly continuou confusa, Kathryn tocou seu rosto. Inocente da melhor forma, insegura demais, mas firme e forte; sua filha mais nova merecia isso. — Um presente da sua irmã — disse ela em voz branda, a mente mais clara do que jamais havia sido antes. — Essa semana você disse tantas vezes que amava Robin... Bem, isso é uma coisa que ela não pode lhe dizer agora, mas é algo que eu sei. Eu me lembro da primeira vez que sua irmã a viu. A gente estava no hospital, você tinha nascido poucas horas antes e estava enrolada numa mantinha, mas Robin queria *te ver*, ela disse. Quando eu comecei a te desembrulhar, ela empurrou a minha mão e insistiu. A expressão maravilhada do rosto dela foi inesquecível. Ela estava abrindo um presente especial, o melhor que já havia recebido, uma irmãzinha. — Kathryn segurou o queixo da filha. — Robin a amava, Molly. Ela teria desejado que você tivesse a sua casa.

Os olhos de Molly se encheram de alegria, tristeza e lágrimas. Aproximando-se da filha, Kathryn sorriu. Ali estava um vislumbre do futuro, um presente tangível que ela poderia ver no prazer da filha todos os dias da semana. Robin não teria apenas gostado disso. Ela teria *amado*.

E Kathryn também.

Molly permaneceu no escritório por algum tempo. Alguns dos amigos de Robin estavam chorosos nos outros cômodos, mas ela não conseguia controlar as próprias emoções. Kathryn ficou com ela até Charlie voltar depois de ter conversado com a corretora.

— Ela não prometeu nada — disse ele —, mas é uma excelente profissional. Ela vai fazer os cálculos e chegar a uma oferta justa para fazer a

Terrance Field. Se alguém pode fazer isso acontecer, esse alguém é Dorie. Ela é uma mulher persuasiva.

Molly ficou emotiva.

— Tantas coisas acontecendo...

— Algumas pessoas dizem que a vida é uma montanha-russa. Eu a vejo como uma onda. Você está lá na sua prancha de surfe e tudo está calmo...

— Como é? — interrompeu ela. — O senhor nunca surfou.

— Surfei, sim — insistiu ele, inocente. — Bem, eu tentei. Eu nunca fui muito bom, mas deu para ter uma ideia. Você está lá naquele mar imenso, em cima da prancha. A água está lisa, mas é enganosa. Você sabe que as ondas estão se movendo, e você fica olhando e esperando, mas de repente sente aquela pequena mudança embaixo. Você se levanta. Você cambaleia, mas recobra o equilíbrio, e então se entrega a algo muito maior do que você. Você não tem controle. É apenas levado, arrastado tão rápido pela água que chega a perder a respiração. E então tudo termina. A água está lisa de novo.

Molly ainda não estava convencida de que o pai houvesse surfado um dia, mas a analogia clareou sua mente. O oceano, como a terra, era tranquilizante.

Ela o abraçou.

— Eu te amo. — Os braços dele retribuíram as palavras. Ao se afastar, Molly respirou fundo. — Eu... vou lá fora um pouquinho — disse ela, apontando o queixo para a porta que levava do escritório ao quintal.

— Quer companhia?

Ela fez que não com a cabeça e beijou o rosto do pai. Então saiu. Não foi muito longe. Seus pais também tinham um terreno imenso, mas o quintal em si não era grande. A grama havia crescido sobre as cicatrizes deixadas pelos balanços. Mas Molly podia vê-los agora, em frente ao grande bordo do qual eles haviam feito xarope quando crianças. Ela se lembrou de Robin mexendo a pequena quantidade de seiva que elas haviam coletado enquanto a ferviam para fazer o xarope. Robin não podia ter mais do que dez anos. Chris tinha sete, e Molly, cinco. Molly era sempre a primeira a provar o líquido grosso e doce, lambendo-o da colher de pau que a irmã lhe oferecia, orgulhosa.

E o balanço? Robin empurrando-a no balanço de bebês antes que ela fosse grande o suficiente para o maior. Robin segurando suas pernas enquanto ela subia no trepa-trepa. Robin abrindo os braços no fim do escorrega, esperando para recebê-la.

Xarope, balanços e escorregas. Vasos, prendedores de cabelo, suéteres. Autoconfiança. Uma casa. Robin a amara. O pensamento a afetava. Precisando estar onde ela se sentia mais forte, tirou as chaves do bolso.

— Aonde você vai? — indagou uma voz atrás dela.

Sem se virar, ela sorriu. David.

— Eu preciso me alicerçar — disse ela.

— Por favor, explique melhor.

Ela se virou.

— Eu ainda não fui até a estufa hoje. Tenho certeza de que está tudo bem; outras pessoas regaram as plantas. Mas eu preciso delas.

— Posso levar você?

Ela levantou as chaves.

— Eu tenho meu carro.

Ele balançou a cabeça, rápido e seguro.

— Você não deveria ficar sozinha.

Ela não estaria sozinha. Suas plantas estariam lá. Assim como os gatos.

Por outro lado, se a estufa era o que a mantinha equilibrada, David precisava vê-la.

O lugar estava totalmente silencioso. O horário de domingo terminara e os funcionários haviam fechado o viveiro. Abrindo a porta lateral, Molly conduziu David para dentro da estufa. O vento agora estava mais cortante. Em algumas semanas, a aurora encontraria geada nas vidraças. Ela derreteria com o sol, mas retornaria mais grossa à medida que os dias fossem ficando mais curtos e o tempo, mais frio. Mas as mudanças iam além da coloração das folhas e dos frutos colhidos. Com o final de cada estação, surgia a promessa de outra.

Como seu pai em sua onda, Molly estava disposta a se deixar levar.

Vá com calma, gritou uma vozinha atemorizada. Então ela tirou um saco de terra da prateleira de suprimentos e enfiou as mãos lá dentro. Não disse nada, apenas remexeu o solo frio com os dedos. Independentemente do que o futuro lhe reservasse, quer Molly assumisse a Snow Hill ou decidisse fazer algo totalmente diferente, aquilo sempre estaria ali.

Sentindo-se finalmente melhor, ela olhou para cima.

— Mudanças demais, rápido demais. Eu precisava disso. — Quando tirou as mãos do saco, todas as suas unhas estavam sujas de terra. — Se você espera uma mulher bonita, vai ficar decepcionado.

— Eu não estou decepcionado.

Molly tampouco. O humor de David funcionava bem ali. Ela sentiu isso no minuto em que eles chegaram. Nada nele mudava a aura do local.

Encorajada, ela sacudiu as mãos e lhe mostrou o lugar. Sua aphelandra brilhava com flores amarelas, seu catharanthus com flores rosas e brancas. Andando um pouco mais, ela apontou para uma flor laranja-vivo.

— Hibisco — disse ela. — Com ar controlado e muito amor, ele vai continuar dando flor por mais ou menos um mês. — Ela lhe mostrou seu jardim de cactos, posicionado de modo a receber o máximo de luz solar. E, é claro, suas plantas de sombra. — Meus bebês — disse Molly com um sorriso orgulhoso.

Eles ouviram um ruído seco, seguido de um miado lamentoso; então viram patas e corpos peludos passarem voando. Voltando à prateleira de suprimentos, Molly viu o saco caído de lado e um montinho de terra derramada. Um gato permanecia ali. Era Ciro, um *Maine Coon* artrítico que deve ter percebido que não ia conseguir se mover rápido o suficiente para tentar escapar. Levando-o até um dos bancos, Molly o colocou no colo e acariciou o ponto fraco entre as orelhas. Um velho gatinho, ele vivia na estufa desde que ela era adolescente. Molly não o teria por muito mais tempo. Mas ele era muito meigo e, de repente, proporcionar-lhe conforto se tornou importante para ela. Ele podia viver num espaço menor, e era até mesmo dócil o suficiente em sua senilidade para tolerar um gato pequeno e espantadiço. A casa talvez funcionasse muito bem.

A *sua* casa. Uma vez que a dor dos próximos dias passasse, uma vez que as coisas de Robin estivessem na casa de Kathryn — onde era o lugar delas —, Molly se sentiria empolgada. Ela desencaixotaria as próprias coisas, rearranjaria os móveis, faria até mesmo algumas das melhorias que

Terrance Field havia planejado. Saber que as memórias de Robin sempre estariam ali lhe trouxe um profundo sentimento de afeto.

Um novo som interrompeu seus pensamentos. David havia encontrado uma vassoura e estava limpando a terra derramada.

Emocionada, ela disse:

— Você não precisa fazer isso.

Ele simplesmente sorriu e continuou varrendo.

AGRADECIMENTOS

Quero expressar minha mais profunda gratidão a Eileen Wilson, por compartilhar seu conhecimento das questões médicas enfrentadas pela família Snow, e a Shelley Lewis, por ajudar a tornar a Snow Hill um viveiro de plantas plausível. As ocasiões em que eu me desviei dos fatos devem ser atribuídas à licença literária, e não a qualquer uma dessas duas mulheres maravilhosas.

Sou eternamente grata a Phyllis Grann, cujo trabalho editorial aprimorou imensamente o meu texto, e à minha agente, Amy Berkower, por seu apoio irrestrito.

Como sempre, sinto-me abençoada por ter minha família, que me ajuda de todas as formas possíveis e impossíveis.

Este livro foi composto na tipografia
Minion Pro, em corpo 11/15 e impresso
em papel off-white no Sistema Cameron da
Divisão Gráfica da Distribuidora Record.